PIRATES & CORSAIRES

Olivier Poivre d'Arvor est philosophe de formation. Après avoir été directeur des Instituts culturels français d'Alexandrie, de Prague et de Londres, il est aujourd'hui directeur de Cultures France. Il a publié plusieurs récits, essais et romans et a créé à Toulouse *Le Marathon des mots*, dont la troisième édition a eu lieu en 2007.

Patrick Poivre d'Arvor est journaliste et présentateur du journal télévisé depuis 1976. Auteur de nombreux ouvrages – on citera *La Mort de Don Juan* en 2004, *Confessions* en 2005, *Aimer c'est agir, mes engagements* en 2007 –, il a obtenu le prix Interallié pour *L'Irrésolu*, en 2000. Il anime le magazine littéraire *Vol de nuit* sur TF1.

Ils ont également publié plusieurs ouvrages à quatre mains, dont *Disparaître* (Gallimard, 2006).

Paru dans Le Livre de Poche :

Olivier et Patrick Poivre d'Arvor

COURRIERS DE NUIT

LA FIN DU MONDE

RÊVEURS DES MERS

Patrick Poivre d'Arvor

CONFESSIONS. CONVERSATIONS AVEC SERGE RAFFY

ELLE N'ÉTAIT PAS D'ICI

LES ENFANTS DE L'AUBE

J'AI AIMÉ UNE REINE

LETTRES À L'ABSENTE

LA MORT DE DON JUAN

PETIT HOMME

LA TRAVERSÉE DU MIROIR

UN ENFANT

UNE TRAHISON AMOUREUSE

OLIVIER & PATRICK
POIVRE D'ARVOR

Pirates & corsaires

MENGÈS

Note de l'éditeur

Cet ouvrage est le second d'une série intitulée « Coureurs des mers » consacrée aux grandes figures des mers. Ces volumes ont déjà été publiés en version illustrée. Déjà paru dans la série « Coureurs des mers » : *Rêveurs des mers*, Mengès, 2005.

ISBN : 978-2-253-11582-3 – 1re publication LGF

Et la mer et l'amour ont l'amer pour partage
Et la mer est amère, et l'amour est amer
L'on s'abîme en l'amour aussi bien qu'en la mer
Car la mer et l'amour ne sont point sans orage.

Pierre de MARBEUF.

Introduction

Enfants, frères, pirates et corsaires

C'est à la bibliothèque de Curepipe, à l'île Maurice, que nous avons commencé à rédiger cette histoire romanesque des *Écumeurs*. Avec les *Coureurs des mers* – l'épopée des découvreurs, des Phéniciens à Jacques Cartier en passant par Magellan, Colomb, Vasco de Gama et tant d'autres –, nous avions décidé de témoigner de notre passion, simple et largement partagée, pour les fous de mers et d'océans. Avant de nous tourner prochainement vers les flibustiers et autres boucaniers, puis vers les explorateurs – chasseurs d'épices et de terres vierges jusqu'à la fin du XIXe siècle – et enfin vers les grands solitaires autour du monde, nous voulions passer du temps avec nos plus fidèles héros d'enfance, les fréquenter de nouveau, partager leur quotidien, leur folie et leur force. Et si nous avons choisi Maurice, c'est que l'ancienne île de France fut un éminent repaire de ces pirates et corsaires qui, trois siècles plus tard, fascinent encore les imaginaires. L'illustre Surcouf lui-même s'y établit à plusieurs reprises et nombreux sont nos écumeurs qui y passèrent, y séjournèrent. Il y a trente ans, lors du premier voyage de l'aîné d'entre nous en cette terre alors très mystérieuse, il nous a été donné de rencontrer l'un des derniers « inventeurs » de trésors au monde. Voilà deux décennies qu'il creusait en plusieurs points du rivage, avec la même foi chevillée au corps. Il continua jusqu'à sa mort, sans rien trouver ou presque. Mais il resta toujours persuadé – et il n'était pas le seul – que des pirates avaient enterré là un butin fabuleux. À travers ce trésor qu'il pensait déterrer, c'était probablement son rêve de vie qu'il façonnait, sa recherche de fondement, d'origines et d'enracinement, de profondeur dans cette île où tout paraît, en surface seulement, sinon luxueux, du moins léger, calme et voluptueux très souvent.

Longtemps, enfants, nous avons cru qu'être pirate ou corsaire, c'était la même chose – de grands voyageurs bien armés et redresseurs de torts – et qu'il fallait avoir un frère, grand ou petit, pour prendre la mer et partir à l'abordage. L'enfance est ainsi faite qu'elle est magnifiquement inexacte et sélective. La nôtre n'a pas échappé à la règle. Être nés tous deux à Reims et y grandir pouvait, à bien des égards, constituer un handicap pour qui se dédie passionnément aux rêveries de la mer, à ses cortèges de marins, découvreurs et solitaires, fous d'océans. Nous sachant, par notre père, d'ascendance bretonne et recherchant notre branche celtique des Keraudren quelque part entre Perros-Guirec et Trégastel, dans les Côtes-d'Armor, nous n'avions de cesse, échoués à Reims pour des raisons familiales, que de regagner le lien qui nous unissait aux rivages et à l'Océan.

Nous nous sommes souvent consolés en nous disant que la mer de France doit beaucoup, en réalité, à la capitale de la Champagne dite pouilleuse, la mer et les corsaires, tout particulièrement : car c'est Jean-Baptiste Colbert, enfant de Reims, qui, une fois devenu secrétaire d'État à la Marine, constate la condition déplorable de la flotte française, le désintérêt absolu de son pays pour la mer. Il décide de lui donner de nouvelles bases, des règlements, des ports, des vaisseaux, des officiers, une ambition et également d'ouvrir la course aux meilleurs marins et armateurs de son temps. Si Surcouf, Forbin, Jean Bart, Duguay-Trouin et d'autres sont de vaillants écumeurs des mers, si Saint-Malo, Dunkerque ou Nantes deviennent de très grandes et puissantes cités corsaires, c'est donc largement à ce petit Rémois de Colbert que nous le devons... Enfants encore, en attendant avec impatience nos merveilleux deux mois rituels de vacances sur la côte de Granit rose (et grâce au crachin de Ploumanac'h, l'exploration de la Bibliothèque verte de la maison d'été), nous occupions le reste de l'année à rêver la mer et à faire le chemin d'est en ouest. Tous nos livres, lus et relus, pour l'aîné comme pour le cadet, nous parlaient des pirates et des corsaires, des flibustiers, boucaniers et autres frères de la côte, forbans, barbaresques et écumeurs des mers. Dans cette geste magnifique, nous confondions allégrement le tout, les genres, les gentilshommes de haute naissance ou les marins de grand mérite avec les aventuriers de sac et de corde, les hors-la-loi et les futurs lieutenants généraux des armées navales du roi, mais c'était bien ainsi. Le Hollandais volant et le Grand Chasse Foudre embarquaient dans cette galère. Trop de science, de catégories nuisent souvent à l'imaginaire. Ce qui nous importait était d'avoir affaire à des gens « extraordinaires », effrayants et magnifiques à la fois. Vivant en marge de l'humanité, rompant le contrat social dont l'adolescent perçoit qu'il va être terriblement contraignant. Sans illustrations, nos romans nous faisaient voyager fort loin. Un immense merci à Mac Orlan, Chateaubriand, London, Balzac, Lesage, Stevenson, Melville, Conrad, Loti, Verne, Scott, De Foe, Cooper, Swift, Hergé et tous les autres. Nos premiers amis et camarades de jeux furent donc, à l'un comme à l'autre, Robinson Crusoé, Peter Pan, Gulliver, le Pirate rouge, Arthur Gordon Pym, Morgan le pirate, Rackham le Rouge, les pirates de l'avenue du rhum, le capitaine Crochet, Mombars l'Exterminateur, Barbe noire. Nous allions ensemble à Tahiti avec Bougainville, à l'île au Trésor avec Cook, aimions les travailleurs de la mer grâce à Hugo, Saint-John Perse, Hemingway, Garneray, Baudelaire et ses gouffres amers, Segalen, Borges, Poe, Oexmelin, Labat, qui furent les lectures de la maturité adolescente. Puis vint le temps du grand cinéma de Reims, place d'Erlon, des films inoubliables y étaient projetés, dont les scènes nécessairement hollywoodiennes – et c'est tant mieux – sont encore imprimées dans nos cortex : le *Capitaine Blood*... Clark Gable, Marlon Brando, Errol Flynn, plus tard Mel Gibson furent de beaux *Révoltés du Bounty*, Yul Brynner nous épata avec ses *Boucaniers*, Fritz Lang avec ses *Contrebandiers de Moonfleet*, tout comme Gregory Peck dans le *Moby Dick* de John Huston ou les grands films de Tourneur, de Fleming... « Ruffians de charme » et « Forbans impitoyables » à la pelle nous ont fait tanguer : *Le Tigre des mers, Le Corsaire noir, Un cyclone à la Jamaïque, La Flibustière des Antilles, Le Pirate des mers du Sud*... Plus tard et encore récemment, *Pirates* de Roman Polanski ou *Master and Commander* de Peter Weird ont réveillé l'âme des enfants que nous voulons toujours rester.

Grâce aux pirates et corsaires, les enfants du monde entier, qu'ils soient nés à Reims, à Prague, à Bamako, à La Paz, au centre des États-Unis ou en Mongolie-Intérieure, se transportent sur la mer. La littérature l'a bien compris : Daniel De Foe, qui vivait à la grande époque de la piraterie, crée le mythe, tandis que Stevenson, bien après, va le fixer et le transmettre à des générations entières. Telle est la force extraordinaire du sujet : pirates et corsaires deviennent naturellement des objets de littérature au XIXe siècle quand celle-ci se fait populaire et s'ouvre à un large public... Même révolution avec l'arrivée du cinéma, art accessible au plus grand nombre : Douglas Fairbanks, Burt Lancaster, Orson Welles, entre autres, fixent dans nos consciences une image forte de ces aventuriers de mer. Peu importe, à bien des égards, que la légende se soit emparée de la réalité. Nous avons grandi, comme d'autres, avec des images en Technicolor rêvées ou à faire peur, c'est tout comme : un brigantin croisant dans la nuit, drapeaux noirs frappés de la tête de mort, étendards aux tibias croisés, Jolly Roger, foulard et bandeau sur l'œil crevé, perroquet juché sur l'épaule, sabre d'abordage au poing, pistolets fumants, jambe de bois, bras se terminant par un crochet d'acier, odeurs de poudre, de sang, de sel et d'or, canons en joue, grappins, haches, couteaux dans de terribles corps à corps, galions vomissant leur or, rixes, beuveries, républiques pirates se proclamant ennemies du genre humain... Grâce à elles, nous avons vécu, nombreux, de magnifiques aventures par procuration. Nous avons découvert des terres inconnues, fait voile vers des îles sauvages, navigué sur des mers chimériques. Nous avons trouvé en nous une vitalité surhumaine, quasi primitive, libéré nos instincts, dit son fait à la société, revendiqué un temps le statut de « desperados », échappé aux codes du temps et des morales et accepté de la vie qu'elle soit éminemment transitoire.

L'idée de ce livre nous était venue, curieusement, dans une autre île, il y a huit ans, déjà. C'est là que nous avions décidé de nous retrouver pour éprouver notre fratrie. Nous venions de découvrir que la terre sur laquelle nous séjournions, Skyros, l'une des îles de l'archipel des Sporades, au large de la Grèce, avait été dans l'Antiquité l'un des grands centres de la piraterie en Méditerranée. Bien avant que l'océan Indien ou que les Caraïbes ne deviennent les repaires de choix de la flibuste ou que les côtes anglaises ou françaises ne s'arment en course, l'histoire des pirates et des corsaires avait commencé là, en Méditerranée, la mer de tous les trafics. Olivier arriva de Londres où il vivait alors, cette capitale vivante du plus grand des empires maritimes, le pays de Drake et des grands corsaires britanniques, contre lequel la Bretagne où se trouvait Patrick s'était si bien battue. À Skyros, citée par Homère, les flibustiers nous attendaient sans que nous le sachions, gâtant quelque peu nos retrouvailles. Nous eûmes, cet été-là, à ferrailler contre d'autres corsaires de l'image, des pirates de la photo volée, cette espèce se différenciant de celle de leurs ancêtres, possesseurs pour leur mission de lettres de course dûment signées des autorités, par leur ignorance du droit le plus élémentaire à l'intimité. Attaqués, nous nous défendîmes à deux. Deux frères, comme souvent dans les récits des grands marins. Car dans cette mémoire de la course, de la flibuste et de la piraterie, on trouvera partout des « frères de la côte », des fratries fortes, les Barberousse évidemment, les Surcouf, les Duguay-Trouin...

Depuis cette aventure grecque, nous avons beaucoup voyagé, sillonné le monde et ses mers, des Antilles aux Moluques, de Madagascar aux Célèbes, sur les traces de nos écumeurs. Nous y avons trouvé des adolescents incroyablement audacieux, des femmes travesties en pirates, des vieillards couturés de cicatrices, des borgnes, des unijambistes, toutes sortes d'éclopés de la vie et du cœur.

Aujourd'hui encore, le monde des pirates, des flibustiers et des corsaires règle assez largement notre vie. Les adultes, aussi, ont le droit de rêver par procuration. Si nous aimons cet univers, c'est également parce qu'il propose – et ce n'est pas chose fréquente chez les marins – une belle galerie de portraits d'héroïnes. Les femmes font leur entrée sur la scène maritime avec Jeanne de Clisson, Lady Killigrey, Mme Ching, Mary Read ou Ann Bonny, que nous retrouverons dans ce volume et dans celui qui sera consacré à la flibuste. D'autres ont laissé d'infimes traces et sont plus simples à rêver qu'à raconter : Charlotte de Berry, anglaise, dite Captain Charlotte, qui prend la tête, pistolets et sabre à la main, d'une mutinerie. Des passagères clandestines : Mary Harley, Mary Crickett, Ann Mills, qui décapite un marin français... Mais la place des femmes sur le pont des navires reste encore modeste, même si, grâce à la flibuste, à la piraterie et à la course, certaines figures émergent.

Nous n'avons pas fini d'entendre parler des pirates et des corsaires. Informatique, technologique, musicale, industrielle, de marque, la piraterie est universelle. Maritime encore, assez souvent, et, pour qui s'intéresse à l'actualité, aérienne bien entendu. Mais ces crimes, ces dérives ne font pas oublier qu'à travers ces héros du temps passé, la société manifeste ses aspirations profondes, souvent refoulées. Des trésors bien enfouis que le récit fait émerger. Richesse, exotisme certes, solitude comme sur l'île déserte, mais liberté plus que tout. Vagabondage. Fatiguée des *beautiful* et *successful people*, l'époque réclame, sans l'assumer complètement, un peu de vérité, elle demande des corsaires, des bannis, des déclassés, des brigands en mal de rédemption, des pirates et des flibustiers. Des anti-héros. Qui disent la complexité, le combat, la douleur, le courage, la solitude. La passion universelle pour les écumeurs renvoie à un besoin très marqué de révolte, d'utopie, voire de nihilisme : ne croire ni à la vie ni à la mort. Gilles Lapouge et Michel Le Bris ont, ces dernières années, longuement exploré le mythe et caressé ses héros. Mai 1968, la contestation, la poésie de la révolution, la recherche d'un monde différent, d'une terre promise, la promesse d'une rupture, le besoin d'une fièvre. Mais tout n'est pas révolution. Les lieux de la flibuste incitent au rêve : les Antilles, les routes caraïbes, les mers du Sud, l'océan Indien, les plages de Madagascar, de l'île de France, de l'île de la Tortue... L'or, enfin, fait rêver. Or philosophal, or des doublons espagnols, or enterré ou or jeté par la fenêtre par de dispendieux flibustiers. Magie de ce métal précieux, mais aussi sentiment du bien-fondé de la redistribution des richesses : des individus s'attaquent à de grosses multinationales, à des pavillons nationaux, à des marines puissantes, militaires, marchandes, à des intérêts financiers, économiques. Les pirates ramassent les miettes d'un monde égoïste, qui se développe, s'enrichit sur le dos des possessions et autres colonies. La thématique est belle en ce qu'elle est universelle, populaire. Ces écumeurs inventent, dans un monde inégalitaire, une autre justice, ils sont des redresseurs de torts, ils questionnent la société, le droit, remettent en question les équilibres, les partages, les héritages. Ils sont les clandestins de l'Histoire, radios, fréquences, enregistrements, tous pirates... Ils s'approprient abusivement le bien d'autrui, reproduisent illégalement parce qu'ils ne croient pas en la propriété. Avec eux, enfin, la famille n'existe pas ou plus, ce qui, pour les enfants, est toujours désirable à un moment donné de leur émancipation : la finitude des pirates est telle qu'on ne leur connaît souvent ni pères, ni mères, ni enfants. Pas d'ascendance, pas de descendance, pas de passé, point de lendemain, pas d'héritage, pas de testament, pas de transmission, pas de propriété, là encore, du présent tout juste, à vivre éternellement, violemment, vite.

Même si les corsaires, les flibustiers et les pirates représentent un phénomène limité dans le nombre et qu'ils prennent une place considérable grâce aux récits de leurs exploits, même si la distinction s'impose entre ces différentes catégories d'écumeurs, leur histoire commence très tôt, dès l'Antiquité. On n'a pas fini de se raconter à travers toutes les formes modernes de piraterie. Certes, entre 1500 et 1830, cette aventure connaît son apogée et des centaines de figures émergent, toutes plus singulières les unes que les autres. Le sujet, très vite, nous est apparu aussi passionnant que considérable. Nous avons choisi de traiter séparément le monde des corsaires et des pirates d'un côté, qui fait l'objet de ce livre, en y ajoutant celui des Barbaresques, prédateurs musulmans de grande envergure, et, d'un autre côté, celui des flibustiers et des écumeurs de mers, qui des Antilles à l'île de France, des mers caraïbes à l'océan Indien constitue une aventure véritablement singulière. Nous lui consacrerons le prochain volume de cette série dédiée aux grands coureurs des mers. Cette guerre de course, menée essentiellement par des Anglais et des Français, est haute en couleur et mérite, en effet, un ouvrage à elle seule. On y trouvera également les boucaniers, ces chasseurs de bœufs et de porcs sauvages installés à Saint-Domingue dès la fin du XVIe siècle, ainsi que les très redoutés Frères de la Côte.

Nous pourrions parler à l'infini des pirates comme des grandes peurs suscitées par la mer. Nous pourrions parler des navires fantômes, sans équipage, qui poursuivent leur route dans les glaces antarctiques, des vaisseaux maudits dans la mer des Sargasses, du maelström que découvre Edgar Poe, des tourbillons et autres triangles des Bermudes ou perturbations magnétiques, des trombes d'eau, des monstres marins, des céphalopodes géants ou des sirènes. De cette mer, « la mer toujours recommencée » de Valéry, « la mer plus belle que les cathédrales », comme le disait Verlaine, et de la raison pour laquelle, homme libre, il se devait de toujours chérir la mer... Avec les pirates, la question du crime est posée, celle de l'exaction qui s'opposerait à l'idéal anarchiste, à l'utopie, à la révolte. Si le mythe l'emporte souvent sur la réalité dans les récits qui nous sont faits de ces héros de ténèbres, c'est parce qu'ils révèlent tellement de notre part d'ombre, de nos propres effrois, de notre violence, de notre tentation de l'abîme. Mais aussi, et c'est notre humanité à tous, de notre capacité d'étonnement. Dans son *Histoire de France*, Michelet dit, avec acuité : « La mer est anglaise d'inclination, elle n'aime pas la France ; elle brise nos vaisseaux, elle ensable nos ports. » Notre pays, on le sait, peut mieux faire pour son littoral. Il est pourtant peu de nations qui puissent revendiquer d'être bordées par deux mers et un océan : la Manche, la Méditerranée, l'Atlantique. Mais peu, également, de grandes nations de corsaires, de flibustiers et de pirates s'incarnant dans un secrétaire d'État à la Marine qui, dans les années 1740, résume ainsi le grand choc du combat d'abordage corsaire : « On se canonne, on se sépare, et la mer n'en reste pas moins salée. » Maurepas est aujourd'hui largement oublié ; la mer, elle, bien que toujours salée, reste heureusement imprévisible. Et son ressac, comme un mouvement indispensable, comme une digestion intime de l'Histoire, toujours répétée, rejette régulièrement sur la grève les mêmes fantômes, les silhouettes, les mannequins de paille et de papier de nos écumeurs comme autant de débris humains et inhumains de vaisseaux égarés dans la nuit, dans la tempête. Au matin, la plage, la côte sont riches de surprises, de marchandises, d'objets d'autant plus magiques qu'ils n'étaient pas désirés. Et nous, lecteurs affamés de ces récits, pilleurs d'épaves, accrochés à notre portion de terre et de littoral et attendant que la mer nous nourrisse, nous enrichisse, nous surprenne, nous ne sommes pas totalement innocents de ces échouages spectaculaires. Notre besoin d'étranger, d'étrangetés et de richesses impures est tel que nous sommes parfois comme ces naufrageurs d'autrefois qui agitent sur le rivage de grands feux pour faire croire au navire perdu dans la mer déchaînée qu'un phare se dresse là et que la passe est facile. « Ceux qui allumeront la nuit des feux trompeurs sur les grèves de la mer et dans les lieux périlleux pour y attirer et faire perdre les navires seront aussi punis de mort et leurs corps attachés à un mât planté aux lieux où ils auront fait leur feu », dit une ordonnance qui date de Colbert. En Bretagne, un vieux goémonier nous a montré un jour comment transformer le varech en soude et allumer des feux. Ses ancêtres, bigoudens ou pagans, s'étaient probablement enrichis en pillant des épaves, en dressant des torches sur des cornes de taureaux qui boitent et imitent le clignotement des églises illuminées. Il prétendait que non, n'être naufrageur que dans sa tête mais revendiquer le droit de bris : une fois le bateau échoué, le droit de dépecer l'épave, de se servir, de s'approprier des fortunes, des histoires, des récits, des personnages et des destins. C'est ainsi que la littérature a sans doute créé ses meilleurs héros avec les pirates, les corsaires et les flibustiers : du noir d'encre et de mort dans lequel ils étaient plongés, elle a fait le jour, elle les a éclairés, aveuglés, elle a découpé sur leurs visages l'ombre et la lumière. Et nous sommes, depuis, marins ou terriens, rémois ou bretons, citoyens du monde ou navigateurs en solitaire, frères ou amis, les spectateurs éblouis de ce grand naufrage de nous-mêmes.

Chapitre premier

Versailles-sur-Mer :
les corsaires du Grand roi

Tout le malheur de l'homme vient d'une seule chose qui est de ne savoir demeurer en repos dans une chambre.
PASCAL, *Pensées*.

Il ferme les yeux et revoit presque aussitôt la scène. Si belle, si grandiose, si violente qu'elle a impressionné toute son enfance ou ce qui lui a vaguement tenu lieu de jeunesse. Lui juché sur un tabouret, le corps penché à travers une fenêtre haute. Un serviteur à ses pieds, à plat ventre, qui le tient par les chevilles de peur qu'il ne tombe. Des femmes autour, avec éventails et crinolines, jeux de miroirs et battements de cils. Leurs parfums, capiteux, qui se mêlent à ce remugle de poisson séché, de sel et de résine des radoubs. L'impression de gîter parce que le tabouret, parfois, se dérobe. Dans la rade de Dieppe, large et encombrée de petites embarcations, un navire sous pavillon espagnol, un autre sous pavillon français. Une allure magnifique, l'envie d'en découdre, et méchamment, comme seuls les corsaires savent faire. Pour se dégager, gagner le vent plus sur l'arrière, il faudrait abattre. On virera de bord plus tard. L'un serre le vent, l'autre le remonte. Sur le pont, on s'empresse de ranger sextants, lochs et compas dans des coffres, tandis que le vent forcit. Tout se tend, et pas seulement l'atmosphère, à bord : le gréement, les haubans, le hunier, les garcettes, les drisses, les étais, toute la voilure. Les gabiers eux-mêmes, de plus en plus sollicités. Des canons sur chacun des navires, beaucoup de canons. Le calme, le silence avant l'attaque, puis, soudainement, l'enfer de feu, le tonnerre assourdissant, la mer qui tremble. Poséidon se fâche. Le tabouret vacille. Il tremble de tout son corps. Les éventails des femmes faseyent et les courtisans, effrayés, louvoient, comme à leur habitude. Certains quittent la scène du combat naval et vont s'allonger, effrayés, assourdis. Tandis qu'aux sabords ménagés dans le flanc des deux navires apparaît la tête des canons, il lui semble qu'une main experte venue de sous le tabouret a défait les boutons de son habit. Une femme, de la Cour, lui sourit. Jeune, comtesse de quelque chose, incroyablement poudrée. Sentant bon les fleurs et le sucre. Mené par un officier du port de Dieppe, le commentaire de ce combat naval rythme la caresse : « Le plus en arrière des focs, Sire, se nomme la trinquette... D'un navire, on s'attache au gaillard, à l'étrave... Vous remarquerez le bout-dehors... » Bord à bord, éperon contre flanc. La France fond sur l'Espagne, le drapeau est hissé, tir de semonce, un boulet, puis deux, puis trois : voiles et gréement sont abattus. Bordées, tirs de mitraille. Décharges d'artillerie. Bouches de feu affamées, des centaines de gargousses de poudre à l'épreuve : boulets ramés ou barrés, chauffés au rouge, tir en plein bois, dans les œuvres mortes, c'est-à-dire au-dessus de l'eau, tir en plein sabord. Le mât de misaine et le grand mât gréant les voiles carrées sont touchés. Le petit Louis est dressé et il lui semble que son corps, tout entier, va exploser. Regard expert et sourire satisfait de la comtesse aguicheuse. En mer, c'est le chaos. Les marins couvrent leurs têtes de chiffons, de gros éclats de bois traversent les airs. Grappins et passerelle de bois : « À l'abordage ! » Fausses manœuvres, avaries, courants et vents se mêlent de la partie. On hésite à lancer un brûlot en mer. Ce navire incendiaire est spectaculaire et le spectacle redoublerait d'intensité. Halé par une chaloupe, il peut faire d'irrémédiables dégâts. Bourré de suif et de résine, et d'explosifs en baril. Mais la lettre de marque qui autorise à courir contre tout ennemi déclaré du souverain qui la signe n'engage pas à la destruction violente et systématique. Cherchons la difficulté. Trois heures de combat, une lutte acharnée, des barques incendiées et la bannière d'Espagne qui, finalement, se rend. La frégate commandée par Étienne Duquesne a triomphé. Vivats ! La foule exulte. L'eau entre par toutes les coutures de l'Espagnol, des lambeaux de voiles déchirées et des cordages traînent le long de la coque. La chaloupe est jetée à la mer. Des hommes qui se jettent à l'eau, de la fumée et soudainement, quatre vaisseaux en provenance de Göteborg qui apparaissent royalement, chargés de bois, de voiles, d'agrès et de canons de Suède : le *Regina, Le Lion de Smalande* et les deux vaisseaux commandés par les deux autres Duquesne, Abraham et Jacob, le *Jupiter* et *Le Chasseur*.

C'est un mois d'août. 1647. Il fait chaud, presque lourd. La mise en scène est parfaite. Le simulacre exemplaire. Passion de la naumachie : la France gagne toujours ses batailles navales, tantôt contre l'Espagne, tantôt contre l'Angleterre, la partie est jouée d'avance. Le petit Louis a neuf ans. Il est trempé et épuisé. Sa mère ferme la fenêtre à partir de laquelle il a regardé, sans dire mot, le spectacle, les yeux grands ouverts, fasciné, tenu de main de maîtresse. L'assistance se retire, la comtesse essuie avec un mouchoir brodé en soie le bout de ses ongles peints. Son regard n'arrive pas à se fixer, elle cligne, elle louche de plus en plus. D'un œil, semble le féliciter, de l'autre, paraît demander un témoignage de reconnaissance. Puis se retire, chassée par le protocole. Le rêve s'achève, un rideau est tiré sur cette scène magique. Paris, Versailles, la Cour, avec leurs effrois, leurs complots, attendent le très jeune roi de France. Une fois dans sa vie, il aura été un enfant, une fois seulement peut-être, car être roi, c'est être volé de ses jeux, de son enfance. Un enfant et un homme, pourtant, car la courtisane est experte en jeux interdits. C'est la première fois qu'il voit la mer, et c'est à Dieppe. Anne d'Autriche, Mazarin et une nombreuse compagnie l'accompagnent. La ville est en fête, sous les salves, les trompettes, le tambour et le canon, ses armes royales ornent les bâtiments principaux, il croule sous les présents, on lance des brûlots dans la rade pour éclairer la nuit et on vient de lui offrir un divertissement, un combat naval imaginé par les trois frères Duquesne, de grands marins dieppois, ainsi que par une comtesse de bonne compagnie : c'est une grande fête, un roi visitant un port, voyant la mer, c'est si rare, et ce petit Louis-là est si jeune, si prometteur ! Il se souvient de son premier pied sur un bateau, c'était le *Jupiter*, cette hésitation, la mer qui s'agite un peu en dessous, cette légère nausée qui le prend quand il remet ses provisions de chef d'escadre de Flandres au grand Abraham Duquesne. Et ce peuple d'armateurs, de capitaines, d'équipages qu'il a rencontré sur les chantiers navals. Et ces femmes qu'il a aperçues et qui lui font de l'œil, à lui l'enfant que sa mère n'embrasse même pas. Et cette nuit pendant laquelle il ne dort pas, cette fenêtre qu'il ouvre de nouveau, pour entendre la mer, voir les bateaux dans le port, sentir la marée, le goudron, la poix fumante, le sel, le sang et la vase, le filet qui sèche et les cordages humides, la fumée du combat naval qui vient de se jouer pour sa plus grande gloire. Dans le carrosse qui le ramène à bride abattue à Paris, il rêvera encore longtemps de ce moment terrible où les deux bateaux s'entrechoquent, où les coques craquent de toutes parts, lorsqu'un équipage s'empare du pont de l'autre, et du corps à corps terrible qui s'ensuit. Il rêve de déluges, de mers qui se gonflent, d'îles flottantes, enchantées, d'îles mythiques, de villes qui flotteraient dans l'air, de mers bourbeuses, avec des diables noirs, des alizés, des algues huileuses, des outres qui souffleraient le vent, il rêve de la mer des Ténèbres, avec ses animaux rugissants, de pirates prédateurs, de pilleurs d'épaves, de Poséidon, ce grand ébranleur de la terre, des feux Saint-Elme qui embrasent la surface de la mer, de tous ces feux follets qui égayent la vie. Il rêve de toutes ces sirènes poudrées, comtesses ou Circés, qui hypnotisent les petits garçons devenus grands sous leurs mains écaillées.

Le roi se meurt. Bientôt. Quand il le voudra, pour être exact, car le roi seul décide de son propre destin.

Il est le roi et rien en ce début d'année 1715, si ce n'est son âge avancé – près de soixante-dix-sept ans –, ne laisse entendre qu'il en a fini de vivre, d'aimer et de rayonner. Mourir ! Le quatorzième des Louis, à l'idée de cette ultime traversée, définitive et solitaire, est pris d'un soudain ennui. Il a des visions lugubres ! Cette barque, Caron à la manœuvre, et cette surface agitée du fleuve ou de l'Océan, qu'importe, cette eau instable ! Il en a déjà le mal de cœur, rien qu'à son évocation. Le miroir lui renvoie la vision d'un visage blême. Tout le monde n'a pas le pied marin, tout le monde n'est pas Duguay-Trouin ou le comte de Forbin. Ses chers corsaires, il les a tant aimés ! Et Jean Bart qui manque à l'appel, Jean Bart, le bon Dunkerquois !... S'il allait marcher un peu, au frais ? L'air est vif, quelques bourrasques. Le château est à peine réveillé, quelques domestiques rasent en silence les interminables murs. Le parc de Versailles est désert à cette heure matinale. Une fois encore, c'est au long du Grand Canal que ses pas le portent. Un peu de vent, une légère risée à la surface, trois vaguelettes qui viennent s'échouer contre les parois du grand bassin suffisent à lui rendre la mémoire et le goût de la vie.

Des barques, des canots, des galions, des galères, des caraques, des sloops, une galiote, une pinasse, un brûlot, quelques flûtes et chaloupes, un brick et un brigantin, une frégate enfin. Des petits bateaux miniatures, des maquettes soigneusement montées. Personne n'attendait le roi si tôt et les maquettes enrubannées ne sont pas prêtes à flotter comme il se doit. Panique des serviteurs chargés d'animer le Grand Canal. Et si l'on jouait, une fois encore, à la bataille navale ? C'était si bien. L'Enfant roi est soudainement ému.

Fameux Colbert ! pense soudainement Louis. S'il était là, le Grand Canal serait mieux entretenu et la flotte miniature constamment renouvelée. C'est son côté Tibère, cet empereur qui avait installé ses trirèmes de plaisance sur le lac de Nemi. Grâce à Colbert, Louis XIV peut s'offrir de toutes petites croisières en sortant de son château. Ou se contenter, de la terrasse, de regarder le spectacle. Comme autrefois, enfant, juché sur un tabouret, face à la rade de Dieppe ! « Quel grand secrétaire d'État à la Marine française j'avais tout de même en lui ! Le premier de tous à porter ce titre, soyons précis, il y tenait tant, le Rémois, à sa mer chérie ! Mort depuis si longtemps ! 1683... Plus de trente ans, déjà. Que le temps passe vite à Versailles, dieu de foutre ! Que d'années vécues sans lui ! Et sans la mer, il est vrai ! » Son fils, le marquis de Seignelay, ne l'a guère remplacé à la tête de la marine : ce Jean-Baptiste Antoine Colbert ne valait vraiment pas l'original, Jean-Baptiste, le premier, le seul. Seignelay avait d'ailleurs préféré Tourville, un courtisan, à Duquesne, un vrai marin dieppois pourtant, et les défaites n'avaient pas tardé à s'accumuler. Le grand Colbert est irremplaçable. Tous ceux qui ont essayé s'y cassent les dents. Après Seignelay, il y a eu cet autre secrétaire d'État à la Marine... Déjà, Louis XIV a oublié... Ah ! oui, le comte de Pontchartrain, le premier de la liste, ce Louis Phélypeaux. On lui doit la Hougue, ce terrible souvenir, ce chaos, cet écrasement de la flotte. Et aujourd'hui ? Le roi est pétrifié. Il ne se souvient même plus du nom de son secrétaire d'État à la Marine ! « La sénilité me guette », se dit-il. Par bonheur – par malheur, se dit plutôt le roi –, c'est bien lui, ce fichu secrétaire d'État, qui le guette à la sortie du château. Réveillé tôt : on mesure à cela le bon et zélé courtisan, toujours prêt à s'introduire dans les appartements privés ou à saisir Sa Majesté dans sa promenade matinale. Et tiens, pardi, un autre comte de Pontchartrain, ils se ramassent à l'aviron, ceux-là, mais c'est le bon, le ministre d'aujourd'hui, Jérôme Phélypeaux... Il est là depuis quinze ans et personne ne l'a encore vraiment remarqué. Parions que le prochain sera encore un Phélypeaux, et ainsi de suite... Ces titres-là se transmettent et qu'importe qu'on aime la mer, les marins et naviguer. Rente à vie ! Quand même, Colbert, c'était vraiment autre chose, une autre trempe !

Pontchartrain est déjà là, devant lui. Plié en quatre. Comme si le vent qui se lève l'avait cassé. Courtisan parfait, rompu. Avec lui, un jeune homme bien peigné. « Sire, mon fils, Jean Frédéric, il vient d'avoir quatorze ans et déjà rêve d'océans et de conquêtes maritimes... » Le garçon est plié à la manière du père. En deux, en quatre si Sa Majesté le réclame. Le roi, qui veut juste se promener le long du Grand Canal, se souvenir de ses matinées passées à jouer avec les petits bateaux, est embêté, ne sait que dire. « Merci, Pontchartrain, il est parfait, votre garçon ! Vraiment parfait ! Un futur secrétaire d'État à la Marine, je suppose... » Cette bêtise lui a échappé. C'est tout ce que Pontchartrain père veut entendre. Son fils lui succéder ! Le secrétaire d'État est pétrifié de bonheur. Dès lors, le roi sait qu'il est piégé. Sa balade dans le parc, la dernière qu'il s'accorde, peut-être, pour rêver de ses chers corsaires, c'est avec Pontchartrain et son rejeton qu'il va la faire. « Allons-y et filons vers le Grand Canal pour y admirer les tentes et les tentures de *La Réale* ! »

Le secrétaire d'État est bavard. Mais il connaît bien son roi et sait comment l'entretenir. Le moulin à paroles mouline. Louis XIV adore, certes, qu'on lui raconte les exploits de ses corsaires, mais ne dédaigne pas qu'on lui tienne également des récits venus de Tripoli ou de Salé mettant en scène des chébecs ou des Barbaresques. Les *Mémoires de la marquise de Fresne* font une recette sous la plume d'un certain Courtilz de Sandras. Tout Versailles dévore l'ouvrage, Louis ne l'ignore pas. Pontchartrain est un bon conteur, faute d'être un grand marin. Écoutons-le donc. Cousine germaine d'un procureur général de Chambre des comptes, de petite extraction de noblesse, Mlle du Tillet, Aliénor de son prénom, vient d'épouser le marquis de Fresne, quand elle rencontre un jour, lors d'un dîner, un certain Gendron, renégat de La Rochelle et corsaire algérois bien connu pour son goût du libertinage et de l'aventure. Le Barbaresque lance une invitation pour le lendemain à sa table, non sans avoir passé un infâme marché avec le marquis. À bord du navire de Gendron, l'alcool coule à flots et endort la marquise. Quelques heures plus tard, au réveil, elle se trouve dans la cabine du corsaire, sa tête posée sur les genoux de Gendron. Effroi ! Elle comprend que le marquis, répugnant personnage, l'a vendue au corsaire, tout en faisant croire, en ville, qu'elle l'a abandonné pour rejoindre la cause des Barbaresques. La marquise

– et c'est évidemment ce qui excite follement Versailles et les courtisans – s'accommodera fort bien, semble-t-il, de cet amant fougueux, des combats en course qui ponctuent désormais sa nouvelle vie. À son premier abordage, un Hollandais, un navire puissant, elle réagit, malgré la violence du combat, avec un tact qui fait d'elle la véritable femme du chef de l'expédition. Gendron et elle vivent une magnifique passion, au lit comme sur le pont. Des années durant, ils écument les mers. Et tentent vainement, bien que reçus par le pape, de faire annuler le mariage devant Dieu de l'aventurière et de son grossier mari. La marquise des mers devient bientôt célèbre dans tous les ports de la Méditerranée.

Pontchartrain sait qu'il détend le roi avec pareille histoire, dont il connaît l'épilogue. « N'est-ce pas cette marquise dont j'ai fait, quand vous m'avez conté son histoire, embastiller l'indélicat époux ? demande le roi, sûr de son fait, mais soucieux de manifester auprès de Pontchartrain son autorité et sa capacité de mettre fin du jour au lendemain à ses fonctions. Je suis bien bon, cela dit. Car la Bastille est une douce retraite pour les criminels. On me dit que vos pirates coupent les mains, les pieds, les jambes, les bras et jettent à la mer tout ce qui dépasse. Qu'ils coupent les nez en disant : “Éternuez les épices, l'or...” » Le roi est redevenu le roi. Royal. Le secrétaire d'État a vu le coup passer. Il cherche dans sa tête une histoire pour distraire le roi et lui faire oublier ses prérogatives. Louise-Marguerite de Bréville s'impose immédiatement. Une femme sur la mer, et Dieu sait si le roi aime les femmes ! Jeune orpheline, belle femme, elle a quitté sa terre d'Auvergne, au milieu du siècle précédent, pour monter à Paris et s'y présenter sous l'habit d'un homme et le nom de Louis de Pléville. Engagée dans l'armée, elle se retrouve un matin protagoniste d'un duel absurde avec un Gascon de son régiment : excellente escrimeuse, grâce à quelques bonnes passes et une botte secrète, elle pourfend son adversaire et, alors qu'il agonise, lui avoue son identité, son sexe devant un public médusé. Obligée de quitter l'armée de terre, elle prend la mer pour la première fois en 1670, sous les ordres du comte maréchal d'Estrées, acquiert un très bon sens du combat naval en Méditerranée dans la guerre contre les Barbaresques, se révèle au canon, au grappin, à l'abordage, au pistolet et au sabre. Louise est faite officier de marine, engagée dans la guerre contre la Hollande dès le printemps 1672. Au milieu d'une flotte de quatre-vingt-trois vaisseaux, trente brûlots et vingt frégates, elle commande *La Belle*. Dans un combat d'une extrême violence où, disait-elle, « il n'y aura pas de vaincus, il n'y aura que des vainqueurs et des morts », les canons qu'elle commande font merveille, ses salves, ses boulets, son sens de la manœuvre lui permettent de faire tomber un ennemi de taille, le *Denter*. L'année suivante, le 26 juin 1673, la bataille des Bancs de Flandres met en contact *La Belle* avec un brûlot ennemi qui embrase la frégate de Louise, tandis qu'un vaisseau hollandais, le *Dordrecht,* les attaque. *La Belle* est perdue, Louise et ses hommes, sabres entre les dents, se jettent à la mer et nagent vers l'ennemi, qui n'en croit pas ses yeux, pour l'attaquer... La bataille est inégale, même si les Français parviennent à gagner le pont adverse. Un navire français, *La Reine*, arrive à la rescousse, mais, bombardant l'ennemi, tue d'un boulet Louise de Bréville, alias le capitaine de Pléville.

Pontchartrain reprend son souffle, tandis que le roi, manifestement séduit par cette histoire qu'il ne connaissait pas, réfléchit. « J'étais déjà roi, Pontchartrain, en ces temps-là ? » Il connaît la réponse. « Oui, Sire, votre Majesté est notre roi depuis fort longtemps et plaise à Dieu qu'il en soit ainsi à jamais ! » Louis se contente de la réponse, qu'il trouve convenue, mais honorable : depuis 1661, date de son accession au trône, c'est-à-dire depuis plus d'un demi-siècle, il a l'habitude des courtisans. Ils approchent tous trois du Grand Canal, mais la conversation n'est pas ennuyeuse. À peine son énorme flatterie lancée, Pontchartrain est en effet déjà reparti en mer. Par le récit de sa vie, une autre héroïne enchante en ce moment les soirées de Versailles. Judith-Armande Préjoly, née en 1609 à La Rochelle, filleule du cardinal de Richelieu. À dix-neuf ans, son père la déclare propriétaire du galion le *Golgotha*, destiné à la course, faisant d'elle la première corsaire « en titre » de l'histoire de France. Une lettre de course royale lui est donnée le 2 octobre 1628. Sous pavillon fleurdelisé et avec son père à ses côtés, elle part vers les Antilles, atteint Trinidad et tombe sur le *Jérémie*, conduit par le capitaine Toby Cork. En quelques heures, avec un feu nourri et un abordage en règle, les Français sont maîtres de la situation. Judith se découvre une passion particulière pour l'odeur de poudre et de sang. Elle séduit le capitaine Alvear, qui mène *L'Encarnacion*, un bateau espagnol qui transporte un butin important, il découvre le piège, la prend en otage, la fait fouetter, quand des secours la libèrent des griffes des Espagnols. Quelques mois plus tard, Judith-Armande est faite baronne de Préjoly, propriétaire d'une jolie terre prélevée en Vendée sur les domaines royaux et épouse un lieutenant général du roi.

Le roi est soudainement de très bonne humeur. Le ciel est sombre sur Versailles, mais Louis a enfin le cœur léger. Et si une tempête ? Pontchartrain, avec ses histoires de corsaires, sait lui redonner de l'appétit pour la vie. C'est maintenant Louis qui parle, tandis que plusieurs officiers sont en train de préparer la flotte sur le Grand Canal pour distraire le roi. On monte la fameuse chaloupe de Biscaye, sculptée au Havre par Mazeline, avec ses trente-deux canons. L'une des pièces préférées des ambassadeurs étrangers ou des visiteurs invités à saluer la grande gloire navale des Français. « Pontchartrain, vous n'avez pas entendu parler de ce malheureux Croisic ou Coursic, selon l'humeur, ainsi appelé parce que son nom de gentilhomme de Bayonne paraissait difficile à tous : Johannès de Suhigaraychipi ? Comme, probablement, celui de son épouse : Saudade de Haramburu ? » Pontchartrain feint d'ignorer pour laisser au roi le soin du récit. On doit à Croisic de belles expéditions dans les Indes occidentales, d'avoir, avec la complicité du duc de Gramont et une lettre de marque en bonne et due forme, armé une frégate, *La Légère*, et, avec elle, en quelque cinq années, d'avoir capturé plus de cent navires marchands. Le port de Saint-Jean-de-Luz s'en trouve bien vite surchargé et trop étroit. Sa gloire est grande, en 1692, toujours sur *La Légère*, quand il affronte un vaisseau hollandais de quarante-quatre canons et quand, une fois le pont pris, des coffres à poudre explosent pendant la mêlée d'abordage. Des dizaines de morts de part et d'autre, mais une victoire française à l'arraché. L'année suivante, il se distingue au Spitzberg, avec son compatriote Louis de Harismenddy, en s'en prenant aux baleiniers hollandais, qu'il poursuit jusque dans la baie des Ours, sans carte, dans une cassure de la banquise. Avec deux frégates, ils se retrouvent à combattre quarante-cinq baleiniers et plus de mille cinq cents hommes et trois cents canons, et triomphent. Ce qui ne sera pas le cas deux années plus tard : Coursic et ses Basques s'échouent dans la baie du Forillon, à Terre-Neuve, pilonnés par quatre batteries, attaque au cours de laquelle il perd la vie.

Le roi se souvient bien de cet autre Basque, Renau d'Eliçagaray, dit Petit-Renau, qu'il a fait lieutenant général de ses armées et qu'il a reçu à Versailles. Petit-Renau, personnage intéressant, a inventé les « galiotes à bombes », un système très efficace de mortier, une machine à tracer des gabarits pour la construction de navires. Bien qu'inspecteur général de la marine, il continue avec bonheur la course, comme cela a été le cas au large des Sorlingues, en mars 1694, lorsqu'il a abordé un long-courrier anglais chargé de poivre et de salpêtre... Et de quelques diamants aussitôt remis au roi, qui lui en a fait don. « Et qui est cet aventurier, que j'ai fait embastiller, il y a quelques années, ce corsaire qu'on dit traître à notre cause ? » Le secrétaire d'État sait très bien de qui le roi parle. Louis Le Mel. Il vient de tenter de se suicider dans son cachot. Ses dettes sont considérables. Son histoire est confuse. Bien que de Liège, il se prétend transfuge néerlandais, parle le bas-allemand et le flamand. Il gagne ses premiers combats parmi les corsaires de

Dunkerque autour de 1690 et, très vite, se signale par le montant des prises qu'il fait. Le roi l'envoie un peu partout, y compris reconnaître les digues et les défenses des Pays-Bas, en prévision d'une guerre future. Pontchartrain, le premier, découvre que Le Mel rançonne également des neutres, on le capture, il s'échappe, continue ses forfaits, se fait arracher la cuisse par un boulet anglais sur la Tamise et revient, en mauvais état, à Dunkerque en 1704. Il est traité en héros, le roi lui octroie même une épée d'honneur. Pontchartrain est circonspect. Mais à Versailles, où Le Mel se présente, il fait bonne figure. L'intendant de marine lui remet finalement son épée. Malgré ces honneurs, ses dettes se creusent, il va faire fortune à Ostende, revient à Dunkerque, capitaine d'une frégate que Gaspard Bart, le frère de Jean, arme pour lui, se bat contre les Anglais, les Hollandais, est arrêté plus d'une fois, s'échappe toujours, prétend connaître les eaux du Maroc, convainc la Cour de lui accorder une escadrille, celle-ci est armée, il ne part pas, se cache jusqu'à ce que l'on découvre qu'il travaille pour les Hollandais. « Nos héros sont en général de grands patriotes, Sire, mais ce Le Mel a fait du tort à la cause de nos corsaires », conclut Pontchartrain, que l'histoire n'a pas fini d'ennuyer. « Prenez, par exemple, ce Jacques Gouin de Beauchesne, dont vous avez patronné les expéditions. Un bon Malouin, celui-là. Mais un vrai patriote surtout, à qui l'on doit, pour notre nation, le premier tour du monde : le Spitzberg, les mers du Sud, le détroit de Magellan, les côtes du Chili, le cap Horn, la Terre de Feu... Un corsaire honnête. »

La mer ! Grand siècle de la mer ! Le roi ne l'a pas souvent vue, mais il a beaucoup fait pour elle. Il aime poser en roi Mars, mais avec un trident de Neptune pour sceptre. Tous, à Versailles, se souviennent d'un de ses premiers grands coups de colère. Au début de son règne, en 1662, il venait d'acheter Dunkerque à son cousin germain Charles II d'Angleterre. Une manière de rappeler que le port qui a vu naître le grand Jean Bart a été français quelques années plus tôt – entre 1646 et 1653 –, juste le temps qu'il faut pour mettre au monde un corsaire d'exception. Et il a décidé que désormais les marins français ne salueraient plus nécessairement les navires britanniques dans les eaux territoriales. Puis, parce que Saint Louis a inventé Aigues-Mortes et François Ier Le Havre, Louis s'est dit qu'un bon souverain se doit de créer des ports : Rochefort et Sète lui doivent tout. Le Très Chrétien, fort de l'héritage de ses prédécesseurs, conquiert l'essentiel du littoral de son royaume, alors qu'Hugues Capet est roi d'un pays sans côtes... La guerre de Hollande a été gagnée en 1678. Louis conduit la Marine française à son triomphe, rivalisant avec la formidable *Navy*... Tourville, à Beachy Head, triomphe des Anglais. Armateurs malouins, corsaires dieppois ou marchands provençaux font de la France une grande nation maritime : Duquesne, Vabelle, Duguay, Bart...

Immense Colbert ! C'est à lui qu'on doit l'invention des grands corsaires et la mode de la course. Pontchartrain avait suivi, prêtant des vaisseaux nationaux déjà armés à des armateurs privés et ne réclamant qu'un cinquième des prises. Partout, de Bayonne à

Boulogne en passant par Granville, Saint-Malo ou Bordeaux, des dynasties familiales de corsaires se créent : jeunes capitaines de la Manche ou de l'Atlantique, s'aventurant sur des petits tonnages, n'ayant pas peur de l'abordage, des grappins, de l'arme blanche, s'attaquant à trois fois plus gros qu'eux. Versailles aime alors ses corsaires et il n'y a rien de plus chic pour la noblesse que de prêter son nom à ces vaisseaux qui vont faire la guerre de course : le *Duc de Bourgogne,* le *Prince de Conti,* la *Princesse de Savoie,* la *Marquise de Maintenon,* le *Comte de Toulouse...* Le 12 novembre 1669, le roi prend une décision historique. Celle de ne plus laisser à l'amiral de France ou au Grand-Maître le soin de nommer les officiers, mais d'en prendre lui-même l'entière responsabilité. À commencer par le choix de Colbert et sa nomination officielle comme secrétaire d'État à la Maison du roi, chargé des affaires de Paris, du Clergé et de la Marine. Ponant et Levant réunis. Que de batailles gagnées et perdues depuis sur les mers de l'Europe ! D'Estrées et York contre Ruyter, batailles indécises à Solebay, Schooneveldt, Walcheren, Le Texel... Puis Alger, une belle victoire, avec Duquesne, grâce aux galiotes à bombes de Renau d'Eliçagaray... Cette année-là, 1683, le divin Colbert meurt à Versailles. Deux ans auparavant, le secrétaire d'État a publié *L'Ordonnance de la marine*. La course s'y trouve enfin réglementée, des lois régissent la piraterie, les prises, la lettre de marque. La mer devient un enjeu majeur. Les marchands ont de l'influence à Versailles. Colbert n'a cessé d'insister auprès du roi pour que la Marine royale se préoccupe de protéger la marine marchande, le commerce étant l'une des principales richesses du royaume. Une série d'ordonnances fixent l'accompagnement de ce trafic, des convois partent trois fois par an. De 1660 à 1672, la flotte de guerre passe ainsi de 9 à 119 unités. Si l'on prend en compte l'ensemble des bâtiments disponibles, la France surpasse, en quelques années, l'Angleterre par son nombre d'embarcations et dispose de presque autant de marins qu'elle.

Pirate ou corsaire ? Le jeune roi a mis du temps à comprendre la différence. Colbert s'est employé à lui proposer une explication simple. « Le pirate, Sire, se livre à ses méfaits et ses rapines pour son propre compte, tandis que le corsaire pratique la course, c'est-à-dire, contrôlé par le droit, la prise de bateaux marchands ennemis, et ce exclusivement en temps de guerre. Il le fait pour votre compte, à votre bénéfice ainsi que pour celui de son armateur et des actionnaires. Si le corsaire continue son activité après la fin des hostilités entre des pays ennemis, on peut le pendre comme pirate. Sa lettre de marque, signée de vous, Sire, lui donne des droits comme des devoirs. Le droit de courir nos ennemis, le devoir de répartir les prises selon des barèmes fixés à l'avance par les autorités. Il doit soumettre les biens enlevés à la Cour des prises. Le corsaire a le droit de prendre par la force tout navire ennemi, allié de cet ennemi, et même des neutres ravitaillant des ennemis, qu'il s'agisse de pêcheurs ou de commerçants. Pour une bonne raison, s'il ne peut ramener sa prise, il peut la couler, brûler, détruire. De même, si l'équipage ne se rend pas, il peut le tuer. Capturé, le corsaire est considéré comme un prisonnier de guerre et ne doit pas être torturé ou maltraité. Souvent, il arme lui-même, avec autorisation de l'État et le soutien d'un armateur, d'un négociant, d'une famille bourgeoise, les bateaux qui vont faire la course. Des bateaux de vingt à quatre cents tonneaux pour "courir sus aux ennemis de l'État"... Le roi semble soucieux : "Et comment déterminez-vous la justesse de la prise, Colbert, dans votre ordonnance ?" "Toute prise doit être jugée, en effet, Sire. On ne peut abandonner une prise ou la couler sans raison. Aussitôt arrivé à son port, le capitaine corsaire fait son rapport au juge de paix et remet les papiers de bord ainsi que les prisonniers. Le juge interroge le capitaine pris et trois personnes de son équipage, va sur la prise, rédige un procès-verbal, l'écrivain monte à bord, fait l'inventaire, on pose les scellés sur les papiers, on met les prises dans le magasin prévu à cet effet. Les papiers de bord sont lus, voire traduits. Tout est envoyé dans les deux jours au greffe du tribunal de commerce. En quelques jours, la prise est attribuée ou refusée." »

Très vite, le roi comprend que la France a tout intérêt, faute de pouvoir entretenir une flotte de guerre digne de ses ambitions, à déléguer à d'autres la guerre qu'elle veut faire sur mer : les uns et les autres se répartissent les postes de dépenses, la fourniture des bâtiments, leur entretien, leur armement, l'équipage et les officiers, la nourriture et la solde de ces hommes... Vauban lui-même publie un mémoire concernant la caprerie, la course pratiquée par les corsaires flamands : « C'est la seule guerre en mer qui nous puisse être de quelque utilité. » Et Colbert ajoute : « Avec nos corsaires, nous affaiblissons chaque jour un peu plus le commerce et l'économie de nos ennemis. »

Le roi pose de nombreuses questions. Et Colbert répond : « La mer, Sire, avant que vous ne vous en préoccupiez, était un champ libre, sans règles, sans personne pour faire appliquer les lois. Comment distinguer un pirate d'un corsaire ou d'un marchand au début ? Un marchand apprenait la guerre pour se défendre, les pirates veulent empêcher la liberté de commercer à vos amis. Aujourd'hui, on sait qu'un pirate se soucie peu de la nationalité des navires qu'il rencontre, qu'il pille indifféremment tout ce qu'il trouve sur les mers, dépouille, rançonne en temps de paix comme en temps de guerre, y compris ses compatriotes, usurpe les pavillons nationaux. Aucun gouvernement régulier ne les reconnaît, ils prennent de force les bâtiments de tous et ne méritent que la pendaison au grand mât, même si Sa Majesté préfère les déférer aux tribunaux. » Louis XIV, avant de signer l'Ordonnance de marine, demande quelques ultimes précisions : « Oui, avec nos corsaires, nous faisons la guerre sans délier bien fortement notre bourse, même si tous les bateaux ne sont pas construits, équipés et approvisionnés entièrement par les particuliers. Des deniers publics concourent à ce succès. » « Et les lettres de représailles, Colbert ? » « Avec elles, Sire, vous autorisez un commerçant à armer en course pour reprendre lui-même des marchandises à bord de navires d'un pays qui l'avaient pillé, et cela à hauteur du préjudice. » « Et comment sont nos corsaires, Colbert, comparés aux autres, je pense aux Anglais, aux Hollandais, aux Espagnols ? Ne deviennent-ils pas pirates ou forbans quand la guerre est terminée et que la course est close ? On me dit qu'il y a beaucoup de manquements et que nos Antilles sont pleines de ces gredins qui trafiquent, pillent sous pavillon français. Et qu'il nous arrive, quand la course redevient légitime, d'engager ces méchants pirates. » Colbert est surpris par la question, mais déterminé dans sa réponse : « Cela existe, Sire, je ne saurais vous le cacher. Mais rarement. Nos corsaires ont la foi, le sens du droit et de l'honneur. Tous les pays ont des corsaires aujourd'hui, tous les ports en sont garnis. Mais vos corsaires, Sire, outre qu'ils sont les meilleurs et les plus braves dans la manœuvre et l'abordage, préfèrent, quand la course est finie, commander vos escadres que de se jeter dans des affaires malsaines. »

Une fois Colbert disparu, le mouvement ne s'est pas ralenti, fort heureusement : la guerre de la Ligue d'Augsbourg a beaucoup fait, entre 1688 et 1689, pour le bien des corsaires, d'Estrées a remporté de belles victoires à Villefranche-sur-Mer, à Nice, à Barcelone, ainsi qu'en 1701, la guerre de la Succession d'Espagne. Certes, une partie de la flotte française s'est sabordée à Toulon. Mais ce n'est rien, comparé au grand désastre de la Hougue, en 1692 : cette année-là, après la défaite cinglante de Tourville, le Roi-Soleil a cessé de croire en sa marine.

Le roi, songeant de nouveau à cette bataille perdue, interroge Pontchartrain : « Comment s'appelle notre corsaire d'Honfleur ? Celui qui, apprenant à Dantzig la nouvelle de la défaite de la Hougue de la bouche de marins anglais qui lui montraient leurs culs nus en se moquant de la flotte française, avait si bien réagi ? » « Doublet, Jean Doublet, Sire, un brave corsaire, véritablement. » L'histoire a redonné le moral à la Cour après la Hougue : Jean Doublet avait en effet sauté dans une chaloupe, s'était précipité sur les rieurs et en avait, à l'épée, pourfendu en brochette une bonne dizaine.

Les tentes et les pavois de *La Réale* sont enfin dressés sur le Grand Canal. L'air devient plus frais soudainement, des nuages assombrissent l'atmosphère. On dirait qu'il va pleuvoir. Deux marquis, l'un de Coëtlogon, l'autre de Châteaurenault, deux grands marins aujourd'hui en retraite, sont aux anges et croient revivre l'époque bénite du Grand Canal. Le vent commence à souffler fortement. Un gondolier en veste de brocart, quelques matelots, le pavillon fleur-delisé, tout est en ordre, ou presque. La grande galère est toujours aussi somptueuse, comme lorsque Tuby et Caffieri la décorèrent. Comme autrefois. Que de souvenirs ! Ces grandes illuminations sur l'eau, ces feux d'artifice ! Les compétitions entre les charpentiers de marine pour les plus belles maquettes. *La Dunkerquoise*, faite à Versailles, par des artisans flamands, si ressemblante aux embarcations qu'on trouvait dans ce port. Tous ces navires qu'il a honorés, les gondoles offertes par le doge de Venise, si instables. Le grand vaisseau fait maison et qui porte le fanal de commandement... Et ce fou de Massiac de Sainte Colombe, avec son navire à aubes. Et tous les ingénieurs, le Napolitain Pangallo, avec sa frégate miniature, maître Deane et ses yachts peints sur des croquis de Le Brun... Et tant de concerts lors des croisières : grâce à Colbert, la flotte du Grand Canal offre un échantillon précis de tous les bateaux qu'on trouve en mer. Il y a bien longtemps qu'il n'a pas vu la mer, le roi. Son enfance a été prometteuse : après la fameuse expédition à Dieppe, il a visité, à onze ans et demi, Bordeaux, son armée navale, ses grands vaisseaux si bien armés. Puis, en 1658, il fait son entrée dans Dunkerque, contraint de céder le port à l'Angleterre. L'année suivante, ce sera Brouage, l'année d'après encore, Marseille, qui frappe le roi par son effervescence. À Toulon, toujours en 1660, le chevalier Paul, corsaire réputé, fait suspendre des oranges confites à ses arbres dans sa bastide du Las pour contenter ces dames de la Cour qui accompagnent le roi en visite. Au pied du Faro, du mont Caume, du Gros Cerveau et du Coudon, la rade de Toulon les éblouit. 1660, 9 juin : c'est dans le port de pêche de Saint-Jean-de-Luz que Louis XIV épouse Marie-Thérèse. Puis, en 1661, il est à Nantes, l'année suivante, de nouveau à Dunkerque, mais cette fois pour célébrer l'acquisition du port par la France. Il y retournera une troisième et dernière fois en 1680. Quant à Marseille, il y fera une seconde visite, reçu magnifiquement par la colonie corse.

« Et comment vont nos corsaires, Pontchartrain ? Car il y a bien longtemps que je n'ai eu l'occasion de m'entretenir avec eux ! » Le roi s'est fait une spécialité de les intégrer dans la Marine royale : c'est le cas de Duguay-Trouin, de Bart, de Cassard, entre autres. Le secrétaire d'État craint d'avoir failli à son devoir d'information et de distraction de Sa Majesté : « Vous connaissez déjà les plus glorieux d'entre eux, et ils ne manquent jamais de vous adresser le récit de leurs exploits. C'est ainsi que, récemment, notre cher Duguay-Trouin vous a conté le détail de son siège de Rio de Janeiro... Jacques Cassard, le Nantais, voudrait saluer Sa Majesté et bien qu'un peu étrange, je vous le recommande. Quant au chevalier de Forbin, il est très présent à la Cour. Nos hommes connaissent, hélas, trop souvent la terreur des pontons anglais : des navires démâtés dans des ports, sur une rivière, qui sont transformés en prisons flottantes. Courageux marins que nos corsaires, Sire, je vous l'assure. Grâce à vous, on retiendra de notre pays qu'il a eu parmi les plus grands corsaires de tous les temps et de toutes les nations. » Devant le bassin des Néréides, sur les eaux du parc, dans les fontaines règne un petit air de bataille navale. Pontchartrain commente, décrit les bâtiments avec une science qui frappe le petit groupe de visiteurs qui a rejoint le roi et son secrétaire d'État. « Des chaloupes, creuses, non pontées, Sire. Une barque boulonnaise, des dogres et des lougres. Voilà un beau brigantin ou une corvette de course : admirez son perroquet de beaupré, son mât de misaine à trois voiles carrées. Une frégate à trois mâts, bien entendu, comme vous en cédez souvent à nos corsaires, celle-ci est très considérable, quatre cents tonneaux. Et voilà deux magnifiques vaisseaux qui jaugent facilement le millier de tonneaux chacun. Nos fleurons, Sire, sortis de nos arsenaux de Brest ! Des felouques napolitaines, de Provence... »

Pontchartrain s'interrompt. Le roi n'écoute plus. La flotte du Grand Canal est au complet ou presque. Mais ne sert à rien. Le roi est ailleurs. Il songe, mélancolique, assis sur un fauteuil qu'on lui a apporté. Colbert est mort, Duquesne est mort, et mort malheureux bien que le roi l'ait autorisé à conserver sa foi protestante, Tourville est mort, une grande perte aussi, souvent malade, ce pauvre comte, tuberculeux, cracheur de sang malgré lui, Jean Bart est mort, et même son amiral du canal de Versailles, ce brave marquis de Langeron qui a si bien défendu Toulon assiégé et qui, sur le Grand Canal, commandait deux cents hommes, officiers comme galériens. Qui savait faire naviguer aussi bien les piotes vénitiennes que les yoles ou autres frégates dans le parc du château. Et ces fichus rhumatismes qui lui prennent le dos, toutes les articulations ! Le vent souffle désormais fortement, de grandes bordées qui créent une réelle animation sur le Grand Canal. Un officier de marine, tout à la joie du commentaire, décrit les forces du vent : « Grand frais, coup de vent, Sire, puis fort coup de vent, tempête, violente tempête et ouragan enfin. La mer est un miroir qui sait se rider, moutonner, écumer, tourbillonner, déferler... Ces hautes lames en rouleaux, l'air empli d'embruns et d'écume... » Louis bâille d'ennui à ces descriptions. Il fait un peu frais ce matin, son médecin a raison, cette herbe humide, ces souvenirs, toute cette agitation de navires, de voiles et de mâts dressés, trop d'émotions pour son âge avancé. Le roi s'est endormi. Il rêve, en vérité. Un rêve extraordinaire, une promenade sur l'eau, des nymphes, des néréides, des ours polaires, le roi fait d'étranges rencontres, Hadès et Perséphone, Galatée, Thétis, les petites filles de Pontos et de Gaia, de magnifiques jeunes filles avec de longues chevelures, des baleines énormes, des tortues géantes, des oiseaux avec têtes d'hommes, des poissons avec poitrines de femmes, des pieuvres, les âmes maudites des capitaines corsaires naufragés, des tritons et des poissons volants, des hydres. Son médecin lui tapote légèrement l'épaule. Louis se réveille. Il faut rentrer, il doit rentrer, se coucher un peu. Aimer s'il veut, parce que c'est moins dangereux que de prendre la mer.

Déjà, à l'évocation de cette jeune dame de la Cour qui l'attend dans sa chambre, le roi se sent mieux. Comme à Dieppe, quand on a tout juste neuf ans, qu'on voit la mer pour la première fois, devant la fenêtre, avec la comtesse de je ne sais plus quoi, la prise du vaisseau espagnol par le corsaire français, la poigne experte d'une femme qui prend en main la barre du gouvernail par lequel tout le corps d'un homme est mû, propulsé, une très longue vie durant.

CHAPITRE II

Le mauvais rêve de César

Ô mes hôtes, qui êtes-vous ? D'où venez-vous
en sillonnant les humides chemins ?
Naviguez-vous pour quelque négoce ou à l'aventure
tels les pirates qui errent en exposant leur vie
et portent le malheur chez les étrangers ?
HOMÈRE.

Il n'aime pas la mer. Décidément. Sel corrosif, rochers coupants, fonds inquiétants. En ce mois de mars, tout particulièrement, humide, glacial, à la grise couleur des flots boueux. *Mare nostrum*, fermée d'octobre à avril, tant les dangers en sont grands... De la mer, on ne peut rien espérer de bon : si ce n'est un naufrage, une attaque, ce sera, venant d'elle, une de ces invasions qu'il redoute tant pour l'Empire. Mais on attend de lui qu'il aille inspecter la flotte à Ostie ! Qu'il monte à bord des galères ! Lui, le vieil éphèbe, toujours élégant, un rien hautain, qui ne supporte pas le sable mouillé au bout de ses sandales de cuir luxueux ! Son orgueil ne tolère pas plus le roulis et la vie à bord ! Des escadres avec des vaisseaux rapides à deux rangs de rames sillonnent déjà les mers de l'Empire, vigies attentives : près de Naples, de Ravenne, mais aussi à Césarée, en Mauritanie, à Séleucie, en Syrie, et à Alexandrie, en Égypte. Gredins, canailles, Istriens, Dalmates ou Liburnes, tenez-vous bien ! Tapis que vous êtes au bord des grandes routes, amateurs de rapines, infestant les eaux du monde ! La mer Noire et la mer Rouge sont sous contrôle, certes, mais il lui revient, affirment ses conseillers, de saluer la flotte et les marins qui font de ce littoral la côte la plus sûre au monde. Une visite au grand port ! Il hésite encore à se rendre à Ostie, à noyer ses narines dans ce fumet de poisson avarié et de goudron chaud. Si vraiment « tout provient de l'eau », comme le prétend obstinément Thalès de Milet, il est bien un être à part. Qui provient d'ailleurs. Qui déteste l'eau, les bateaux et ceux qui les conduisent. Qui n'aime que la terre, bien ferme, comme la peau après une séance de palestre et un long massage avec des huiles rares. Lui, le grand monarque du monde, l'empereur intégral : Caius Julius Caesar.

La nuit dernière, il a fait un rêve épouvantable. Le même depuis bientôt trente ans. Trempé, au réveil. La mer, qui le fascine et qui le rejette. L'Océan, ce vieux Neptune qui règne sur un équipage d'hippocampes au pied marin. Le palais des Néréides, au fond des eaux, peuplé de dauphins. Un kraken, une espèce de monstre marin, calmar géant, qui enserre une embarcation sur laquelle il se trouve. La pieuvre, *navis fracta*, fait chavirer le bateau, une voie d'eau d'abord, puis les éléments qui se déchaînent, le vent, les ouragans, des éclairs un peu partout, avec des orages et des trombes d'eau. Un typhon, croit-il ! La barque est en feu, les poudres explosent, un immense incendie qui brûle les grands bras du poulpe dans une terrifiante odeur de chair carbonisée. Et lui qui a appris la navigation du bout des doigts, qui sait à peine sonder les hauts-fonds, encore moins manœuvrer, lui, le grand César, a brusquement le mal de mer. Une terrible nausée qui lui remplit la gorge. Le visage de Pompée lui apparaît, grimace atroce dans un masque blême de chair déjà morte. Un pirate !

Il s'est réveillé en sueur. La nuit du Latium est calme. Rome, la capitale du monde, dort, profonde, recueillie, attendant comme l'Atlantide, submergée il y a des millénaires par l'Océan au-delà des colonnes d'Hercule, que sa gloire soit effacée brusquement. « La véhémence du flot n'épargnera rien et sur la terre toutes choses disparaissent. » En cette nuit de mars 44, avant que Jésus-Christ ne vienne au monde, César a peur. Il a longuement parlé avec l'un des capitaines de sa flotte du retour des pirates, de ces fous de razzias, qui ont fait tant de mal. De nouveaux peuples du Nord qui vont, il en est persuadé, s'abattre sur Rome, pillards, saccageurs de civilisations. Il les connaît, ces voyous, et sait que demain les marchés de Rome seront privés des provisions venant de l'étranger, il sait que la ville sera affamée. César redoute à chaque instant la ruine et la corruption. Les Vénètes qui viennent d'Armorique ! « Ils ont le plus grand nombre de navires, avec lesquels ils commercent avec la Bretagne, et surpassent les autres peuples par leur science nautique et leur expérience de la navigation. Ils occupent les rares ports de cette vaste mer violente et orageuse », vient-il de déclarer la veille au Sénat. On ne l'a pas cru, cependant. Juste accusé de vouloir profiter d'une pareille menace pour accaparer tous les pouvoirs et instaurer la monarchie dont les Romains ne veulent pas. La paix est fragile, pourtant. Les pirates sont à jet de flèches de la côte. Ces forbans n'ont rien à perdre, pas même la vie, tant leur existence est éphémère, douloureuse, consignée dans des trous à rats le long du littoral. Leurs navires, aux carènes de bois de chêne doublées de clous de fer, sont comme les poitrines d'hommes désespérés dont les torses serviraient de boutoirs pour renverser Rome. Tempêtes, hauts-fonds n'y pourront rien, ni même les grappins des galères d'Ostie. Rome est en danger de mort, mais Rome a sommeil, Rome fait sa nuit en ronflant sur un air de cithare, et Rome n'aime point qu'on la réveille.

C'est auprès de Cornélius, son secrétaire, que César passe le reste de la nuit. Le vieux savant écrit un livre, une « histoire des pirates les plus fameux », qu'il n'en finit pas de corriger. Bavard impénitent, ses récits sont passionnants : avec Cornélius, la leçon se fait poème. César, une fois encore, est conquis. S'il déteste la mer, il adore qu'on lui raconte des histoires de pirates. Pour dormir. Pour se faire peur, une fois de plus. Et si tout cela n'était qu'histoires à dormir debout ? Rome menacée des pirates ? La Méditerranée infestée de pareils poisons ? Et si de hordes ennemies, il n'y avait que la populace qui se plaint de César l'autocrate ? Et si, à jamais vaincus par les légions de César qui ont conquis les Gaules, les Vénètes reposaient avec leurs robustes navires au fond de la baie de Quiberon ? Et si les forbans n'étaient que dans sa tête, son imagination ? Et si de vrai danger il n'y avait que dans les couloirs du Sénat ? De danger intérieur ! Et si César, fou de pouvoir, s'inventait des envahisseurs, prétextait des pirates pour se cacher à lui-même la pourriture et la corruption de son Empire ?

Le dictateur, l'autocrate absolu ne voit, n'entend plus rien. Souvent, il délire, dans son sommeil, et s'adresse aux peuples de la mer, aux forbans et autres assassins qui ont fait la réputation des océans. C'est avec eux, seuls, qu'il entretient le dialogue. Sa folie est peuplée de ces noirs compagnons d'infortune qu'il tutoie. Avec eux, il retrouve sa part d'enfance, ce goût enfoui de la haine de l'ordre établi, ce grand livre de l'inconséquence dont il a, à jamais, fini de tourner les pages. Il rêve d'infamie mais ne cultive que la dignité du pouvoir. Pirate ! Du grec, *piran*, « essayer », du latin, *pirata* : c'est celui qui essaye, tente la fortune, qui entreprend – « l'audacieux, comme vous, César », affirme Cornélius. Son vaisseau est son meilleur compagnon et son pavillon, noir d'encre comme le ciel traversé des bourrasques et miroir d'un monde aigre, agité, secoué. Con de dieu ! Le pirate blasphème, crache dans l'eau, pisse devant les temples, croit dans le mystère, la fâcherie des éléments, aime le péril, l'idée de ne jamais revenir, un monde féroce, lieu de transition méconnu vers l'inconnu. César se sent seul, désespérément seul, cette nuit. C'est la fin d'un monde que cette aube vient saluer dans la pâleur du petit matin des ides de mars. Dans son rêve de pirates, il est comme au centre de ce monde, avec le sentiment d'être également au milieu de nulle part, comme on est en mer, sur un bateau, libre, paradoxalement, et enfermé dans une caisse de bois. Là, il s'exerce à une vraie discipline : mais une fois à terre, une fois réveillé, il se relâche, c'est la folie, le sexe, l'alcool, l'autorité...

César n'a plus le goût de vivre, désormais. Cornélius, qui connaît la grande tristesse de son empereur, convoque Jason et Ulysse et lui lit les premières pages de son docte ouvrage.

Les pirates sont nés il y a plus de cinq mille ans... Arabes, indiens, chinois, malais... Leurs premières attaques furent pour la Chine, l'océan Indien ou le golfe Persique. Terrés dans le détroit d'Ormuz, sur la côte de l'Arabie... Et souviens-toi, César, d'Hatshepsout, la grande reine d'Égypte, ton égale en puissance, sinon en sagesse, qui a envoyé une expédition pour piller le pays du Pount et a ramené dans ses navires de l'or, de l'encens, des bijoux. Rêve, César, de ces galères subtiles, cachées dans de petites criques, de ces Phéniciens qui commerçaient entre la Méditerranée et l'Orient. Songe, grand César, à Dionysos, surpris dans son sommeil sur une plage de l'île d'Ikaria par des pirates tyrrhéniens qui le conduisent sur leur bateau, songe à ce dieu qui se métamorphose en lion, à ces pirates qui prennent peur, se jettent à la mer, sont transformés en dauphins, l'animal favori de Poséidon. Et relis le divin Homère, traverse la patrie d'Ithaque, qui servit d'entrepôt à ce pirate d'Ulysse. À peine rentré à Ithaque, se présentant à Eumée, se disant pirate, il parle vrai : « Si brave au combat, je n'avais aucun goût pour le travail des champs. Ce que j'aimais, c'étaient les rames, les vaisseaux, les flèches, les combats, les javelots polis. Tous les outils de mort, qui font trembler les autres, étaient ma joie. »

César fixe Cornélius dans les yeux. Le cauchemar a fait son nid dans son regard. De nouveau, les pirates, comme des rats dans sa tête, font bourdonner son crâne, s'écarquiller les yeux. La folie est revenue et avec elle les grandes invasions, les brigands de mer, la *mare nostrum* mourante. Il paraît plus désemparé que jamais. Cite Agamemnon, d'une voix blanche : « Les vautours se repaîtront de leur chair sans défense et nous emmènerons sur nos vaisseaux leurs femmes et leurs petits-enfants, après avoir conquis la ville. » Se met à plaindre Ménélas, époux malheureux d'Hélène, qui fait profession de piraterie en Méditerranée, a erré des années, a souffert pour remplir les cales de ses bateaux de trésors volés. Se rit, d'un rire grave et inquiétant, des récits que fait Cornélius de ces anciens Phéniciens qui trafiquaient également l'or et les esclaves et qui peuplaient les marchés d'Asie Mineure ou les quais de Délos de jeunes femmes vigoureuses et élégantes. Beautés à vendre ! Femmes qu'ils avaient attirées sur leurs navires en leur conseillant des bijoux, des soieries et qu'ils avaient enlevées, en appareillant soudainement pour d'autres ports. Cette nuit encore, César a chassé une jeune esclave venue de Nubie et qui s'attachait trop à sa couche, en prétextant qu'elle n'avait pas fini son travail, tant l'imperator était vigoureux !

« Et la Crète, Cornélius, que devient-elle ? » César interroge Cornélius. La Crète, dans ce petit port de Kato Zakro, au sud de l'île, qui abritait la première police navale de l'Histoire, des bateaux légers, prêts à s'attaquer aux pirates. César s'inquiète. Depuis toujours, entre Syrie et Italie, les Crétois volent des bateaux, tandis que lui, César, vole, comme Alexandre auparavant, des empires. La Crète est décidément un nid de pirates, tout comme l'Égypte, tout comme le redevient cette terrible côte de la Cilicie, entre Syrie et Anatolie, avec ce petit port de Coracesium et ses navires légers aux voiles rouges, ses cachettes de trésors volés à l'Égypte, à la Grèce, à Rome, aux Phéniciens... Pour les Ciliciens, dont les ancêtres furent les Tyrrhéniens et les Illyriens qui écumaient l'Adriatique, aucune loi ne tient. « S'ils ont été vaincus, ils retourneront sur les lieux », affirme César en épongeant son front trempé de sueur.

Son rêve lui revient : comme sur le bas-relief de Médinet-Abou, des hommes nus, sauf leur pagne, avec des couronnes de plumes, des boucliers ronds. Ramsès III a repoussé les hommes blonds qui viennent du Nord, les peuples de la mer, Philistins et Zakals, hommes, femmes et enfants, qu'il faut chasser à coups de flèches empoisonnées. La figure effrayante, grimaçante de Polycrate, le tyran de Samos, le mécène des poètes, d'Anacréon, des architectes comme Eupalinos, et qui lui tire une langue toute noire. « Tu vas mourir, ô César, et je brûlerai mes cent bateaux sur la mer Égée si je me trompe ! Tes trirèmes n'y pourront rien, ni les anciens Athéniens qui chassaient les Dolopes, les marchands de l'île de Skyros, jaloux de leur pouvoir menaçant la cité attique, en les attachant par les poignets, puis en les jetant du haut d'une vergue sur le pont puis dans la mer, tout sanguinolents ! » Et puis cet autre visage, ces yeux morts qui semblent le regarder pourtant, celui de Pompée, l'ami, le traître, le frère, l'assassiné : comme les matelots tyrrhéniens savent le faire, il lui semble qu'on vient d'attacher son corps à celui d'un mort, visage de César contre visage de Pompée. C'est un forban que ce César dont les galères subtiles, tirées par des rameurs, conduites par le vent, sont menacées par les pirates qui sont comme les guêpes sur le miel, qui s'en retournent toujours près de leurs nids ! Infâmes brigands des mers ! Charybde puis Scylla !

Cornélius parle, une heure durant, des sociétés minoennes de Crète, des cités marchandes du Liban, des colonies pirates de la Méditerranée, de la flotte étrusque ou carthaginoise, de Plaute qui prétend que celui qui veut se préparer beaucoup d'embarras n'a qu'à se donner deux choses, un vaisseau et une femme... De ces oiseaux qu'on suit en plein vol sur la mer et qui sont les meilleurs guides pour les capitaines. César ne le quitte pas du regard, tout comme ses yeux semblent dessiner ces bateaux qui se fracassent contre les rochers, avec leurs proues et leurs poupes élevées et qui parcourent le récit du vieux savant. La reine Teuta qui fait assassiner les deux ambassadeurs romains venus la visiter dans son repaire de pirates sur le littoral illyrien. L'empereur est hypnotisé. Une main de fer, comme un de ces grappins de la flotte romaine, se pose sur lui. Au bout de l'éperon, un bras, un corps penché sur lui, celui de Cornélius, le fidèle secrétaire, qui croit voir César évanoui. Mort ?

L'empereur est fatigué, simplement. Quelques instants, n'ayant pas dormi de la nuit, il s'est assoupi. Mais l'envie de parler lui revient, l'envie d'une confession.

« Je suis né au début du siècle qui va finir. Je suis né d'une famille patricienne et je me nomme Caius Julius Caesar. En ces temps-là, Rome n'avait pas de rivale en Méditerranée. La paresse a laissé la piraterie s'installer. Et moi-même, j'en ai fait l'amère leçon en allant me perdre sur la mer dont l'usage veut qu'elle soit réservée aux plus modestes. Istriens et Liburnes faisaient la chasse aux Romains, tout comme les Vénètes d'Armorique qui me poursuivaient, me défiaient. Je me souviens de ce jour, j'avais à peine vingt-trois ans, je m'étais embarqué sur un navire pour Rhodes, chassé de Rome pour avoir soutenu mon ami Marius contre Sylla, le fameux dictateur. C'est en proscrit que j'avais décidé d'apprendre la rhétorique chez le grand Apollonios de Rhodes et, bien que sujet au mal de mer, j'avais pris place dans un bateau. Le danger était grand, car les pirates de Crète et de Cilicie pullulaient, pillaient nos villes d'Étrurie, du Latium, affolant nos peuples, enlevant nos prêteurs et nos consuls, s'attaquant aux familles de nos commandants de la flotte, décimant nos escadres près d'Ostie. La route du blé était presque coupée, les prix grimpaient vertigineusement et déjà, à Rome, les démagogues appelaient à la rébellion tandis que la plèbe voyait sa colère et son désespoir monter. Sur la mer, cette tension faisait naître des vibrations dont notre navire était traversé. Depuis quelques jours, les liburnes à voiles rouges et aux pavillons à têtes de mort des pirates du golfe d'Or étaient signalées, pillant les sanctuaires de la côte, eux dont le seul culte s'adressait à Mithra. L'une de ces embarcations nous repéra, au large de l'île de Pharmacuse et de la côte de Carie, non loin de l'archipel des Sporades, et nous fit signe d'approcher. Plutôt que de nous défendre à distance et de nous jouer des vents et des marées, notre capitaine, plus familier du combat terrestre, voulut jeter son corbeau, cette passerelle mobile avec de grands becs métalliques, sur le pirate qui nous narguait. Fatale erreur ! Le pirate cilicien s'empare de nous, fait son nid infect à notre bord, notre médecin révèle mon identité à ces brutes sanguinaires tandis que je me tiens, comme à mon habitude, à quelque distance du drame et que je manifeste, par mon silence, la nature de mon rang. Nos pirates font mine de découvrir que nous sommes Romains et nous tiennent une comédie déplaisante : ils font semblant d'être désolés, nous flattent, nous cajolent, demandent mille pardons, brossent nos toges pour en enlever la poussière, se mettent à genoux et font descendre une échelle de corde le long du navire en nous priant de nous en retourner au plus vite et au mieux chez nous. C'est-à-dire, comme nous sommes au large, au fond de la mer ! Une dizaine d'entre nous sont désignés pour amuser la galerie, sont poussés au bas de l'échelle, brutalement jetés à l'eau et frappés par de longues rames s'ils ne coulent pas immédiatement. Les rescapés sont priés d'applaudir à ce spectacle généreux. Après une nuit passée sur leur infâme bateau, on nous dépose à Pharmacuse. Ma tenue de jeune patricien luxueusement vêtu attire les convoitises, tout comme mon goût pour la poésie que j'écris sur des tablettes et que je récite le soir à cette population si peu instruite, prise de boisson et sujette à des envies de sexe qui la conduit à violer tout ce qui porte le nom de femme à l'alentour. La détention a ses vertus, cependant : je combats l'ennui en nageant, faisant de la lutte, de la course, toutes sortes d'exercices fort utiles pour résister au chagrin d'être loin des siens et incertain quant à son sort. Mes vers deviennent mélancoliques, de même que ma toge fine et brodée précieusement se salit et prend la couleur des vêtements de ces pirates négligés. Ils sont riches pourtant, avec les poupes dorées de leurs navires, ces tapis de pourpre sur lesquels ils se vautrent, et leurs rames recouvertes d'argent en leurs extrémités. L'heure est venue de nous rançonner. Les pirates se concertent et s'adressent à moi : “Ce sera dix talents, un bon poids d'or, pour ta liberté !” La somme provoque en moi un rire qui les frappe : “Vous n'êtes pas sérieux, je vaux bien plus, ce sera cinquante talents, je vais vous les faire conduire, mais sachez bien que je vous ferai crucifier, plus tard !” La compagnie des Ciliciens est stupéfaite mais accepte, bien entendu, le marché avantageux. Au bout de trente jours, la rançon promise leur arrive, on nous libère et nous conduit, libres, à Milet, ville carienne à l'embouchure du fleuve Méandre. Là, je me rends chez le légat, Valerius Torquatus, que je convaincs de me donner du renfort, cinq belles galères et cinq cents hommes... Je retrouve le chemin de mes ravisseurs, je les surprends dans leur sommeil, les arrête, récupère la rançon qu'ils n'ont pas encore eu le temps de boire ou de distribuer, les conduis à Pergame et, malgré l'avis du prêteur pour qui ces assassins sont ses meilleurs gardes-côtes, j'en fais crucifier trois cent vingt, exactement. Et parce que je suis humain et que je vois leurs regards effarés à l'idée d'être cloués en croix et de mourir lentement, je leur rends une dernière justice : tous ceux qui le souhaitent seront égorgés avant d'être exposés au supplice de la croix. »

César, à l'évocation de ce supplice, sourit doucement, comme attendri par sa propre clémence. Il s'arrête quelques instants, puis reprend le cours de ce long monologue fait à Cornélius.

« J'ai été trop bon ! Certes ! Avec les pirates, il ne faut nul accommodement. Les Romains ont peur de ces voyous agiles et téméraires qui les menacent d'asphyxie. C'est pourquoi j'ai voté, avec le Sénat, quelques années plus tard, les pleins pouvoirs à Pompée, nommé *praefectus classis* et *orae maritimae*. Il fallait à Pompée l'*imperium*, l'autonomie sur toutes les côtes et toutes les mers, l'autorité sur les magistrats et les gouverneurs pour nettoyer le monde de cette infection de pirates, avec leurs myoparones, leurs hemiolae et leurs liburnes, leur chef Mithridate, roi du Pont, qui les armait, leurs montagnes du Taurus où ils se réfugiaient après leurs forfaits. À la tête de cinq cents galères et de plus de cent vingt-cinq mille hommes, tant marins, légionnaires que lieutenants, Pompée ferme, en 67, la Méditerranée par les Dardanelles, Gibraltar et le canal de Sicile. L'ennemi est fait prisonnier : neuf commandements, vingt-cinq escadres commencent à organiser le nettoyage systématique de toutes les côtes. Peu à peu, la Libye, l'Étrurie, la Sardaigne, la Corse, la Sicile sont libérées des pirates, la Grèce tombe à son tour, puis la Cilicie, de nouveau les blés d'Afrique arrivent à Rome, les prix se stabilisent, près de trois cents bateaux sont capturés, mille autres détruits, dix mille pirates tués et le double faits prisonniers. Pompée, déjà connu pour avoir reçu les honneurs du triomphe avant l'âge de vingt-cinq ans, avoir participé activement aux affaires d'Afrique et de Sicile, et avoir supervisé l'approvisionnement de Rome par voie maritime, Pompée devient, par sa campagne de quarante jours contre les pirates, un véritable héros parmi le peuple. Sa charité étonne : il ne supplicie pas les prisonniers, mais les fait engager comme rameurs ou cultivateurs, libère des centaines d'otages, fait tomber Mithridate, après avoir nettoyé l'Asie Mineure, le Caucase et la Syrie. Mithridate demande à sa femme et à ses sœurs de se supprimer, pareillement, il ordonne à un serviteur de le tuer après avoir vainement absorbé un poison contre lequel il s'était immunisé un peu plus tôt. Pompée hérite de son cadavre. Pompée, Pompée ! Le grand Pompée ! »

Mais, Pompée, ô César, pourquoi songer encore à lui ? L'empereur semble sortir de cette prison de la conscience dans laquelle il s'était muré depuis quelque temps. En fixant Cornélius, il paraît réciter une leçon apprise par cœur. « Mais Pompée, c'est plus qu'un frère, et un frère que j'ai tué ! Toute ma vie est liée à la sienne. Je me suis appuyé sur le parti populaire pour lui résister ainsi qu'au Sénat tandis que j'étais jeune. Questeur, puis prêteur, j'ai fait alliance, finalement, avec lui et avec Crassus, pour fonder le premier triumvirat, c'était en 60, puis je suis devenu consul, j'ai conquis la Gaule des années durant, j'ai écrit... Pendant ce temps, Pompée est devenu le héros que l'on sait. Le grand Pompée. Notre second triumvirat a scellé notre accord en 56 : à lui la péninsule Ibérique, à moi l'Italie... Crassus meurt en 53, Pompée exige de moi que je revienne à Rome comme simple citoyen, je m'y refuse, je franchis le Rubicon, lui veut, avec l'aide du Sénat, rester à Rome, et là je chasse Pompée, il fuit, je le poursuis, d'une haine d'autant plus féroce que je l'aimais, que je lui avais donné ma fille, Julia, pour épouse. À Pharsale, je l'écrase, le pousse plus loin encore à se réfugier en Égypte. Cnaeus Pompeius Magnus, mon frère, traître à notre amitié mais indissociable à mon cœur, est mort, assassiné par le roi Ptolémée Aulète, cet ignoble imbécile que j'ai fait aussitôt destituer. Mort, Pompée, devant sa femme et son fils, le cher Sextus, qui est comme mon neveu ! Mort, parce que je l'ai voulu ! Et mort, son absence m'est insupportable ! Et maintenant, le jour s'est levé, Cornélius, habille-moi, je vais me rendre au Sénat, je n'irai pas voir les galères à Ostie, je veux parler à Brutus, mon prêteur préféré, mon fils, comme à Cassius pour les convaincre du bienfait de la monarchie ! Et de la fragilité de la *pax maritima* ! »

Le dictateur à vie s'habille, se pare du laurier et de la pourpre qui sont les attributs du triomphateur. Quand il sort du palais, accompagné d'une garde réduite, le matin de Rome est sombre, le soleil est obscurci par d'énormes nuages chargés d'eau et de brumes. Seul Brutus, à cette heure, sait que dans quelques instants le grand César, arrivé au Sénat, va périr, le corps traversé par une lame et la tête se fracassant contre la statue de son indispensable double et ennemi le plus cher, le grand Pompée.

CHAPITRE III

Jeanne, la Lionne sanglante

Qu'il est de merveilles !
Mais rien qui soit plus merveilleux que l'homme.
Par la mer blanchissante sous les tempêtes du Sud,
il s'en va au-delà des houles grondantes.
SOPHOCLE, *Antigone*.

Cette tête, là, posée, ficelée en haut de la porte Sauve-Tout.

Le regard supplicié de l'homme qu'elle aime.

Nantes, l'œil de la Bretagne.

Sous le soleil, le jour.

Sous la lune, la nuit.

Le sang caillé dans lequel ont baigné les cheveux noirs, cette langue qui sort de la bouche, blanc morceau de chair gonflée, posé sur la lèvre inférieure, comme pour marquer le dégoût de tout. Celui de la traîtrise dont la Cour de France vient de se rendre coupable. Comment, breton, ne pas se sentir étranger à ce royaume sans parole ? Comment ne pas haïr ?

Jeanne sait, à cet instant, ce que « forban » veut dire : hors du ban, hors de la loi. C'est décidé, elle sera pirate. La première d'entre toutes les femmes.

Deux grands yeux tout morts qui semblent ne pas croire à ce spectacle, à cette foule qui défile devant la porte de Nantes, obligée de se couvrir lorsqu'elle passe devant la tête qu'on vient de poser, toute fraîchement arrivée par une malle de Paris, du gibet de Montfaucon. Les corbeaux n'ont pas dévoré la dépouille, picoré tout juste un peu, quelques coups de bec nerveux, bien secs, quelques morceaux de chair, comme de la paille arrachée dans le corps d'une grande poupée. Le bourreau qui s'essuie les mains, lave la hache qui a séparé le corps mort de la tête. Odeur de la chair qui se décompose. Nous sommes en août 1343, le soleil est brûlant et la mort remonte à trois jours. Puanteur d'ammoniaque. Seule Jeanne de Belleville ne se bouche pas le nez. Tête droite, port magnifique, cheveux tirés en arrière, traits fins, sa fièvre est contagieuse, ses lèvres enflammées. Sa beauté est inouïe. Regard fixe, regard fou d'une rage qui se contient mais qui pourrait mettre le feu à la planète, tant les yeux sont incandescents. Les deux enfants qu'elle tient par la main sont déjà le museau en terre, vomissant pour l'un, pleurant à larmes chaudes pour le plus petit des deux.

Quatre jours durant, le peuple de Nantes est contraint de défiler. La Bretagne est humiliée et va s'en souvenir longtemps. Le royaume de France, dominateur, veut donner un exemple en exposant la tête d'Olivier de Clisson. Mais pour cette terre de Bretagne en forme de bateau, l'Ankou, la Mort, a ses règles. Quand elles ne sont pas respectées, l'Argoat, repliée sur ses forêts et ses terres, et l'Armor, le pays de l'Océan, se fâchent, le cheval de mer, sans cavalier, le Graal marin, se réveille et parcourt le pays en sonnant l'alerte. La Bretagne est vraiment très en colère.

Une femme, dans son château d'Hennebont, à quelques lieues de Nantes, a décidé de venger sa patrie. Jeanne de Belleville est veuve depuis qu'Olivier de Clisson, accusé d'avoir incendié, à Nantes, plusieurs galères françaises appartenant à l'amiral Grimaldi, au début de cette année 1343, est allé à Paris. Parce que Jean III, le duc de Bretagne, est mort, elle et son mari, Olivier de Clisson, ont choisi le parti de l'un des prétendants, Jean de Montfort, le frère cadet du duc, allié aux Anglais. Contre Charles de Blois, le neveu du roi de France, contre les Valois, contre Jeanne de Penthièvre, contre l'ordre établi : acte manifeste de piraterie ! Olivier de Clisson, qui a cru à une trêve entre les deux parties, est allé à Paris pour assister aux joutes d'un tournoi qui devait marquer l'arrivée de la paix. Il a été arrêté, accusé de haute trahison, condamné sans jugement et exécuté sans autre forme de procès. Innocent, pourtant, de ce dont on l'accusait. Jeanne a réclamé vingt fois qu'on lui rende le corps, la tête, rien n'y fait : même le cadavre d'Olivier est prise royale et ne peut être restitué à la famille.

Jeanne, avec les deux enfants d'Olivier, part alors dans l'intérieur du pays. Elle qu'on connaissait comme une épouse douce devient chef de guerre, et de la guerre la plus cruelle : elle veut tuer le plus grand nombre, parmi les Français. Sans merci, nul quartier, seul compte le nombre, l'addition de morts, de vies interrompues violemment. Jeanne met la campagne à feu et à sang. Des centaines de partisans de Jean de Montfort l'accompagnent, ensemble ils pillent les châteaux appartenant aux alliés du roi de France. Font des carnages, brûlent, s'emparent des valeurs et tuent tout ce qui respire ou résiste. Fureur de Jeanne que, seule, la vue du sang soulage de la douleur de ne plus avoir Olivier auprès d'elle. Philippe VI réagit, il envoie l'armée. Il faut donc se déplacer sur mer, là où Jeanne sera plus forte. Le roi d'Angleterre, Édouard III, concède à Jeanne trois bateaux, elle vend ses bijoux, ses terres et son mobilier, tout son bien, pour pouvoir les armer. Dès lors vogue « la Flotte de représailles de la Manche », ainsi surnommée parce qu'elle va écumer les côtes des années durant. Du port de Plymouth, Jeanne est prête à venger l'honneur d'Olivier de Clisson. Édouard III, qui rêve d'arracher la Normandie aux Français, l'encourage à être sans pitié pour ses victimes. Il doute cependant que cette femme puisse naviguer bien loin, commander des bâtiments, frayer son chemin d'infortune dans les mers déchaînées, par tous les temps, tous les vents, et faire, en plus, la guerre au monde.

Jeanne aime la mer. Depuis son enfance, nantaise, elle accompagne les hommes sur les bateaux, rêve des Goths venus des mers froides et connaît par cœur la légende d'Alwida, la fille du roi Siward, l'une des premières femmes à naviguer au large et dont la cruauté avait terrifié le golfe de Finlande. Avec elle, les Vikings sont de retour. Alfhild la Viking fuit l'amour de Siward et disparaît sur la mer, celle de la Scandinavie. Bateaux dansant sur la mer, venus des brumes du Grand Nord. Olivier en connaissait bien les légendes, les cultes païens et même la géographie. Rois des mers, avec leurs voiles et leurs coques aux couleurs vives, leurs boucliers, leurs chevaux marins. Comme eux, Olivier a écumé les côtes. Il a navigué près des Shetland, des Hébrides, des Orcades et de Féroé.

Olivier de Clisson ne s'oublie pas aisément. Avec lui, Jeanne a voyagé, sur les cartes du moins. Entendu les récits des premiers héros de la mer.

Guinemer de Boulogne, d'abord, l'archipirate qui guignait la mer et qui prêtait ses nefs à son compatriote boulonnais Godefroy de Bouillon. 1097 : ayant quitté sa Manche natale, Guinemer devient le roi de la Méditerranée en prenant Tarse, en Cilicie. Les lois sur les bateaux sont impitoyables et le capitaine boulonnais ne manque jamais de les rappeler : « Le marinier doit souffrir le soufflet ou le coup de poing du maître, mais si le maître le poursuit, il peut se réfugier derrière la chaîne et s'y mettre en défense en requérant le témoignage de ses camarades. S'il frappe le maître ou lève sur lui une arme, il est attaché avec un couteau bien tranchant au mât du navire par une main, et contraint de la retirer de façon que la moitié lui en demeure au mât attachée. Des amendes punissent les injures. Le voleur a la tête tonsurée, puis arrosée de poix bouillante. Quiconque tue un de ses compagnons de bord est lié à sa victime et précipité dans les flots ; à terre, tous deux sont ensevelis ensemble [...] » Eustache le Moine, de Boulogne également, bénédictin défroqué, n'a pas meilleure réputation, ni plus tendre caractère. Travaillant pour Jean sans Terre, puis pour Philippe Auguste, il s'installe à Sark avec sa série de bateaux à voiles et à rames. Celui dont le roi disait au légat du pape qui voulait un sauf-conduit pour rejoindre la

Grande-Bretagne : « Nous vous en donnerons un volontiers pour notre propre royaume, mais si vous tombez entre les mains d'Eustache ou des autres hommes de Louis – son propre fils – qui tiennent la mer, et que quelque malheur vous arrive, ne nous l'imputez pas [...] », a un destin dont Olivier se plaisait à raconter à Jeanne l'issue tragique. Ironie de l'Histoire : pris, un jour de 1217, par les soldats de Jean sans Terre, Richard, le fils bâtard de ce dernier, lui coupe la tête et la fait exposer longuement sur la grand-place de Cantorbéry. Et Olivier d'ajouter, prophète : « Noble fin, n'est-ce pas ! Perdre la tête par passion ! »

Les Normands, venus du Nord, ou Vikings, furent les plus fidèles compagnons de rêve de Jeanne et d'Olivier. *« A furore Normanorum libera nos, Domine »*, avait longtemps supplié l'Europe, dévastée par les hordes du Nord, ces bêtes fauves portées sur la mer par de bien étranges embarcations. Les hommes du pays des criques et des baies sont norvégiens, danois ou suédois et sont d'aussi grands pirates qu'incroyables navigateurs. Ils fendent les flots de la mer sur leurs immenses barques non pontées, en brandissant le glaive. Les villes portuaires, les abbayes sont saccagées, les côtes sont en feu. L'ère viking est celle des guerriers, des pillards mais aussi celle d'entrepreneurs qui découvrent le Grand Nord, le Groenland, l'Islande, la côte américaine. Les pirates vikings sont cruels, aventureux toujours, migrant davantage vers l'Ouest. Des fous furieux que ces Normannis qui finissent par s'attaquer à la Bretagne d'Olivier et de Jeanne ! Quatre siècles plus tard, la mémoire de ces peuples de la mer, de ces navires sombres aux voiles rouges, en est encore vivante. Les Skjoedmer, jeunes vierges au bouclier, qui se battaient comme des lionnes avec leurs longs poignards, font rêver Jeanne.

Les pirates sont entrés dans la danse de mort. Les croisés ravagent, en bons brigands, les côtes d'Asie Mineure en ce début de l'ère moderne. Les pirates catalans ou siciliens font, de leur côté, le meilleur usage des grandes richesses que Venise et Gênes transportent sur la mer. Pirates ou corsaires ? La distinction est difficile. Très vite, les Bretons, ceux de Jeanne et d'Olivier, se singularisent et les Anglais déplorent que « les gens de Saint-Malo soient les plus grands voleurs et les plus grands filous qui aient existé sur la mer depuis de nombreuses années. De ce que nos marchands ont acheté très cher, ils n'ont pas craint de s'emparer par la force et la ruse ». Parce que le commerce maritime bat son plein entre la Russie et les Pays-Bas, puis entre les Pays-Bas et l'Angleterre et tout au long de la côte atlantique, parce que la pêche et le cabotage créent une activité incessante, les pirates font les beaux jours des printemps de ce Moyen Âge qui n'en finit pas. Bretons, Basques, Rochelais, Dunkerquois ou Bordelais ne s'épargnent guère entre eux. La violence est de mise.

Jeanne sera la première femme parmi les pirates. Besoin de liberté, d'espace, seule désormais au monde, privée d'un amour magnifique, elle ne cache pas ses seins sous la toile d'un uniforme. La douleur, la fureur l'aveuglent, la haine va la conduire à poursuivre Philippe de Valois à travers ses vaisseaux, sa flotte. À la tête de son escadrille, elle écume la côte, méthodiquement, port après port, elle « nettoie », incendie, dévaste, elle sait que l'armada bretonne et la flotte anglaise sont supérieures aux forces des Français. Les bannières herminées de la famille de Montfort et les léopards du royaume d'Angleterre en imposent à plus d'un. Avec ses caraques, elle décime les nefs et les galères de la Marine royale. Les bateliers picards, les marins du Cotentin font de larges détours pour éviter son contact. Debout sur le château de son navire amiral, elle commande les combats, des heures entières, puis s'en retourne, sans presque mot dire, dans sa cabine jusqu'à la prochaine attaque. Épuisée, repue, satisfaite pour quelques jours. Tuer, plus encore, tuer plus, à n'en plus finir. Caen tombe, Calais à son tour, le grand port harenguier et lainier, se rend. On a beau dépêcher les meilleurs marins du royaume, la piratesse échappe à ses poursuivants. Le gros temps ne lui fait pas peur, elle manie la voile carrée avec habileté et se faufile entre deux tempêtes. Très vite, Jeanne est célèbre. Selon les villes, selon les camps, selon qu'on va mourir ou être vengé, on l'appelle la Lionne tragique, la Veuve sanglante, Jeanne la Flamme.

Jeanne tue. Une fois, dix fois, cent fois, mille peut-être. De sa main qui agit comme une faux et ne faillit jamais. Fait couler d'un port à l'autre plus de sang sur le sol de France que jamais il n'en a coulé sur la terre de Bretagne. Elle aime ce jeu de la mort, se réjouit que le Parlement l'ait bannie, lui ait confisqué tous ses biens, et de son gant ensanglanté manie l'épée comme d'autres, pour s'aérer, un éventail, fait que « toutes les têtes volent au-delà des corps et deviennent des objets à ficher aux murs ».

Un jour pourtant, son escadre est localisée, et après des heures de combat, son navire est pris. On la cherche vainement, sur le pont, en soute. Elle n'a pas complètement disparu. À une heure de là, une chaloupe la porte, avec ses deux enfants, vers une longue errance. Douze rameurs les accompagnent, à la barbe des Français. Ils dérivent des journées entières, sans jamais voir la côte, espérant l'Angleterre, s'adressant au soleil. Ils n'ont plus rien à boire, presque pas à manger. Le plus jeune des garçons tombe dans le coma, délire, puis meurt dans ses bras. Elle se résout à lui donner la mer pour sépulture et regardera longtemps cette surface agitée des flots qui a englouti la dépouille de son fils.

Enfin, une côte apparaît. C'est la Bretagne, natale et chérie, enfin vengée. Il reste à se cacher, de retour sur la terre ferme. Un homme, un Anglais, est fasciné par sa beauté, son courage. Jeanne de Belleville, veuve Clisson, épouse Gauthier de Bentley. Avant de disparaître de la scène du monde et de se retirer loin de tout, elle place son fils aîné, Olivier, à la Cour des ducs de Bretagne. Dans quinze ans, le fils du supplicié, Olivier de Clisson, comme son père, deviendra, à la suite de son ami Bertrand du Guesclin, connétable de France.

Chapitre IV

Barberousse, un nom pour deux frères

C'est un mois de mai sans pareil, il fait si doux à Constantinople et les orangers ont donné, en cette année 1546, de magnifiques fruits, odorants, charnus. La Corne d'Or embaume et Soliman, comme le prophète Mahomet, est grand, songe Kheïr ed-Dine, qui ouvre les yeux sur cette nuit, sur ce ciel piqué de mille étoiles lumineuses. Pour un dernier voyage aux jardins embaumés de l'Éden, c'est une belle surprise, digne du plus grand des pirates de la Méditerranée. Ses lieutenants, d'Alger, ont tenu à lui fêter son anniversaire et ont fait livrer, par voie de mer, quelques présents dont il ne fera rien mais auxquels il a été sensible : quatre chiens de race, anglaise, comme il se doit, des oiseaux avec des plumes colorées, vingt soldats espagnols enchaînés par les pieds et en bonne santé ainsi qu'une jeune vierge de l'aristocratie portugaise, vêtue de pourpre et montée sur un magnifique cheval bai qu'elle ne veut quitter que pour aller dormir.

Les yeux de Kheïr ed-Dine, deux volcans, noirs et brillants, que l'âge n'a point éteints, ont goûté le butin d'anniversaire. Mais depuis qu'il a renvoyé, faute d'utilité, sa garde d'eunuques circassiens chargée de veiller sur son harem, il n'a plus de harem et sans harem, sans organisation pour faire vivre ensemble femmes et filles de toutes origines et de tous âges, il a renoncé à d'autres créatures que celle que le mariage vient de lui donner. À Constantinople, le paysage, à dire vrai, lui apporte des jouissances et un contentement que bien des nuits d'amour ignorent. De la terrasse de sa maison, du jardin fleuri comme jamais il n'a été, on domine le fleuve, la mer, l'Occident, l'Orient, l'Islam, la chrétienté, son fichu emblème du Golgotha sur les voiles des quatre-mâts et toutes les religions de l'univers. Qu'Allah est immense, tout de même ! La mosquée psalmodie sa louange nocturne, le muezzin semble bâiller et un chien aboie à la lune. Kheïr ed-Dine s'est allongé une heure ou deux, mais ne trouve pas le sommeil. Le vin n'explique pas tout, ni cette liqueur brune, bouillante, qu'il a bue à plusieurs doses dans une petite tasse. On ne dort pas, ou mal, ou peu, quand on va mourir. Et qu'une dernière fois, s'ennuyant dans son palais de Constantinople, roi de la Barbarie, amiral de la flotte du sultan, conquérant d'une dynastie qui va vous succéder trois siècles durant, héros futur et durable de l'Algérie et de la Turquie, on s'émerveille de tant de beautés naturelles. Cette ville est superbe, au cœur du monde, au printemps particulièrement, quand les fleurs dégagent leurs essences au contact du premier soleil. Quand le Bosphore luit à la lune rousse qui tremble à la surface agitée de ses flots... Tout ce qui est turc n'est pas nécessairement violent, cruel, malgré la réputation qu'on en fait dans les cours d'Europe. Comme bien d'autres qui vivent dans l'Empire ottoman sans y être nés, Kheïr ed-Dine se veut par ailleurs bien volontiers

Turc de profession. La guerre sainte reprendra un autre jour, en attendant, l'Empire, repu de gloire, se repose. Tant de butins, de *ghnïma*, d'argent, produits des ventes des cargaisons arraisonnées, des esclaves, des bâtiments soumis, du piratage organisé portant le nom élégant de guerre de course, répondant à celui, plus chrétien mais non moins sauvage, des chevaliers de l'ordre de Malte. Mais rien dans cet accomplissement, dans cette fortune faite qui puisse remplacer un frère aimé et un frère mort. Rien, ni même Soliman le Magnifique qui vient de faire passer un message – sous forme de courtisane offerte, mais qu'il a renvoyée – pour lui fêter son anniversaire, Soliman, le plus grand sultan de la Méditerranée, farouche adversaire d'Andrea Doria et dont il est, lui, Kheïr ed-Dine, roi d'Alger, maître du Maghreb, le vassal admirablement loyal. Glorieux destin ! Avec leurs janissaires, avec leurs corsaires, leurs vermines et leurs poux des mers, leurs tarets grimpés sur des galères et des canons, ils ont conquis les grandes cités de la Méditerranée, de Marseille à Alger, se sont alliés au roi de France qui les a même invités à Toulon pour y passer un hiver, ils ont fait cela, ont massacré les flottes de la chrétienté, ont gavé leurs cachots d'Alger, de Tunis, de Tripoli, de Salé ou de Tétouan, de chrétiens enlevés sur leurs galères quelque part en mer. Et lui, Kheïr ed-Dine, lui et les siens se sont enrichis : vin, blé, toiles, drogues et épices venant des Indes, du Levant, d'Égypte, tout cela à bon compte, en s'en saisissant sur les bateaux des autres... mille fourberies, mille forfaits pour ces anges des ténèbres qui se réclament de Geiséric le Vandale, qui conquit d'abord la Corse pour ses résineux afin de construire les grands dromons, rapides à la voile comme à l'aviron, puis qui ruina, pirate de légende, l'Empire romain, Geiséric qui domina l'Afrique du Nord !

Les douceurs ottomanes sont réputées, qu'elles s'exercent dans les bains, la vapeur, à travers la caresse ou le massage dont Kheïr ed-Dine est si friand au retour d'une de ses épuisantes expéditions en mer, d'un de ces tourbillons de fer et de fumée qui accompagnent les abordages. Ici, depuis la prise de Constantinople en 1453, grâce à Mehmet, Bayazid, Selim et aujourd'hui Soliman, justement appelé le Magnifique, grâce à tous ces grands sultans, l'Empire byzantin se reconstitue et s'impose même, par sa grandeur, au paysage. Renaissance, Renaissance en Orient, n'en déplaise à François Ier et à ses mânes à venir. Kheïr ed-Dine est confiant en cette nuit de mai. Dans sa retraite de Bixatar, à Péra, les arbres poussent bien, comme tout ce qui est en terre. Les nouvelles comme les végétaux sont, cette saison, de bon augure. Kheïr ed-Dine est un homme heureux. Son fils Hassan Aga, pirate sarde, même s'il n'est qu'adoptif, a été fait vice-roi d'Alger par Soliman et son fidèle Dragut, le meilleur d'entre tous ses hommes, un véritable lion, assumera, comme il le souhaitait, la charge de grand amiral. Ses vœux maintenant exaucés, il est temps de s'éclipser, pense-t-il en contemplant le paysage grandiose de la Corne d'Or.

La nuit sera longue, en ce 27 mai 1546, baignée de la fraîcheur venue du Bosphore, un souffle léger mais continu.

C'est une nuit d'anniversaire. Kheïr ed-Dine, dit Barberousse, vient d'avoir quatre-vingts ans. Qu'il a souhaité célébrer seul avec sa jeune épouse. Adieu, la jeune esclave aristocrate portugaise, adieu la putain de Soliman ! Il a renoncé à dormir comme à forniquer à tout va, se disant qu'il en aura le temps plus tard, quand il aura rejoint Arudj. Il se lève de sa couche, gagne la chambre où Dona Maria dort. Un visage de très jeune fille posé sur un oreiller blanc, des cheveux d'un noir de jais dénoués qui tombent en cascade sur ses joues. À la vue de cette poitrine qui bat légèrement, les seins découverts, Kheïr ed-Dine laisse son désir commander ses derniers gestes. Il s'allonge auprès d'elle, fait mine de dormir, pose sa main sur sa hanche, puis se relève, comme satisfait.

Maria a vingt ans exactement, soixante de moins que lui, est italienne, fille d'un gouverneur de Reggio de Calabre : convertie à l'Islam, il vient de l'épouser, bien qu'elle fût déjà fiancée, à Gacte, après une longue expédition à la tête d'une escadre de deux cents navires, dont plus de cent galères : Reggio, Messine, Naples, toutes ces villes les ont vus passer, lui et ses marins et soldats corsaires, ravager, brûler, violer, torturer, rançonner... La fille du gouverneur lui a beaucoup plu, elle l'a convaincu d'épargner les siens en échange de sa liberté, de son hymen, il a accepté de protéger les États du Saint-Siège. C'était il y a quatre ans et depuis Maria et lui font l'amour deux fois par jour, lorsqu'il n'est pas en mer, occupé à batailler pour le compte du sultan. Le Capondan pacha est heureux. Il vit à Constantinople, a quitté Alger et ses intrigues. Il ne joue plus au jeu, ni ne fréquente les bordels. S'il avait le temps, il apprendrait à mieux lire, à mieux écrire. Mais le temps lui est vraiment compté.

Kheïr ed-Dine se promène longtemps dans la maison, tandis que le sommeil a gagné les serviteurs les plus fidèles. Un vase en terre, d'un dessin assez grossier, attire son attention. C'est le seul souvenir qui lui reste de son père, potier de son état et citoyen de Mytilène. Un vase qu'il a promené un peu partout, comme on conduit avec soi son enfant, d'Alger à Tlemcen, puis à Tunis, dans ses bras, sur mer, à terre, dans des chambres d'auberge, dans les cales des galères. L'objet fétiche par excellence, l'origine du monde. Et maintenant chez lui, Kheïr ed-Dine, son premier chez-lui : relique d'une enfance contrastée, témoignage d'une filiation artisanale. Son père aimait travailler la terre et l'eau, donner naissance. Un vase qui ne s'est jamais brisé, malgré les secousses de sa vie. S'il meurt, ce qui ne saurait faire de doute, et bientôt imagine-t-il, il le veut dans sa tombe. Dona Maria tousse légèrement, là-bas dans la chambre. Au loin, de jeunes enfants crient, éveillés dans leur sommeil par le pas d'un cheval.

C'est l'enfance que Kheïr ed-Dine convoque à son grand âge. À quelques encablures de là, une île qui l'a vu naître il y a quatre-vingts ans. Le berceau fait presque face au tombeau : parfum de roses et de jasmin. C'est la Méditerranée de toute manière. Étrange coïncidence pour qui a tant voyagé, et si dangereusement. La douceur de la nuit de Constantinople lui fait songer à celle des journées de l'antique Lesbos, non loin d'eux, entre Grèce et Turquie. Il est né là, dans ce petit village de Mola, né comme l'un des quatre fils de Jacob et de Catalina. Mytilène, la plus belle des îles du Dodécanèse, dans la mer Égée.

Demain, on portera son corps en terre. Déjà, à la

nouvelle qui s'emparera de toute la ville, la population réagira. Les bateaux qui s'apprêteront à rejoindre les pays chrétiens feront sonner leurs cornes, donner du canon. Le gigantesque tombeau qu'il a fait édifier va enfin le recevoir, face au détroit, au fleuve étincelant, à la mer magnifique. Même mort, Kheïr ed-Dine fera parler de lui comme l'affirmera la chronique de l'époque : « Son cadavre fut trouvé quatre ou cinq fois hors de la terre après qu'il eut été inhumé. Et il fut impossible de le faire tenir dans son cercueil jusqu'à ce qu'un nécromant grec eût conseillé d'enterrer auprès de lui un chien noir. Le cadavre de Kheïr ed-Dine se tint alors tranquille et ne troubla plus personne. » Ainsi disparaîtra à jamais Barberousse.

1466, naissance du héros, comme il se nomme en riant tout haut. Né une nuit de tempête. Son père, Jacob. Albanais, enlevé par des corsaires ottomans, violé, mis aux fers, placé à la rame, converti de force à l'Islam. Il s'appelle en réalité Yacoub ou Sidi Khassine, ce Jacob, c'est selon. Déserteur sur son vaisseau de misère, le père échoue dans l'île dont Mehmet II le Conquérant, le sultan de l'Empire ottoman, est le seigneur. Constantinople ayant été prise quelques années plus tôt, Mytilène ne bronche pas. Jacob épouse Catalina, veuve d'un pope, mère de deux petites filles. Vient le temps des garçons. Grossesses à répétition.

Ils sont quatre.

L'Histoire a oublié les deux filles, semble-t-il. Chrétiennes, car elles peuvent garder la religion de la mère.

Tous des mâles. Les quatre.

Qui seront musulmans, foi de leur père.

Quatre frères.

Son aîné de quatre ans, Omich, qui devient Arudj.

Elias.

Isaak.

Lui, enfin, le cadet, Khizr, le bienfait de la religion, ainsi surnommé : Kheïr ed-Dine.

L'enfance est nerveuse. Est-ce la crainte de manquer ? Les garçons ensemble jouent à jouer. Cheveux drus, têtes butées. Kheïr ed-Dine est le plus jeune, mais c'est aussi le plus grand, le plus fort, le plus velu. Un athlète. Presque noir. Dès l'enfance, sourcils et cils longs et épais. La violence, très tôt, venue d'on ne sait où. Catalina ne sait les contrôler et Jacob travaille trop à son four, pour nourrir les bouches exigeantes de ces crapauds féroces. Ils crachent à terre quand on annonce le mariage qui unit, en Europe, Ferdinand d'Aragon et Isabelle la Catholique. L'Espagne qui sera, plus tard, celle de Colomb, Balboa, Cortés ou Pizarre est détestée. Les jets de pierres, de fronde qu'ils échangent sur l'île avec les petits Génois, les enfants des Turcs, les vergers pillés, les maisons visitées, les coups de poing échangés, les croche-pieds, tel est le quotidien de la famille. Quatre diables. Qui vivent modestement, une enfance de petits voyous livrés à eux-mêmes. Ce besoin de faire peur, pour conjurer leurs propres angoisses. D'entretenir des légendes. Arudj dit à son frère Kheïr ed-Dine, alors qu'ils ne savent ni lire ni écrire : « Le jour où nos exploits seront dans les livres, nous serons les vrais rois de la Méditerranée. » Les deux frères savent que les pèlerins lisent des livres qui leur racontent les horreurs infligées à certains d'entre eux au Levant. Histoires d'enlèvements, de mauvaises rencontres, de tortures, de ventes d'esclaves, d'abordages périlleux... « Nos voiles doivent faire peur à l'horizon, déjà. Nos canons sont faits pour donner la mort, mais avant cela, pour intimider [...]. » Arudj a douze ans à peine quand, grec musulman, il décide de se faire hérétique, d'aller aux antipodes se faire un nom, d'aller porter son enseigne, ses attaques imprévisibles, soudaines, et ses sortilèges au fin fond de la Méditerranée. Elias est plus sage, il se rêve charpentier. Kheïr ed-Dine a décidé : il entrera dans les ordres. Il n'a pas confiance en lui : un fort bégaiement le rendra bientôt un peu plus maladroit encore dans l'expression.

Kheïr ed-Dine fait aujourd'hui un effort pour se souvenir. C'est la mémoire qui bégaye, cette fois. Tremblement du grand âge. Ce nom, le leur, celui de la barbarie. La Barbarie. Tout un monde, Barberousse ! Terre des corsaires d'Afrique du Nord, les Barbaresques. Royaumes d'Alger et de Tunis, de Tripoli également, les Régences ou autrement nommés les États barbaresques. Leur suzerain est turc, c'est le sultan. Les Maures, les Africains, les Sarrasins, mélange subtil. Cette terre-là, cette mer-là : même la piraterie est de tradition immémoriale en Méditerranée. Et eux, les frères Barberousse, turcs dans l'âme, chrétiens renégats pour contenter leur père, eux, guerriers de l'Islam, qui tentent l'unité d'un grand empire malgré cette foultitude de tribus pirates, de sociétés de brigands, eux, petits garçons qui veulent très tôt, très vite leur part du butin, la plus grosse part, d'or et d'argent, de chairs féminines et d'alcools forts. Sans aller à l'école, ils apprennent. Ce qui se dit au village.

Tradition de razzias dans la région, les corsaires africains s'attaquent depuis des siècles aux grandes villes italiennes, les cités chrétiennes, à Gênes, à Rome... Majorque est finalement reprise en 1229, par le roi d'Aragon et comte de Barcelone, Saint Louis vogue vers Tunis en 1270, une expédition en forme de croisade..., les refuges des corsaires africains sur la côte sont fouillés de fond en comble par les Portugais et les Castillans, tandis que les rois maures, les tribus arabes et berbères se disputent les bribes d'un pouvoir souvent nomade. Le contre-pouvoir chrétien s'installe, les Hospitaliers prennent Rhodes et en font leur quartier général, alors qu'Umur Pacha menace Athènes, que les Turcs posent à Andrinople leur capitale, gagnent à Kosovo. 1415 : Jean Ier et ses fils, dont Henri le Navigateur, prennent Ceuta. 1437 : bataille de Tanger, les Maures s'emparent de l'infant Ferdinand, qui meurt à Fez six ans plus tard (la ville sera reprise par eux en 1471). À l'intérieur même du pays, la Reconquista bat son plein tandis que l'Andalousie est libérée et que Ferdinand et Isabelle unissent leurs sangs, leurs efforts et leurs couronnes pour s'emparer de Málaga, d'Almeria puis bientôt, au tout début 1492, de Grenade. Les princes d'Afrique, corsaires de Tlemcen, d'Algérie et du Maroc, alimentent la guerre et arment les grandes villes d'Espagne, de même que des pirates de Mers el-Kébir s'empressent de dévaster les cités d'Alicante ou de Málaga en ce début de siècle nouveau... Oran, Bougie sont reprises par les Espagnols, tandis que Tripoli, Djerba tardent à se rendre, malgré des milliers de tués, de blessés... Cherchell, Mostaganem cèdent. Qu'importe, les pirates se déplacent, qu'ils viennent d'Espagne, de Provence, de Sicile, de

Venise, de Gênes ou d'ailleurs, qu'ils soient les héritiers de Saladin, mamelouks ou hommes libres, ils trouvent refuge dans les îles grecques, l'Eubée tout particulièrement, mais aussi à Mytilène, forte de ses deux magnifiques abris naturels de Kalloni et de Vera. Tant de négoce à faire avec le Levant, avec Venise, la Sérénissime, ou Gênes, la Superbe. Maîtres pirates, chefs de clans, forbans et rebelles, janissaires sur galères... voilà des métiers d'avenir ! Bien rémunérés et propices aux honneurs : on dit qu'à Alger, à Tunis ou à Tripoli, les pirates rentrent de leurs expéditions dans la liesse générale, qu'au port, on les acclame tandis qu'ils tirent de leurs bâtiments le canon, plus ou moins longtemps, fortement, selon que le butin est honnête ou considérable.

Les enfants écoutent, n'en croient pas leurs yeux. Tant d'histoire, si ancienne, sur ce rocher dévoré par le soleil brûlant de l'été, quelques chèvres et le vent froid de l'hiver. C'est Arudj, le premier, qui rêve de quitter Mytilène et de rejoindre un de ces navires corsaires qui se dissimulent souvent dans des criques. Les récits de ces héros lui sont familiers. L'enlèvement de Jacques Cœur après le naufrage de sa galée au large de Calvi, les arsenaux de fortune qui abritent les captures d'un soir, les fustes de l'adversaire, les capitaines rebelles à la peau dure, les luttes intestines entre *condottieri*, Paolo Fragos, archevêque et doge véreux... et les routes fortunées de la Méditerranée qui font rêver plus d'un. Des transports de poudre d'or, de vaisselle, de perles, de toiles et de draps, de coraux, de vins et de liqueurs de toute nature... les souks regorgent de merveilles, de cargaisons, de vierges offertes et langoureuses... Tout Mytilène leur parle de ces exploits, de la grande lutte entre le monde chrétien et le monde musulman, entre l'Europe et l'Islam, jusqu'en Anatolie, en Grèce, en Dalmatie. Arudj a cinq ans d'avance sur Kheïr ed-Dine. Déjà, il parade, s'entraîne à la navigation. Et c'est vrai que, même plus petit, moins mince que son frère, il est un très grand marin.

La Méditerranée, *mare nostrum*. Un vaste repaire de pirates, dit Jacob, leur père, qui semble s'y connaître en brigandages. Criques, archipels, trous à rats, passes profondes, grottes et gouffres, caves, baies dissimulées au regard : on se cache bien en Méditerranée, pourvu que l'on veuille commettre un forfait. Mer jamais pacifiée, un jour c'est Malte qui est calme, la Sicile qui s'enflamme, telle autre île aux mains de Gênes, le lendemain, c'est Tunis qui est reprise par les Turcs, ce sera le tour bientôt des chevaliers de Rhodes. Partout, l'influence de Constantinople. Tunis, Alger, Tripoli, nids de guêpes et de pirates. Les Arabes ont déjà vaincu la Perse, la Syrie, l'Égypte, l'Afrique au cours de l'Histoire. La mer intérieure appartient désormais aux Turcs, Constantinople est au centre du monde, de l'Islam. Orgie de sang et d'or à la surface de l'eau, incendies permanents, on pille, on trahit à n'en plus finir, tout se vend, même les hommes, Turcs, Maures, chrétiens, Arabes, Berbères, qu'importe pourvu que le prix soit bon, tout se vend, même l'honneur, la parole. L'écume de la mer porte jusque dans les ports de l'Empire du Croissant les morceaux des galères anéanties par le feu, ceux de la Vraie Croix, les épines de la Couronne, des bouts de la Lance miraculeuse, quand ce ne sont pas un bras arraché, une tête décapitée, du linge ensanglanté, morceaux de voilure sur laquelle luit un croissant, saint suaire ou soieries d'Orient. Marché sanglant, atroce, où le lingot côtoie le charnier. Guerres saintes ou guerres de course, toutes formes inférieures de la vraie guerre, guérillas, tout conduit à la servitude, au négoce. Les Ottomans établissent un peu partout leurs régences. Arudj est décidé : il embarquera demain. Adieu, parents, frères et Mytilène. Dans son coin, réfugié dans l'atelier de potier du père, Kheïr ed-Dine ne pleure pas : il voit l'aîné partir, c'est le grand drame de sa vie, il ne parlera pas trois semaines durant, de là vient, semble-t-il, ce bégaiement qui ne le quittera jamais. Des mots qui ne sortent plus de la bouche, ou encombrés, embarrassés, des mots qui n'osent dire la vérité de sa terrible souffrance, de cette privation définitive. Déjà, Arudj, le grand frère, lui manque terriblement.

Aujourd'hui, Kheïr ed-Dine a fini de parler pour le restant de sa vie. Qu'importe donc, à quatre-vingts ans, qu'il bégaye ou non ! Seul compte ce besoin de silence. Le vieux roi de cœur d'Alger arpente une dernière fois cette terrasse qui surplombe le Bosphore, ce petit patio orné de grandes glaces achetées à Venise. Son visage dans le miroir, si peu de traces de fatigue après une vie si chargée, si violente. Cette barbe broussailleuse qui lui mange une partie des joues, tout le menton, et qu'il n'aurait jamais taillée ou coupée pour tout l'or du monde. Même blanchie, au soir de sa vie, privée du henné qui l'entretenait, cette barbe le relie à son frère : les reflets roux rappellent qu'il partageait avec Arudj cette couleur, ce même poil qui leur valut, jeunes hommes, ce surnom fameux qui allait si bien avec la barbarie, les Berbères, les Barbaresques... Barberousse.

En cette ultime nuit de sa vie, il songe à son frère, au bel Arudj, qui n'a jamais cessé de lui manquer. Des deux, c'est lui l'aîné, mais certainement aussi le plus doué. Le plus roux, certainement. Baba Arudj. Barberousse. Les premières années d'Arudj avaient été modestes : faire la course aux chrétiens sur un misérable bateau le long des côtes de Caramanie, en Asie Mineure, se méfier des galères avec l'emblème du Golgotha sur la grand-voile, être arrêté par les chevaliers de Rhodes, s'échapper en profitant d'une tempête, gagner la côte, puis l'Égypte, transporter comme matelot du bois soudanais, être de nouveau capturé... de sa fuite des galères chrétiennes, il garde un cuisant souvenir ! Non pas tant l'abordage, les arbalètes et les lombardes, ces boulets vomis par les canons, ces haches qui éventrent les navires et cette mer morte de cadavres, de barils de poudre et de goudron... mais cet autre soi-même, qui était avec Arudj et qui a été décapité sous les coups de hache des chevaliers de Saint-Jean-de-Jérusalem : Elias, leur frère.

C'était il y a plus de soixante-dix ans. C'est à peine si Kheïr ed-Dine se souvient du visage de son frère Elias. Roux, aussi, semble-t-il. Admiratif, comme tous les autres, de la force d'Arudj. Jusqu'à le suivre dans cette folie, à l'assaut des galères noires de Rhodes. Kheïr ed-Dine n'a retenu de cet épisode que les deux années de privation d'Arudj, dans un pénitencier humide de l'île de Rhodes, ces chaînes qu'il portait, ces coups de fouets lestés de plomb et la galère au fond de laquelle on le plaça pour ramer chaque jour de l'année. Ce pied enchaîné à ce banc d'infamie : pour fuir, une nuit, et pour laisser filer la chaîne, Arudj découpe une part épaisse de son talon droit... du sel appliqué dans un linge calme un peu l'hémorragie. Le sang, pourtant, n'en finit pas de bouillonner. Quand il arrive, des semaines plus tard, à Constantinople, le pied est encore tuméfié, il boite. En turc, on le nomme Baba Arug, « le vieux boiteux ». Barberousse au pied fourchu.

Kheïr ed-Dine a passé ces deux années dans le manque absolu de son frère. Elias est mort et Isaak ne compte pas. Jacob vient de succomber, de chagrin semble-t-il, mais ce n'est pas si important. Seul Arudj compte. Sa folie, sa haine de tant de choses, cette audace jointe à une fourberie incroyable, cette force dans le corps, cette fragilité dans le regard, parfois. Vulnérable, condamné à mort par tant de talents et tant de faiblesses de caractère. Arudj revient passer quelques jours à Mytilène. Il parle des galères, des fustes, de la façon de manier le harpon et la hache d'abordage, de la curée qui se prépare à sa suite, de ce que « corsaire » veut dire et pourquoi pas « pirate ». Kheïr ed-Dine est silencieux. Une nuit, il va visiter le bateau par lequel son frère est arrivé. Un chébec. Se fait expliquer les voiles latines, l'arbre de trinquet, le gréement, comment virer de bord vent devant, les trois mâts, la marche à l'aviron...

Arudj. Lui qui, le premier, se veut corsaire, entraîne son jeune frère, lui dont le sultan Selim a enfin entendu parler à Constantinople et qui se voit confier la mission de combattre et soumettre les Maures d'Afrique du Nord. Pour la première fois, Kheïr ed-Dine et Isaak ont le privilège de pouvoir accompagner Arudj. Il fait le plein d'esclaves, veille à ce qu'ils ne soient pas blessés dans l'abordage, les met à la rame en fond de galère, attaque brutalement. Sa rapidité est sa force. Ses raids sont fulgurants. Il est debout sur le tillac, les manches retroussées, poussant d'horribles cris pour intimider sa proie. Jamais, lui, ne bégaye. En quelques mois, Arudj et ses frères sont à la tête d'une belle flotte pirate. Ils s'installent dans le « nombril » de la Berbérie, sur l'île de Djerba plus exactement. Se rapprochent de La Goulette, dans le golfe de Tunis. Ses janissaires, mercenaires turcs, font merveille, en même temps qu'ils se distinguent par leur brutalité incroyable : Tunis est prise. Les Espagnols, qui viennent de chasser les musulmans de leur terre, rêvent de s'emparer à leur tour de quelques possessions sur le littoral africain. C'est Arudj qui chasse, en 1512, à la demande du roi berbère, les Espagnols de Bougie ; c'est Arudj, également, dont le bras est arraché par une salve, Arudj qui ne se plaint pas... il sait qu'avec son frère Kheïr ed-Dine, à eux deux, ils auront désormais trois bras. C'est lui encore qui entre, quatre ans plus tard, dans Alger, accueilli par Salem ben Tennis, le roi inquiet de la présence des Castillans sur le rocher d'en face, la forteresse du Penon. Comment ne pas oublier la folie qui avait alors pris Arudj, qui l'avait poussé à tuer le roi d'Alger dans son bain, lui tailladant les veines, l'étranglant de ses propres mains et avec son turban, à supplicier ses alliés, la folie de ses janissaires qui avaient égorgé, pendu les notables en haut des remparts, violé leurs femmes, pillé toutes les maisons ?

Barberousse l'aîné, le libérateur, s'était fait assassin. Et roi de la belliqueuse nation algérienne. Arudj sait ce qu'il veut faire d'Alger : la capitale de la piraterie de mer, le centre du Maghreb enfin reconquis. De Salem, qu'il a tué, mais qu'il prétend avoir découvert mort et dont il recherche le criminel, il veut maintenant épouser la veuve. La princesse Zaphira, certaine de son forfait, se refuse à lui et préfère se suicider. Pareillement éconduit, sa folie le conduit à poursuivre ses exactions jusqu'à Tlemcen, l'une des plus belles villes de la côte africaine. Le roi berbère de la ville s'étant allié avec le gouverneur espagnol d'Oran, Arudj trouve une résistance inattendue. Une épée qui lui perce le cœur Et la mort... Arudj, mort ! Son frère, inconsolable ! Plus bègue que jamais !

Kheïr ed-Dine sait ce qu'il doit à ce frère aîné : c'est Arudj qui fait d'eux des vassaux honorables du Grand Turc, c'est lui qui fait d'eux, misérables, hors-la-loi, tueurs et brigands, des alliés respectables des rois, de François Ier. C'est lui qui, muni des lettres de course portant l'autorisation du Divan et du capitaine de la mer, fait d'eux des corsaires, et non de vulgaires pirates. Les Barbaresques savent toujours se souvenir qu'ils sont missionnés par un sultan à Constantinople, au Maroc, un roi à Tunis, à Alger... C'est lui qui a offert, pour des siècles, Alger aux Barbaresques. Folie d'Arudj, fauve blessé, mutilé, recousu de toutes parts : ce bras qu'il a perdu dans un combat disproportionné contre un puissant galion napolitain... Depuis ce jour, Arudj est surnommé Bras d'argent. Barberousse Bras d'argent.

D'autres scènes reviennent à Kheïr ed-Dine, en cette nuit à Constantinople : ces deux galiotes du pape Jules II qui s'étaient avancées, un jour de 1504, vers eux, allant de Gênes à Civitavecchia, puis la prise de la première d'entre elles par un Arudj déchaîné, les marins du pape jetés en soute, les siens habillés à la hâte en tenue chrétienne et placés sur le pont, bien visibles pour leurrer l'ennemi, la galiote saisie traînée en remorque et l'attaque, par surprise, de la seconde galère papale. L'effroi qui avait saisi les chrétiens à la vue de cette barbe rouge qui tournoyait, suivie d'une lame qui tranchait tout sur son passage.

Dona Maria dort, repue. Il est temps de hisser en haut de la maison le drapeau vert des corsaires qui porte le nom de Barberousse, un vert barré du sabre blanc du Capitan Pacha de la Sublime Porte. Il sait qu'à Alger, où il ne vit plus, son Empire témoigne de cette grandeur. Dans le port, en fermant les yeux, il n'a pas de mal à imaginer les galiotes légères, les galères, avec leurs grands bancs de rameurs, leurs voiles latines, leurs canons, il sait que sur ces conquêtes veillent Dragut, le roi des pirates de Djerba, Sinan, né à Smyrne, dit le Juif, marin d'exception et grand astrologue, et tant d'autres raïs qui sont ses créatures, ses fidèles lieutenants.

Et pourtant, avant de mourir lui revient cette image atroce qui ne le quitte plus depuis près de vingt-cinq ans. L'image d'un frère décapité, d'un corps inerte qui baigne dans son sang rouge foncé, l'image de cette pique qui porte le regard aimé, le regard aîné, ces yeux qui l'ont guidé, instruit, lui ont tant appris.

S'il n'y avait la barbe rousse, on ne reconnaîtrait rien de cette tête sanguinolente qui a fait le tour de l'Afrique du Nord. Les Espagnols ont été d'une cruauté égale à la terreur qu'inspirait Arudj dans le monde chrétien. Et Kheïr ed-Dine sait qu'il mourra avec cette image dans les yeux, obsédante, terrible : l'image d'une tête de méduse, tête de corsaire roux portée au bout d'une pique... une tête qui voyage, portant la bonne nouvelle de la mort d'un tyran sanguinaire ! Visite les grandes villes d'Algérie, les ports d'Afrique et, très vite, ceux de l'Espagne. Au bout de quatre mois, les témoignages s'accumulent : cette tête ne ressemble plus à rien, une gigantesque plaie qui suinte, qui empeste le cadavre, la charogne. On dit déjà que ce n'est plus la tête d'Arudj, mais qu'on la change régulièrement, parfois un Maure, un Turc, un Berbère, un condamné à mort, un chien d'Arabe, un renégat.

Cette nuit, au terme de cette longue vie, quatre-vingts ans, Kheïr ed-Dine compte ses souvenirs. Le petit vase du père, le potier de Mytilène, cette carte également qui vient d'Arudj, une immense carte, marquée à l'encre par son frère et qu'il déplie sur la grande table de la terrasse. Toutes ces villes, ces ports qu'il a traversés, une fois, où il a dormi, combattu, aimé, failli mourir, eu envie de s'établir. Ces pays qu'il a soumis, un à un, et qui font de lui le seigneur des mers et du Maghreb. Barberousse aime le Maroc. Le Maroc et toutes ses villes. Mogador, Safi, Salé. Salé, bien sûr, capitale du royaume des Beni-Ifren, port connu pour vendre peaux, laines, ivoire, pour accueillir armes, draps et toiles. Le Maroc, offert à l'Atlantique comme à la Méditerranée, avec Gibraltar pour les séparer, le Maroc aimé des Phéniciens, des Carthaginois comme des Romains, des Vandales et des musulmans... puis des Portugais qui s'installent à Ceuta, longent les promontoires de ses côtes atlantiques pour explorer l'Afrique. Ainsi, sans y résider, Henri le Navigateur gouverne, de 1415 à 1460, date de sa mort, Ceuta, tandis que son frère, dom Fernando, pris au piège de l'expédition de Tanger par le vieux et rusé Salah ben Salah, pourrit en prison, avant que son cadavre d'infant martyr ne soit exposé, en 1433, aux sommets des remparts de Fez. Tanger également, ancien comptoir phénicien puis carthaginois, Tétouan, dont l'activité pirate lui a valu d'être détruite, en 1400, par les Espagnols et leur flotte : sa baie sûre, ses chantiers navals où se construisent chébecs et demi-galères, son emplacement près du détroit, entre mer et montagne. Mais le Maghreb est grand et sa curiosité également. Tripoli à l'autre bout. Tunis, abri naturel connu depuis l'Antiquité, golfe stratégique, métropole aussi intellectuelle qu'économique, se souvient encore de Saint Louis, venu mourir de la peste sous ses remparts. Le roi de Tunis entretient d'excellentes relations avec la France, Marseille, envoie des couples de lions, de chameaux ou d'autruches sur le continent, se plaît à recevoir des pièces ouvragées, des bijoux travaillés, des horloges... En 1534, Barberousse a pris la ville par un jour chaud du mois d'août. Charles Quint a envoyé sa flotte un an après devant La Goulette, a reconquis brièvement la ville. Mais également l'Algérie : Tlemcen, Oran, Bougie, Bône... Alger, bien sûr, la ville dont il est le roi : le Batistan, place carrée au beau milieu de la ville, environnée de galeries, bazar dans lequel la vente des captifs se tient. Des maquignons les promènent enchaînés en criant le prix qu'on en demande, les molestent publiquement pour montrer leur vivacité, leur font traîner de pesantes chaînes, les pieds souvent entravés. Alger où se tient la *taïfa* des raïs, les capitaines corsaires qui entourent Barberousse.

C'est la cruauté d'Arudj que Kheïr ed-Dine n'a jamais comprise. Pourquoi tant de douleur infligée à soi-même, tant de violence causée à autrui ? Cruauté légendaire. Dans la galère au large de Rhodes, Arudj apprend à ne pas souffrir en se coupant à lui-même un gros morceau de chair. Son propre sang coule. Bout de talon découpé. Pas une plainte, un gémissement. Dès lors, son monde devient celui d'un jardin des supplices. Il invente lui-même les tortures qu'il réserve à ses ennemis. De grands crocs de fer le long des remparts servent à empaler des victimes qu'on précipite dessus. Un esclave est attaché par les mains et les pieds à quatre barques qui prennent chacune leur route et écartèlent la victime. C'est beau. D'autres sont attachés aux mâts des navires et décimés à coups de flèches, jetés vivants dans des sacs cousus au fond de la mer, brûlés très lentement, suppliciés sur une croix, tailladés à hauteur des articulations, enfermés dans des tonneaux remplis de pointes aiguës, transpercés d'un pieu de l'anus au gosier, ligotés à la queue d'un cheval qui prend le galop, battus, étranglés, les membres brisés à coups de barres de fer, lapidés avec des morceaux de verre, les ongles arrachés, ébouillantés avec de la cire, la tête explosée après avoir été placée dans la gueule d'un canon, nez et oreilles coupés afin de rendre méconnaissables leurs victimes, autant de morceaux de chair parfois recousus à même la peau, à d'autres endroits... quand on ne force pas les victimes à les manger, à se manger elles-mêmes. Festin à vomir. C'est magnifique. Des milliers d'esclaves croupissent dans les prisons d'Alger, tandis que les corsaires ramènent chaque mois au port des vaisseaux, des tartanes, des polacres et des barques par dizaines. C'est sublime. Telle est la loi d'Arudj, la loi que Kheïr ed-Dine ne reproduira pas. Lui, empreint de respectabilité, changeant d'une minute à l'autre dans ses humeurs, mais toujours soucieux des apparences, du jugement. Lui qui bégaye toujours avant de prendre une décision, d'édicter un jugement, qui sait se protéger, se placer sous la coupe du sultan, lui qui se rend avec son armée à l'invitation toulonnaise de François Ier avec toute la politesse et la diplomatie convenues. Kheïr ed-Dine qui exaspère Charles Quint, qui ne peut s'en saisir et dont il pille les flottes avec détermination. L'empereur échoue à chaque fois dans ses tentatives, malgré les ruses et le génie de Doria.

C'est à Andrea Doria, étrangement, que, avant de mourir, Kheïr ed-Dine voudrait parler ce soir. Son meilleur ennemi. Comme eux, une famille, les Doria, à ceci près qu'entre la noblesse génoise, l'oligarchie italienne d'une part, et une famille de pêcheurs grecs d'origine albanaise, convertie à l'Islam mais fidèle à la religion de la misère, d'autre part, un monde se dresse. Mytilène la Misérable *versus* Gênes la Superbe. Gênes, la patrie de ce Colomb, parti, lui, vers d'autres mers que la Méditerranée. On ne peut imaginer familles plus fortes et en même temps si différentes. Andrea est né à Oneglia et tutoie dès le plus jeune âge les princes, Kheïr ed-Dine, élevé parmi les pêcheurs et les soldats, mettra plus de temps pour en partager la compagnie. Andrea est un héritier, Kheïr ed-Dine s'invente lui-même. Les Doria, qui occupent leur temps à combattre Venise et Pise, servent successivement François Ier et Charles Quint, passent des Valois aux Habsbourg avec la même ardeur, mais ne servent véritablement que leur famille patricienne de Gênes, se protègent des familles rivales, des Fieschi, des Grimaldi. Andrea Doria et sa tribu qui fascinent le vieux Barberousse, le seul étranger pour qui il ait véritablement du respect, de l'admiration. Kheïr ed-Dine croit voir dans la nuit du Bosphore apparaître à la poupe d'une galère l'aigle noir couronné de leurs emblèmes. Depuis trois siècles, des dizaines de Doria : Pietro, Oberto, Lambo, Juan, Filippo, Pagano, Luciano, Pietro encore, Antonio, Giovannetino, et tant de Doria qui ont été ou sont gouverneurs et commissaires en Corse... Pier-Battista, Battistino, Niccolo, Giovanni, Raffaelo, Gio-Battista, Sebastiano... et autant de glorieuses victoires sur mer que de défaites passées dans des prisons humides. Barberousse s'est souvent demandé ce que l'on peut bien ressentir à être le fils de, le descendant de, l'une des branches d'un arbre généalogique aussi prestigieux. Un Doria, s'il n'est pas marin ou marchand, ne peut être que cardinal, archevêque, historien, camérier ou camerlingue de la cour pontificale... Avec Andrea, Kheïr ed-Dine partage deux ou trois choses, cependant. Il croit savoir, entre autres, qu'ils sont nés la même année. Bel anniversaire, Doria, avec tes quatre-vingts ans ! Ils partagent surtout les mêmes guerres, les mêmes haines, inversées. Ils passent leurs vies ensemble, chacun de son côté, opposés mais réunis en même temps. Depuis la mort d'Arudj, Kheïr ed-Dine vit cette relation avec intensité. L'amiral génois, chevalier de Saint-Jean-de-Jérusalem, a tant servi : le pape, le roi de Naples, Gênes, avec qui il remet de l'ordre en Corse... Tant combattu les Turcs un peu partout en Méditerranée, les a si souvent défaits, comme près d'Elbe, de l'île de Pianosa, en 1519. À François Ier, il a beaucoup donné aussi, comme capitaine de ses galères, dans sa guerre contre Charles Quint, défendant Marseille, se proposant de libérer le roi prisonnier à Pavie... Avant de passer, choix du plus fort, du plus chrétien des deux, au service de Charles Quint, qui en fit son capitaine général de la mer, prince de Melfi, chevalier de la Toison d'or. De Charles Quint, il obtient, entre autres, qu'une fois reprise aux Français, sa ville de Gênes devienne indépendante... Doria n'est pas que bon et grand marin, il est riche, possède une quinzaine de galères en propre... si Marseille lui résiste, il fait tomber Saint-Tropez, Toulon... Mais son grand combat, c'est contre eux, les Barberousse, qu'il le mène. Au printemps 1530, l'attaque de Cherchell, puis de Tunis, d'Alger, en 1541... à chaque fois, avec ses galères, il libère des chrétiens, lui le grand croyant, au service du Roi catholique... Et ménage, étrangement, Kheïr ed-Dine, allant jusqu'à libérer Dragut, jeune corsaire turc d'Anatolie, arrêté par son neveu Gianettino Doria à La Girolata, en 1540. La trêve entre François Ier et Charles Quint vient, il est vrai, d'être signée, tout comme les capitulations entre François Ier et la Sublime Porte. Une manière de faire un signe aimable au sultan.

Andrea Doria, son meilleur ennemi ! Étrange relation que la leur ! Ils ne se sont jamais vus. Un marin a montré un jour un portrait d'Andrea à Kheïr ed-Dine. S'il se souvient bien, une fine barbe, courte, un peu comme celles de François Ier et de Charles Quint, un œil vif, un long nez droit, une nuque forte... les barbes, celle de Soliman, épaisse, celle torsadée de Neptune... Il sait que Doria a épousé deux femmes, la première, jeune et la seconde, bien plus tardivement, en 1528, il avait alors soixante-deux ans, une Génoise, bien entendu, une Uso di Mare, Peretta, d'excellente famille. Les deux hommes s'évitent. Barberousse prend, en 1530, le Penon, un rocher à partir duquel les Espagnols bombardent Alger, puis Tunis. Doria attaque Cherchell. Coron et Patras voient la victoire de Doria. Tunis finit par lui céder, en 1535, mais Barberousse a pris la fuite. Doria, pour Charles Quint, se retrouve un peu seul, faute d'ennemis, avec vingt-cinq mille hommes, plus de deux mille cavaliers, quatre cents voiles. À Preveza, Doria et Barberousse se font face mais s'évitent. « Le corbeau ne crève point les yeux au corbeau », dit le proverbe, ironique. De même, à Toulon, où Barberousse, invité par François Ier à hiverner, séjourne avec la flotte turque et où la rencontre avec Doria est, une fois encore, manquée. L'expédition d'Alger les oppose pourtant : soldats espagnols, italiens et allemands, des milliers de volontaires, des centaines de chevaliers de Malte pour Doria, qui fête ce jour-là ses soixante-quinze ans, mais qui ne triomphera pas de la résistance des hommes de Barberousse. Les nobles dames espagnoles qui accompagnent l'expédition et qui se croyaient invitées au spectacle d'une facile victoire de la civilisation contre la barbarie s'en souviendront longtemps : aux mains des Barbaresques, elles font l'objet de violences inouïes.

Le vieux Barberousse est épuisé. Tant de mémoire accumulée, pourquoi se souvenir de ce fardeau d'images, d'émotions au seuil de sa vie ? Kheïr ed-Dine voit les années écoulées défiler, incertain des dates qui en marquent les grands moments. Rien n'est écrit, rien ne témoigne de rien, si ce ne sont ces chiffres gravés dans le brouillard de son cerveau. Et s'il avait, à ses côtés, un chroniqueur, un écrivain ! S'il savait, lui-même, lire ou encore écrire ! Juste un peu, griffonner quelques dates, à la va-vite, avec des mots en face. Une fois Arudj mort, rien n'est plus certain. C'est en mai 1518, cette mort, tout gravite autour d'elle, de cette tête rousse et ensanglantée qui fait le tour de la Méditerranée, va en Europe, et Kheïr ed-Dine a pris l'habitude, dès lors, de dire : « Cette année-là, je demande la protection du sultan Selim, un an après Arudj, Charles Quint est fait empereur, je suis fait Bey des Beys, trois ans avant, c'est François Ier qui monte sur le trône... Deux ans après, Selim meurt et vient Soliman II qui vit encore, un an après, tandis que Kheïr ed-Dine prend Constantine, le sultan attaque Rhodes, toujours aux mains des chevaliers de Saint-Jean-de-Jérusalem, l'île capitule l'année suivante. La route entre Constantinople et Alexandrie est libre, la Méditerranée orientale appartient à la Sublime Porte : c'est alors que Soliman fait appel aux pirates algérois pour posséder la partie occidentale de la mer intérieure et pour en chasser les Espagnols, c'est alors que Barberousse le rejoint avec dix-huit de ses raïs à Constantinople, et c'est quinze ans après la mort d'Arudj. » Douze ans après, douze après la mort d'Arudj, bien sûr, il croit se souvenir encore, mais n'est pas sûr : Soliman signe la paix avec Charles Quint et les méchants Hospitaliers s'installent à Malte... C'est une mauvaise date, et Barberousse confond tout, dès lors. Avant, après Arudj, tout se brouille, tout est bégaiement, bafouillages, vérités insensées, désarticulées.

Kheïr ed-Dine se lève pour ce qu'il lui semble être une dernière fois. Cherche dans la chambre, où Dona Maria dort d'un souffle tranquille, un cahier. Un grand cahier noir. Trouve une plume, un encrier à demi plein.

Constantinople est silencieuse, la nuit a fait sa conquête et sommeille, dans ses bras. Kheïr ed-Dine ouvre le cahier, déjà griffonné, une écriture si maladroite, dans tous les sens, trop grosse, des dates, des dates, un fatras de dates, des chronologies inversées, des chiffres qui voyagent dans la marge, à la ligne. À chaque page, un petit portrait, Arudj souvent, mais aussi Doria tel qu'il l'imagine, Soliman, Elias, un dessin maladroit, Jacob, son père, Catalina, sa mère, un paysage qui montre en fond de scène une baraque, leur maison à Mytilène. Barberousse tente de mettre des dates en face des scènes. Seize ans après Arudj – il fait le calcul –, ce doit être en 1534, il attaque l'Italie à Fondi, est fait, à Constantinople, pacha et amirante de toutes les flottes de Soliman, vêtu du cafetan de cérémonie. Ensemble, ils soumettront toute la côte africaine, de Tripoli à Gibraltar, à la Sublime Porte, ils envahiront l'Espagne. Un an après encore, les Espagnols reprennent La Goulette, Tunis, avec Doria bien entendu, puis, après les seize ans et l'année encore, c'est six ans après que Charles Quint échoue contre Alger, soit au total vingt-trois ans après la mort d'Arudj, et, si ses calculs ne l'égarent pas, c'est donc en 1541, c'est-à-dire il y a quelque chose comme cinq ans avant aujourd'hui. Et c'est une bonne date, ce désastre de Charles Quint : Hassan Aga, renégat de Sardaigne, qui commandait Alger, avait attendu qu'une tempête détruise la flotte espagnole, mal abritée dans de mauvais mouillages, les Espagnols avaient perdu des milliers d'hommes, plus de cent cinquante bâtiments, quelques centaines de femmes qui avaient rempli les harems d'Alger et de si nombreux esclaves pour le bagne et le marché de la ville... et lui, Kheïr ed-Dine, qui fait cet effort prodigieux de mémoire, lui, si vieux, si perdu dans les dates, la chronologie, qui répète ce qu'il a déjà dit, rabâche, recommence le décompte, se trompe, arrive à des chiffres impossibles à admettre.

Aujourd'hui, c'est sûr, c'est 1546, aussi sûr qu'il a quatre-vingts ans cette nuit et qu'Arudj est mort il y a vingt-huit ans. Il y a trois ans tout juste, Barberousse était à Toulon, à l'invitation de François Ier, y a passé d'octobre à mai, après être entré avec sa flotte dans Marseille, avoir fait le siège de Nice avec le comte d'Enghien. Il y a trois ans encore, Kheïr ed-Dine enlève Dona Maria à son vieux père de gouverneur de Reggio de Calabre, et c'est peut-être, se dit Barberousse, en regardant au loin la lune pâlir, la meilleure nouvelle depuis bien longtemps, celle qui le conserve en vie. Il lui fera l'amour une dernière fois.

Dans la chambre qu'il a regagnée, un criquet s'obstine à battre la mesure. C'est la cinquième heure turque.

Les fièvres qui l'ont envahi depuis quelques jours redoublent. L'aube bientôt va se lever dans ce quartier de Buyukdéré, « au milieu d'une foule de palais, de mosquées et de beaux jardins qui ornent ce rivage sur une étendue de plusieurs milles et le rendent semblable aux délicieux environs de Gênes », dit la chronique. Kheïr ed-Dine défait lentement son turban, ses vêtements, s'allonge, amène sa femme à lui, la prend doucement. Lui le Barbaresque, le grand héros de la Djihad, le roi du pillage, de la razzia, le guerrier de course qui a rempli tant de harems, tant de greniers et d'entrepôts, l'ennemi irréductible des chevaliers de Rhodes et de leur fichu étendard rouge à croix blanche, ceux-là mêmes qui avaient retenu prisonnier Arudj, lui, le vassal du grand sultan de Turquie, lui, Barberousse le second, Barberousse le frère de l'autre, Barberousse le cadet d'Arudj, Barberousse Kheïr ed-Dine, a choisi de mener son dernier combat.

Vingt-huit ans après la mort de l'aîné des grands frères Barberousse, à l'instant où Dona Maria s'offre à lui, langoureuse et encore assoupie, Kheïr ed-Dine retrouve dans le paradis d'Allah sa chère moitié, son frère de sang, celui sans qui vivre n'est pas vivre vraiment. Là-bas, au bord de la Corne d'Or, un tombeau monumental l'attend, avec ses fleurs de lys mauves et ses canons qui veillent autour, et dans une mosquée qu'il a fait construire, les marins turcs prient déjà pour l'âme du plus grand, du plus vieux, du plus intelligent, du plus puissant, mais du plus cadet des Barberousse, enfants de Mytilène et renégats de la vie.

CHAPITRE V

Ango, prince de Dieppe, le premier des Français

Dieppe. Normandie conquérante. 1549. Port profond – *deep*, comme Dieppe – et port sûr. De la prison, on ne voit pas grand-chose, on est si loin, si loin de chez soi, du manoir de Varengeville, la plus belle maison des alentours, la villa Médicis de la Manche. Les lambris de son hôtel Renaissance ont perdu leurs dorures, les tapisseries des Indes ont pâli jusqu'à transparaître sous la lumière du jour, plus personne ne fréquente les grands salons, ni les terrasses qui donnent, inutiles au regard, sur la rade et la vallée. Maison morte comme celle d'un corsaire pendu. Sommeil profond, comme envasé. C'est à peine si on le salue à la sortie de cette prison où il vient de passer quelque temps. Jean Ango n'y a pas fêté ses soixante-neuf ans. Sa haute silhouette de marin endurci est voûtée, sa barbe blonde a blanchi, son large front est parcouru de profondes rides. Le Viking est vaincu, ruiné également. Il lui reste deux années à vivre, tandis qu'on le croit, dans toutes les cours d'Europe, redoutablement éternel. Tous ses amis sont morts, cruellement, ou peu s'en faut. Hidalgos normands ruinés, torturés. Rêveurs de choix qui crurent que la fortune se trouvait quelque part sur la route entre la Nouvelle-Espagne et Cadix et Séville, guetteurs aux yeux brûlés de soleil qui pensèrent tenir dans leurs mains les masques en or massif, les bracelets, les habits de plumes des Aztèques. Ses corsaires d'exception. Ses frères d'adoption. Et dire qu'il a failli terminer ses jours en prison, lui, Ango, le serviteur de la nation, celui qui fut le plus riche armateur français, le favori et l'indispensable allié de François Ier !

Tout cela, parce qu'il a prétendu un jour, il y a fort longtemps, que « Dieu, quand il a créé la mer, n'a jamais prévu qu'elle devînt la propriété particulière d'une nation ». Et qu'il l'a, non seulement dit à haute voix, mais aussi proclamé aux quatre coins de l'Europe, dans toutes les capitales des royaumes. Dans la prison, il croise chaque matin quelques Portugais, quelques Espagnols qui n'ignorent pas son identité et se souviennent qu'Ango a guerroyé contre eux, sévèrement, qu'il a saisi pour la première fois une trentaine de leurs bateaux, il y a plus de vingt-cinq ans. On dit, à Lisbonne, que Jean Ango a bien pris plus de trois cents vaisseaux portugais et qu'il leur a subtilisé un bon million de crusades. Ango qui, à lui seul, aurait bloqué le port de Lisbonne ! C'est du moins ce que l'on raconte... il laisse dire. La légende s'installe, cela ne lui déplaît pas complètement. Une affaire de famille, la course, d'ailleurs : déjà, son père, au début de ce siècle, s'attaquait au commerce transatlantique, passionné d'Europe, à la conquête de l'Afrique. Sa première sortie en mer date d'il y a plus de quarante-cinq ans : 1503, à bord de *L'Espoir*. Depuis, l'espoir, justement, le fait vivre, malgré les déroutes, et Jean Ango est la bête noire des grands souverains d'Espagne et du Portugal. Charles Quint, le plus puissant, en sait quelque chose, lui et sa Casa de Contratación qui gère les terres découvertes aux Indes. Sa Padrao Real, la carte du royaume, est déchirée par un simple armateur, français, normand par-dessus tout. Ango fait, certes, peur au monde entier et pourtant, Ango, même à la veille de rendre l'âme, est resté enfant, un enfant de Dieppe.

1480, Jean Ango naît à Dieppe.

Dieppe, ville qui fait face à la mer, qui ne cesse de dialoguer avec elle. L'un des ports les plus sûrs de la Manche, sinon le meilleur. Ango sait que, avant lui, d'autres Dieppois ont déjà eu de l'audace en mer : Jacques Cousin, par exemple, qui, quatre à cinq ans avant la découverte de Colomb, traînait déjà dans l'embouchure de l'Amazone. Ces Dieppois qui déroutèrent le même Colomb, le conduisant à se réfugier à Madère, lors de sa troisième expédition. Mais Ango, songe-t-il, rimera avec héros. Le pays de Caux est son Eldorado, son œkoumène, son monde connu, en même temps que son monde austral, son antichtone. La rivière d'Arques porte des rêves de pierres précieuses, de poussière d'or, de diamants et de métaux, tout autant qu'elle est une magnifique destination pour les pêcheurs d'écrevisses et de petits poissons à frire. À chacun son Amérique. Son enfance est baignée de monstres et de sirènes, de griffons qui protègent l'or qui pousse en grappes en haut des arbres. Quand il regarde la mer, de la fenêtre de leur maison familiale, il sait qu'elle est habitée, plus loin, de chimères, que ses eaux sont bouillonnantes, brûlées des rayons du soleil, tandis qu'en ses deux zones extrêmes, ses pôles, la Terre est recouverte de glaces épaisses. Il voudrait tant partir sur la vaste mer ténébreuse, avec ses îles aimantées qui attirent les navires, ses dragons, ses baleines, ses poissons volants ! L'Afrique vue des docks de Dieppe, pour le petit Jean, ce sont des perroquets colorés, des éléphants si énormes qu'on lui en ramène les pattes et les défenses dans des tonneaux d'alcool... des lions, des ours...

En attendant, il apprend par cœur la carte du littoral de son pays et se récite souvent, avant de s'endormir, le nom des célèbres ports de la mer du Nord et de la Manche dont il croise des marins sur les quais de Dieppe : Dunkerque, Calais, Boulogne, Saint-Valéry, Dieppe bien sûr, Fécamp encore, Rouen, Cherbourg, Granville... Plus bas, c'est la Bretagne, Saint-Malo, Brest, Nantes, et plus bas encore, Rochefort, Bordeaux, Bayonne... Mais Dieppe, avec son fameux marché aux poissons, ses harengs, ses mulets, ses maquereaux, ses morues et ses salines, sa couleur grise et ses parfums de mer pressée et d'algues, est, pour Jean Ango, le vrai et le seul centre du monde.

Son père tient une place majeure dans cette éducation des océans. L'armateur Ango a de l'allure. Stature et gueule de grand Normand blond, lui aussi. Il apprend à son fils que la Terre n'est pas plate comme les galettes de pain faites à la maison, mais bien ronde, comme les miches pétries par le boulanger en ville, et qu'elle tourne peut-être, comme Copernic l'enseignera. Ce n'est plus un disque, un rectangle qui est chapeauté par la voûte céleste. Pythagore, Ératosthène,

Ptolémée sont fréquemment cités à l'heure de la soupe chaude. À toujours vouloir finir le premier, on se brûle le palais, mais on apprend vite chez les Ango. Le père, en bon Viking civilisé qu'il est fondamentalement, lui enseigne également la force des vents, leur direction, comment utiliser au mieux les courants marins, définir la latitude de n'importe quel point à la surface du globe. Mais aussi comment naviguer à l'estime. Le petit Ango sait, très tôt, tracer des cartes, construire des sphères. Et commercer.

À Dieppe, chez les Ango, on sait ce que « marchand » veut dire. Trois siècles de combats contre les Anglais ont forgé le caractère de ces commerçants hors pair, dont les draps et le santal viennent directement de Venise et à qui l'archevêque de Rouen accorde une charte très avantageuse. Toute la ville garde encore la mémoire et la brûlure – tant d'incendies qui la ravagèrent – de ces combats entre Philippe Auguste et Richard Cœur de Lion, puis Jean sans Terre. La guerre détermine depuis lors la mentalité de ce port. La guerre et l'esprit de revanche : deux cents navires de Dieppe portant dans leurs cales du vin de Guyenne sont coulés par les Anglais... Aussitôt, le port normand réagit en envoyant quarante-cinq navires pour brûler Douvres. Les défaites ne sont pas rares : Édouard III détruit, en 1340, la flotte dieppoise d'une vingtaine de nefs lors de la bataille de l'Écluse. Mais le père de Jean Ango naît après que Dieppe s'est, à l'image d'Harfleur et de Fécamp, soulevée contre les Anglais. Depuis ce 14 août 1433, jour de fête dans la ville, Dieppe est libre. Libre de commercer et de s'enrichir prodigieusement. Le port regorge de marchandises et les entrepôts abritent un festin de figues, de raisins, de noix, de cidre, de cervoise, de vins rares et d'épices. Poivre, safran, cannelle, gingembre, huiles et vinaigres mêlent leurs parfums à ceux, presque écœurants, des cuirs, des peaux, des résines, des laines, du chanvre et de la cire, de toutes ces matières animales et végétales, de ces fromages venus d'Angleterre dont l'odeur étourdit les narines du jeune Ango lorsqu'il longe les quais et les grands entrepôts. Et avive sa curiosité : un jour, c'est promis, il quittera Dieppe. Il tient dans sa main une grosse pomme toute ronde et verte dont le pays de Caux est riche : l'image du monde qu'il s'en ira parcourir. Image planétaire : plus tard, quand il lui faudra choisir un emblème, ce sera une sphère.

Les découvreurs sont déjà à l'œuvre depuis le début du siècle. L'homme, avec eux, quitte le Moyen Âge et entre dans la Renaissance. Ils font vivre le merveilleux qui est en chacun, finiront tous, ou presque, mal, et leurs destins maudits et glorieux passent par le pillage systématique des empires indigènes, le retour de l'esclavage antique. Petits gentilshommes ruinés, marins habiles mais sans naissance, cadets de famille, chevaliers désargentés. Partis de Sagres, de Palos, de petits ports insignifiants. Tandis qu'à Cadix, Séville, Porto, Lisbonne, banquiers, armateurs, compagnies d'assurances, maisons de commerce et de change attendent les dividendes de ces découvertes téméraires. Bateaux, boussoles, portulans, barques et barges, nefs et galées, voiles carrées, rames, tables trigonométriques... Les découvreurs, marins par nécessité, ne sont pas cupides, tandis que les conquérants, bien sur terre, pratiquent le vol, le viol et l'outrage à la civilisation. Les Ibères triomphent, tandis que les Français, les Anglais, les Hollandais ont laissé passer l'occasion. Les Portugais d'abord, avec Henri le Navigateur, dès 1415, et ce soixante-treize années de suite, jusqu'en 1488 et la découverte du cap de Bonne-Espérance. Courage, inventions, génie. Le si petit pays, si pauvre, s'appuie sur les Açores, Madère : le cap Bojador est vaincu, puis viennent les îles du Cap-Vert, le golfe de Guinée... Le Portugal conquiert alors l'Afrique, la contourne à la fin du siècle, pénètre l'océan Indien, élimine les Arabes, tutoie les Indes, fait de Mombasa, Ormuz, Goa, Calicut et Ceylan des territoires amis, sinon soumis, s'implante jusqu'en Extrême-Orient. Épices trouvées à Malacca, Java, Bornéo ou dans les Moluques, thé, soie, porcelaine, coton de Macao et de Nagasaki et nègres en fond de cales pour un retour dans la mère patrie. La *Carreira da India* est livrée aux belles caraques venues de Lisbonne. Le Portugal est fragile, mais riche. Presque autant que l'Espagne... Jean Ango a douze ans exactement quand Christophe Colomb « découvre » l'Amérique. « La plus grande chose, depuis la Création du Monde, fors l'Incarnation et la mort de son créateur, c'est la découverte des Indes. » 1492 : ce jour-là, la course et la piraterie vont prendre un élan nouveau, tandis que la contrebande devient un sport planétaire. Hispaniola, Porto Rico, Jamaïque, Cuba, Panamá... les Antilles mènent à l'Amérique centrale, à la côte nord de l'Amérique du Sud. Mexique et Pérou vomissent leurs richesses minières, minerai d'argent du Potosí, montagnes magiques d'or... Cet or éclaire aujourd'hui les yeux de l'Europe avec fièvre, et le monopole des Espagnols qui prétendent dominer le monde, contrôler chacune de ses routes n'est plus acceptable. Inacceptable aux yeux des Portugais, mais plus encore des Français, des Anglais, des Hollandais, de tous ceux qui ont manqué le temps des grandes découvertes.

Ce qui fait l'homme, dit souvent le père de Jean Ango, ce sont l'horizon, les limites, les flots, la terre. Les océans conservent d'immenses trésors. Entre le temps des cartes de Ptolémée et le monde en ce début de XVIe siècle, la planète a plus que doublé, peut compter sur un océan plus grand que prévu, l'Atlantique, d'autres continents, un océan nouveau, le Pacifique, si vaste qu'on ne sait encore en fixer complètement les limites. Le monde est désormais découvert, ou presque. Le bout du monde n'existe donc pas ! Les Antilles et l'Amérique d'un côté, l'Afrique et les Indes orientales de l'autre. Tout mène à tout, tout se rejoint, pourvu que l'on vogue, que l'on marche assez, le monde n'est que routes qui finissent par se croiser. Avec Colomb, Magellan, Gama, l'Europe s'est faite petite, tant le monde découvert est immense : deux pays prétendent gouverner cette nouvelle géographie. Au temps des investigations succède celui du règlement de comptes. D'une guerre sans répit pour les richesses, d'une guerre économique.

D'autres récits peuplent l'enfance du petit Ango. Ceux d'hommes attirés par le seul butin, qui agissent en temps de paix comme en temps de guerre, qui attaquent les bateaux étrangers comme ceux de leurs compatriotes, mus par le seul désir d'amasser des butins énormes. Les forbans, sans avoir excellente réputation, le font tout de même rêver et il les imagine d'autant mieux que certains d'entre eux sont ses voisins : leurs bricks frêles mais si rapides sont ses compagnons de rêverie et mouillent parfois dans le port de Dieppe. Jean traîne sur les quais, espère croiser des pirates, des hors-la-loi, rêve à Jolly Roger, ce pavillon noir d'encre que les marins se gardent bien de sortir dans le port de Dieppe, mais qui doit être quelque part, plié dans un coffre, dans la chambre du capitaine. Partout, les pirates ont essaimé. Ils dorment le jour, veillent, boivent et travaillent la nuit. Un esprit se crée autour de ces hommes qui n'ont plus de famille, ont quitté leur pays, leurs biens. L'éloignement, la séparation font d'eux des êtres violents, désespérés. Les éléments marins, versatiles, imprévisibles, forgent leur caractère. La promiscuité dans laquelle ils vivent les rapproche des bêtes sauvages. Mais en même temps, cette folie séduit le petit Jean : il aime d'eux leur indépendance, leur refus de toute structure, leur capacité à surmonter ces longues traversées, leur goût immodéré du pillage de tout ce qui appartient à la société, aux autres. Jean Ango n'ose pas dire à son père qu'un jour il voudrait rejoindre ces équipages faméliques, fébriles, qui dorment sur de la paille humide, infestée de puces et de punaises, de moustiques et de rongeurs... que ces durs à cuire, mutins, fils de famine, ces buveurs d'eau croupie, ces affamés, assoiffés de la terre, privés de femmes mais vérolés par trop de putains, usés par la mer et le sel, édentés, scorbutiques, aux jambes rongées, aux yeux bouffés par le soleil et la lumière, ces hommes qui mangent des rats et sucent des lanières de cuir sont ses héros, tant ils sont différents des bourgeois, des notaires, des marchands de Dieppe.

Un jour du mois de mai 1493, Jean, qui vient d'avoir treize ans, voit son père revenir ulcéré à la maison. Maudissant, lui le catholique, « ce fichu pape qui vient de donner l'Orient du monde au Portugal et l'Occident à l'Espagne ». C'est le traité de Tordesillas, imaginé par Alexandre VI, au lendemain du retour de Colomb en Europe. Soudainement, le petit Jean découvre ce qu'« être français » veut dire. N'être ni espagnol ni portugais, être interdit de monde. Un méridien maudit, situé à cent lieues à l'ouest d'une des Açores, l'île de Flores, trace la séparation du monde ! Une ligne imaginaire coupant l'Atlantique du nord au sud pour décider du sort des peuples ! Un an plus tard, exactement, le méridien est repoussé vers l'ouest, à plusieurs centaines de lieues... Le Brésil, six ans plus tard, deviendra donc portugais.

Il n'y a pas que les Ango pour pester contre ce fichu traité. François Ier, qui rêve d'Italie, ne supporte pas l'idée d'un pareil monopole. « Le soleil luit pour moi comme pour les autres. Est-ce déclarer la guerre à votre souverain que d'envoyer des navires où bon me plaît ? Je voudrais bien voir la clause du testament d'Adam qui m'exclut du partage du monde [...] », affirme-t-il à la face de l'univers des puissants en recevant le grand commandeur d'Alcantara, qui lui fait part des griefs de Charles Quint. Des marins par dizaines, par centaines, par milliers, des capitaines venant de France, de Hollande ou d'Angleterre, des armateurs français en grand nombre, du Pays basque à la Normandie, songent à une reconversion profitable. Ils naviguent en plein milieu de l'Atlantique pour y pêcher la morue, y traquer la baleine : ce sera désormais la chasse aux Ibères qui constituera leur mission principale. Corsaires ils seront, si ce n'est pirates pour certains. Le père de Jean se propose d'apprendre à son fils à contrôler la Manche et, bien au-delà, l'Atlantique... à être le maître des bons, des justes, des généreux... des corsaires, donc. François Ier, connu pour dépenser sans compter, ne sait pas encore ce qu'il doit à cette volonté paternelle : bientôt, Jean Ango sera son premier et plus fidèle prêteur.

L'Espagne, elle surtout, agace, fait envie, excite la convoitise des autres nations qui savent qu'elle a trouvé tant d'or et d'argent en Amérique et que son roi, grâce à une flotte régulière qui assure le transport des trésors du Nouveau à l'Ancien Monde, est l'homme le plus riche au monde. Le récit de ses conquistadors qui dépouillent les populations locales de leurs biens, qui massacrent les Indiens et leur dérobent tout, ce récit terrible fait le tour de l'Europe. Cortés, Pizarre, les conquérants et colonisateurs offrent à l'Europe l'occasion de bâtir une nouvelle Rome : l'Empire espagnol... Le Portugal, qui détient l'Afrique et l'Asie, n'est guère à plaindre, et les deux nations ibériques s'enrichissent de l'argent du Mexique et du Pérou, des épices des Indes et de l'Asie, de l'or de l'Afrique, des Amériques. Elles se protègent des corsaires et autres flibustiers en armant des marines efficaces. Vu de Dieppe, ces flottes font rêver même les gens honnêtes : on sait que, chaque année, une grande flotte quitte Séville, entre le début du printemps et l'été – plus tard également Cadix – pour rejoindre les Antilles, s'y disperser, faire le plein de marchandises, se recomposer à La Havane, avant de traverser l'Atlantique dans l'autre sens. À l'aller, outils et produits pour les colons, au retour, or, épices, pierres précieuses, argent... On voit passer souvent ces superbes galions chargés jusqu'au fond du ventre d'énormes trésors, dont certains ont été acheminés à dos de mulets par-dessus l'isthme de Panamá. Les entrepôts de Veracruz, au Mexique, ou de Carthagène, en Colombie, sont pleins à craquer de chargements qui n'attendent qu'un autre convoi venant de Séville. Trois, quatre mâts, qu'importe, avec eux viennent jusqu'aux Français et aux Anglais ces contes de filles à matelots dans les auberges de Jamaïque, des histoires à dormir debout, un bandeau sur l'œil, une jambe de bois désarticulée quelque part dans le paysage, et un tas de perroquets multicolores juchés sur des tonneaux de rhum. « Hissez le pavillon noir et nous rêverons ! » songe le jeune Jean Ango.

Il est temps de ne plus rêver et de monter sur les bateaux de l'armateur Ango. Officier, puis capitaine, ce sera l'Afrique, les Grandes Indes. Les bateaux de son père, destinés au départ à la pêche à la morue, désertent Terre-Neuve pour aller sur les routes de l'or espagnol. Jean Ango devient corsaire d'autant plus facilement que la France ne compte qu'une marine réduite et que sur la mer et son immensité règne l'individu plus que les États, impuissants à contrôler les mouvements des navires. La France ne compte guère alors que des ennemis, ce qui est excellent pour ceux qui pratiquent la course. L'amiral de France autorise à courir sus aux « Vénitiens, Romains, Espagnols, Flamands et autres sujets du Roi catholique, Milanais, Génois, Florentins, Siennois et Pisans, pareillement aux Anglais ». S'ajoutent, évidemment, les Portugais... Quant aux neutres, on les arraisonne tout de même, histoire de vérifier leur identité et d'attendre que, dans l'intervalle, ils passent peut-être de neutres à ennemis... Jean, assez vite, est las de ces voyages interminables. Dieppe, sa ville natale, lui manque. Lors d'un séjour prévu pour être court, il y retrouve enfin une jeune fille noble qu'il avait connue enfant et qui porte « d'argent à trois molettes d'éperon de sable ». Il ne veut plus repartir, il sait qu'il aime, il veut un enfant. Ce sera la petite Marie. Jean est fou, sera fou d'elle, toute sa vie. Il en remercie la Providence, à qui il s'adresse en vers :

Puisqu'il t'a pleu me donner une fille
Que j'ai tenue et advoué à tenir
De ta bonté, tout le temps advenir,
S'il te plaisait, à ce, me recepvoir,
Fût-ce mon corps, mon cœur, et mon avoir,
À ton plaisir, sans toi habandonner,
Pour le beau don qu'il t'a pleu me donner.

Dès lors, Jean Ango s'établit à Dieppe, qu'il ne quittera plus. C'est sur les cartes et avec les mappemondes qu'il se déplace maintenant, accompagnant en pensée et en souci les traversées des corsaires qui travaillent pour lui. Il s'associe à d'autres négociants, envoie sa flotte en Baltique comme en mer du Nord, écume l'Atlantique et les ports portugais.

1522, Jean Fleury entre en scène. Un autre Jean. Il est un marin averti, comme Ango, né non loin de Dieppe, à Vatteville, et il travaille pour l'armateur. Des années durant, il a assuré la défense du littoral, escorté les terre-neuviers, convoyé des navires amis, puis attaqué bateaux espagnols et portugais. Du Portugal, il ne pense rien de bon : « Ce peuple, ce peuple le plus petit du monde ne trouve pas ce monde assez grand pour satisfaire sa cupidité : il semble que Dieu ne fit que pour eux les mers et la terre, et que les autres nations ne soient pas dignes de naviguer. » Une manière de venger, en paroles, l'un de ses lieutenants, Jean Fain, qui avait failli être pendu à Lisbonne par le roi Jean : quatre arbatroisses portugaises s'étaient attaquées à lui et à ses hommes, alors que les Français venaient de se saisir de sept galions espagnols, à la hauteur du cap Saint-Vincent... les Portugais n'avaient même pas respecté la règle de la neutralité. Fleury avait maudit le Portugal. On lui doit, six ans plus tôt, d'avoir, avec une trentaine de navires corsaires, fait une prise magnifique : de riches galions espagnols des Indes qui enrichissent Ango et le roi de France, pour qui ils courent tous... Entre Cadix et les Açores, non loin des Canaries, il sème la terreur, avec Jean Fain, bien entendu, Michel Ferré, Guyon d'Estimauville, Nicolas de Croismare et Sylvestre Bille. Son bateau amiral s'appelle le *Dieppe*... Depuis déjà deux ans, il est à l'affût du cap Saint-Vincent, premier point d'atterrissage espagnol en Europe, menace les galions et les entrepôts espagnols, s'empare de nombreuses galères. En 1519, l'Espagne a conquis le Mexique et le Nouveau Monde semble devoir lui appartenir. Fleury sait qu'il y a là une promesse de grande fortune. Cortés vient d'accomplir la prophétie de Quetzalcóatl, qui avait promis de revenir... Et se laisse séduire par les disques d'or et d'argent, la poudre précieuse qu'une ambassade de Moctezuma conduit jusqu'à lui. Les mois passent sur ce rêve aztèque. Fleury enlève sept navires, dont l'escadre de Manrique ne sait reprendre que deux d'entre eux : perles, or fin, lingots font le bonheur de Fleury et des Français... Le grand boulevard des richesses de l'univers est désormais étroitement contrôlé. Mais là, en cette année 1523, Fleury sait que la prise qui s'annonce est de taille : les caravelles espagnoles qui vont passer devant lui et les Açores portent en Europe le trésor des rois du Mexique, arraché au palais de Guatimozin, le dernier empereur aztèque. On raconte que les Indiens, pour se défendre, sont allés jusqu'à couler de l'or fondu dans la bouche des Espagnols et que, en représailles, Cortés a fait griller Guatimozin et ses hommes sur des charbons ardents. Fleury a appris que l'un des deux jaguars embarqués sur les caravelles s'est échappé et a fait un carnage épouvantable à bord : marins déchiquetés, affreusement mutilés, dévorés tout vifs. L'équipage espagnol a donc le moral en berne. Antonio de Quinones et Alonso de Avila, lieutenants d'Hernán Cortés sur l'escadre de Mendoza, n'imaginent pas qu'après les grands fauves carnivores, ils vont rencontrer les corsaires de Jean Ango et tout perdre dans la bataille. Avec trois nefs et cinq galions, Fleury s'empare de deux des trois caravelles fortunées parties de Veracruz. Bijoux, bracelets, colliers, bagues, vaisselle en or et en argent, râtelier en ivoire, idoles et sarbacanes en métaux précieux, pierres rares, rubis, diamants, une émeraude pyramidale « dont la base couvrait la paume de la main ». Soieries également, masques en mosaïques avec oreilles d'or, mitres, sculptures serties de pierres. Des plaques d'or en forme de disques, par milliers. À son retour, Fleury offre aux deux églises de Villequier et de Vatteville de magnifiques vitraux comme ex-voto. Mais sur les caravelles, sur la troisième particulièrement, enfuie mais enlevée un peu plus tard, il a également trouvé des cartes qui livrent les secrets de la route des Antilles. Les itinéraires des galions et des pilotes espagnols n'auront désormais plus de secret pour nos corsaires normands. De Mexico, Cortés écrit à l'empereur : « Je désirais vivement que ces choses belles, riches et merveilleuses fussent remises à Votre Majesté, car, en dehors du plaisir qu'elles vous auraient fait, Votre Altesse eût mieux apprécié mes services. J'ai donc profondément regretté cette perte. » Charles Quint se souviendra de cet affront : il réclame la tête de Fleury et jure qu'il fera pendre ce forban. Et la liste des prises s'allonge, tandis que la réputation d'Ango et de ses hommes fait le tour de l'Europe, tout comme l'admiration de Marguerite de Navarre : « Ils ont merveilleusement fort servi le roi sur le fait de marine et guerre de la mer et le tout à leur propre coût et dépens. » La Casa de Séville arme les galions de canons et d'hommes expérimentés. L'Université des navigateurs recrute des soldats en plus de capitaines expérimentés dans la navigation hauturière. Comme pour les caravanes de Venise, on décide de grouper les navires en flottes bien protégées. Les rotations diminuent, comme l'allure, les opérations de chargement et de déchargement. La surveillance prime contre le jeu des flibustiers aux aguets. Le voyage des flottes de la Nouvelle-Espagne dure désormais de quinze à dix-huit mois. Mais le filet tendu par Jean Ango dans l'Atlantique, entre Cadix et La Havane, fonctionne à merveille : nombreuses sont les *flotas* espagnoles, ces convois puissamment armés, qui tombent aux mains des corsaires français, naviguant sur des embarcations plus maniables. Les galions des flottes de l'or ont peur, tout comme le pilote major et le veedor, sur la nef capitaine, savent que ces « guêpes » peuvent mortellement piquer. Les convoyeurs, fort coûteux, finissent par ruiner certains armateurs espagnols. S'ajoutent à ces dangers ceux, plus ordinaires, de la mer, des incendies, des maladies, des voies d'eau.

Pour sa femme, pour Marie, Jean Ango va faire fortune. Il est très riche, prodigieusement riche, et se fait bâtisseur. En plein Dieppe, dominant la ville, d'abord, il fait construire un hôtel particulier dont la magnifique façade de chêne est inédite dans toute la région. Les sculptures racontent aussi bien les *Fables* d'Ésope que les combats des Normands contre les Anglais. L'hôtel, comme la caravelle du même nom – le premier bateau français, celui de son père, à aborder en Amérique du Nord – qui figure dans leur flotte, s'appelle *La Pensée*. À l'intérieur, dans le gigantesque salon où les invités de Jean Ango se retrouvent souvent, les plus belles peintures, souvent venues d'Italie, dressent leur théâtre de figures et de paysages. Les terrasses à l'italienne offrent une vue magnifique sur la mer. Dieu, de temps à autre, est remercié : Ango, ancien membre de la Confrérie de la Charité, à Honfleur, se décide à dédier une chapelle à saint Yves de Vérité, patron des marins bretons.

À Varengeville, dans son magnifique manoir de style italien où il va passer une partie des étés et de la belle saison, Jean Ango comptera des années durant ses titres : receveur du temporel pour l'archevêque de Rouen, vicomte et capitaine de Dieppe pour le roi, conseiller du Corps de la ville, grainetier et contrôleur du magasin à sel, mais également lieutenant de l'amiral de France... Mais plus que tout, c'est pour Marie, sa fille, qu'il se plaît à bâtir son monde en envoyant ses navires aux quatre coins de l'univers, au Brésil, aux Indes, en Afrique, à Terre-Neuve. Au sud du cap de Bonne-Espérance, dans le détroit de Magellan, « vers des lieux où oncques chrétiens n'avaient jamais abordé ». À Varengeville, pilotes, marchands, aventuriers et artistes croisent l'astrologue Pierre Mauclerc, des corsaires comme Jean Fleury, Jacques de Saint-Maurice, Sylvestre Bille ou Jean Fain. De temps à autre, Verrazzano, l'explorateur florentin, vient passer quelques jours, tout comme Jean Parmentier et son frère Raoul... Giovanni da Verrazzano est chargé, avec l'aide de banquiers et de commerçants lyonnais, d'aller livrer des soieries en Chine et de gagner ce pays par le continent américain. Dieppois d'adoption, le Florentin fonde au passage, en Floride, une ville du nom du petit port du pays de Caux. Les récits de Verrazzano, grand cartographe et très fin lettré, enchantent les invités du manoir de Varengeville : on croit voir *La Dauphine*, le bateau de Dieppe à bord duquel il reconnaît la Caroline, l'estuaire de la rivière Hudson et l'emplacement de New York, nommé Terre d'Angoulême en l'honneur du roi de France. François Ier est passionné par ces expéditions, la recherche d'un passage vers les Indes orientales... L'affirmation de la liberté des mers. Clément VII, sensible à ses arguments, reviendra d'ailleurs sur le traité de Tordesillas... Le partage du monde entre Espagne et Portugal ne vaut que pour les terres déjà explorées. Ce qu'il reste à découvrir pourra revenir aux autres pays...

La guerre entre le Portugal et Ango fait rage sur les mers. Jean Fain et sa *Marie* sont interceptés, Ango réagit en faisant détruire tous les bateaux portugais qui croisent au large des côtes d'Afrique ou d'Espagne. En 1527, Jean Fleury, à son tour, est arrêté, au cap Saint-Vincent, par une escadre basque commandée par le capitaine Martin Perez de Irizar. Le corsaire normand a commis l'erreur de disperser ses cinq vaisseaux. Ango propose une rançon de trente mille ducats pour racheter la liberté de son ami, le plus vaillant des corsaires de sa flotte. Mais Charles Quint, qui sait combien Fleury compte pour Ango et qui se souvient de la capture du trésor des Aztèques, s'attribue la prise et fait exécuter le corsaire français, le 13 octobre, près de Tolède, à Colmenar de Arenas, et condamner ses marins aux galères.

À Varengeville, Ango se console difficilement de la perte de son meilleur corsaire et très proche ami. Il mène une vie fastueuse en apparence, reçoit richement, accueille, dans la tradition de la Renaissance, artistes, poètes et créateurs, écrit, entend et lit des poèmes, écoute de la musique. Le manoir se veut un espace de raffinement et d'humanisme, et nos marins le retrouvent, après de longues expéditions, avec un bonheur sans cesse renouvelé. Jean Parmentier, chaque année, gagne les prix de poésie des Palinods de Rouen et de Dieppe. Clément Marot participe aux joutes. Comme pour oublier la mort de Fleury, Jean Ango organise cette année-là, avec la complicité de Parmentier, une « mômerie » dans les rues de Dieppe : un grand défilé, triomphe de ses conquêtes américaines, une fête à laquelle, venus de Rouen, de Paris, de toute la Normandie, des milliers de spectateurs assistent. Des dais abritent des figures mythologiques parées de plumes et de pierreries, huit Africains portent à bout de trône Alexandre le Grand, un chariot de la Vertu qu'accompagnent Platon et Pythagore, des mandarins chinois et toutes sortes de bonnes et belles fortunes exotiques qui paradent devant l'œil ébouriffé de la population de Dieppe.

1530. La marine française ne possède rien, aucun bateau digne de ce nom. Les corsaires de Jean Ango sont partout. Dans le détroit de Magellan, dans les mers boréales, à la recherche d'un passage, tantôt au nord-ouest, tantôt au nord-est... Leur haine des Portugais va croissant. Ango rêve de vengeance. Il veut s'attaquer à Jean III de Portugal. François Ier, qui le sait, lui accorde les célèbres lettres de marque, ce 17 juillet, lettres qui feront de lui un véritable corsaire au service du roi. Le 12 mars suivant, les papiers sont définitivement en règle. Ango arme aussitôt en guerre et en représailles. Cette même année, il apprend une nouvelle qui l'affecte beaucoup... Il avait envoyé, quelques mois auparavant, deux navires, *La Pensée* et *Le Sacre*, hors des sentiers battus : Jean et Raoul Parmentier, les deux frères, ses amis, vont se perdre dans la mer des Indes, la mer des Tropiques, et atteignent Sumatra, par curiosité, semble-t-il, et sans grande perspective d'enrichissement ou de développement marchand. La typhoïde qui fait rage dans ces contrées les terrasse. On n'entendra plus la voix magnifique de Jean Parmentier, récitant des poèmes nobles à ses marins pour les exhorter à garder confiance sur mer. Un dernier texte témoigne de cet éblouissement :

Considérez la grandeur et l'estente
De cette mer tant large et tant patente,
Dont la moitié pourrait noyer la terre,
Et nonobstant sa force violente,
La main de Dieu, forte et omnipotente,
La tient ensemble en arrest et en serre
Par sa puissance, et bien bornée la serre...

Ango, bien que désespéré, décide, l'année suivante, d'armer une nouvelle expédition, avec à sa tête Pero Fernandez, un marin portugais... destination, la Chine.

L'Europe craint Ango, désormais. Les ambassadeurs de Charles Quint conjurent François Ier de reprendre ces lettres de représailles accordées aux Dieppois. Le génie d'Ango, sa brillante intelligence et son sens de la patrie l'amènent à assumer tous les risques des armements corsaires pour satisfaire les demandes de François Ier. La conquête du Pérou, en 1532, offre des opportunités extraordinaires pour qui sait les saisir. La flotte de trente navires corsaires normands commence son travail de nettoyage des océans, se frotte aux convois portugais de retour des Indes. Jean III, le souverain portugais, achète la complicité de l'amiral de France, Brion Chabot, pour dix mille écus et une tapisserie. Ango est pris au piège, son ancien associé l'ayant trompé. Les corsaires ne peuvent plus exercer leurs droits de représailles et se trouvent désœuvrés. François Ier tergiverse et il faudra attendre plusieurs années, attendre le procès de haute trahison intenté contre l'amiral, pour comprendre que Brion Chabot travaille à la solde du Portugal et qu'Ango a été bafoué. Le roi lui a, certes, rendu visite à Dieppe, en 1535, et s'est arrêté à *La Pensée*. Accueil triomphal sur une nef sculptée qui conduit François Ier en mer. Jean Ango est fait vicomte de Dieppe. Mais la société de Dieppe et de Varengeville, sans les Parmentier, sans Fleury, a quelque peu perdu de l'esprit de la Renaissance dont elle était empreinte. La guerre de course devient cruelle, comme en témoigne le supplice infligé par des Portugais à l'équipage d'un bateau dieppois, *Le Petit Lion*, intercepté en 1537 au large des Açores. La cale humide pour commencer, ce passage sous la coque avec de longues cordes, l'étouffement, le démembrement, la noyade pour les plus fragiles. L'estrapade et des mâchoires garnies de clous « serrant la tête avec tant de violence que les yeux sortaient des orbites », ensuite. Pour finir, les Portugais avaient coulé le navire, non sans avoir cloué les derniers marins avec des panneaux du tillac. Ango dut réagir et établir un véritable blocus entre le sud du Portugal, le cap Saint-Vincent et les Antilles. Les marins interceptés n'en réchappaient que rarement. Les corsaires leur coupaient le nez en leur disant : « Éternuez l'or. »

Puis vient ce jour fatal de 1540. Brion Chabot est jugé, condamné. Ango est âgé, riche, puissant. La mer s'ouvre de nouveau devant lui, puis se referme quand Charles Quint, exaspéré par ses attaques, demande de nouveau au roi de France de faire cesser ses folies maritimes. Ango, une fois encore, doit renoncer à se dire corsaire, la paix avec les Ibères étant sacrée. François Ier, dans sa lutte contre Henri VIII, lui demande alors de financer son grand armement, sa flotte, ce que le seigneur de Varengeville fait sur-le-champ. Il s'agit tout simplement de conquérir l'Angleterre ! Ango arme seize navires et ravitaille l'ensemble de la flotte française – vingt-cinq galères et près de cent cinquante voiliers –, qui est abritée dans l'embouchure de la Seine. Des sommes énormes sont investies. La guerre va durer plus de dix ans. L'armada française, la « grande armée de la mer », est commandée par Claude d'Annebault, l'amiral de France, secondé par Paulin de La Garde. Les Anglais résistent, et mieux que cela, défont les Français. François Ier est ruiné, les caisses royales sont vides. Puis le roi meurt, on oublie la dette. Henri II, son successeur, ne se sent pas engagé. Jean Ango n'arrive pas à se faire rembourser, il va de procès en procès chercher vainement réparation. Il en appelle à sa protectrice, Marguerite de Navarre, tandis que ses créanciers ne lui épargnent aucune humiliation. Jacques Cœur intervient. Il sauve de la misère l'homme dont les corsaires avaient effectué des prises qui correspondaient à ce que l'Espagne avait accumulé en cinq ans d'or et d'argent des Amériques. Mais Ango est devenu amer, il s'agace d'un rien, soufflette en pleine assemblée de notables un autre armateur dieppois qui lui fait une réflexion désobligeante en l'accusant d'avoir falsifié des comptes.

Le prince de la mer sort, un matin pluvieux, de la prison de Dieppe. Quelques jours plus tard, il est fait vicomte. Deux ans exactement après avoir quitté la geôle humide qu'il n'abandonnera qu'après s'être acquitté d'une forte somme, Jean Ango meurt. À soixante et onze ans, ce maître des mers, le marin le plus puissant de France, meurt dans sa ville de Dieppe. Ruiné d'avoir servi son pays. Totalement ruiné. La nouvelle parcourt les quais, les antichambres, les bureaux des maisons de commerce. À Dieppe, les cloches des églises battent à la volée, longuement, la ville se tait, elle vient de perdre son grand héros, une immense mouette se pose un temps sur la terrasse de *La Pensée*, déploie ses ailes, file au large.

CHAPITRE VI

Moi, Jan Jansz, dit Murad Ra'is, pirate, corsaire et Gueux de mer

Aujourd'hui vivants, demain morts,
que nous importe d'amasser ou de ménager,
nous ne comptons que sur le jour que nous vivons
et jamais sur celui que nous avons à vivre.
OEXMELIN.

« Désormais, je m'appelle Murad Ra'is et je suis le chef des corsaires salétins, du nom de Salé, le grand port du Maroc.

Mes galères écument les côtes et mes raïs sont les meilleurs.

Je suis puissant, craint, célibataire, mais couvert de femmes, d'esclaves et d'or.

Quand je suis né, aux Pays-Bas, à Haarlem, je portais le nom de Jan Jansz.

C'était il y a déjà longtemps, vers 1560, on ne sait pas exactement, mais plus personne ne se souvient de moi, là-bas.

On a consenti à m'oublier et c'est bien ainsi : un protestant qui se fait musulman, c'est pire qu'une famille qui perd un membre cher, c'est une trahison.

D'un fils d'un héroïque Gueux de mer, d'un enfant de libérateur, on n'attend pas qu'il devienne un chien d'Arabe et pirate, en plus ! Aux Hollandais bien pensants, bien pratiquants et bedonnants, je dis aujourd'hui tout mon mépris.

À Salé, j'ai mon public, en ville comme en dehors, mon divan dont je suis le maître absolu : mes raids avec ceux de mes frères de Tétouan et d'Alger, de Tripoli ou de Tunis ont ramené chaque année de beaux et riches navires chrétiens dans nos ports. Des esclaves, je prends toujours les meilleurs : les vieux et les vieilles, sauf dignes de lever une belle rançon, je les jette tout vivants dans un sac et je les noie dans le port, je garde les calfateurs et charpentiers, fort pratiques pour la construction des bateaux, j'apprécie les femmes grecques, russes, françaises et italiennes, me méfie des espagnoles et des anglaises achetées à Constantinople et trop rusées. Et j'aime, je l'avoue, empaler les chrétiens récalcitrants qui n'ont pas voulu abjurer en les précipitant en haut d'une tour sur de grands crochets de fer où ils pourriront jusqu'à en crever. Ce qui peut paraître cruel à Amsterdam, dans ma famille d'origine, semble ici témoigner d'une bonne santé, je tiens à le préciser à l'intention des âmes sensibles qui pourraient avoir des préjugés quant au monde un peu singulier et radical des pirates barbaresques.

Si vous parlez de grands corsaires dans mon pays de naissance, les bonnes gens vous diront évidemment du bien de Piet Hein : le stathouder, notre président, tout particulièrement, parce que c'est lui qui l'a armé en course et qu'il a gagné beaucoup d'argent le jour où Piet s'est emparé de la flotte espagnole, non loin de La Havane, tandis qu'elle transportait plus de douze millions de florins d'argent venu du Mexique.

C'est un bon début pour commencer, comme disent nos amis : un bon corsaire n'est pas forcément un mauvais pirate, et l'un comme l'autre aiment l'idée de faire fortune en mer sur le dos, la coque et la voile des étrangers de passage.

Je rédige aujourd'hui ces mémoires parce que, ayant eu la chance d'apprendre à lire et à écrire à Haarlem, il y a deux ou trois choses que je voudrais laisser, modestement, à la postérité. Tout d'abord, le récit de ma vie, moi le fils du Gueux de mer qui finira son tour en pirate barbaresque. Ensuite, le témoignage de mes admirations pour mes prédécesseurs, corsaires, pirates, forbans du monde entier dont les histoires sont venues jusqu'à moi et dont on pourrait craindre qu'il n'en reste, en raison de leurs conditions parfois modestes et des parcours souvent tragiques qui furent les leurs, pas grand-chose. Enfin, il me prend l'envie, pour conclure, d'expliquer à mon lecteur que pirate et corsaire ne font qu'un, en réalité, et qu'il est parfois exaspérant, sous couvert de respectabilité religieuse souvent, de séparer le monde en deux, en bien et en mal, en enfant de chœur et en Lucifer.

Moi, par exemple, Jan Jansz, dit Murad Ra'is, je n'irai ni au paradis ni en enfer, je le sais d'avance. Car c'est au bordel que je finirai à n'en pas douter ma carrière, et le bordel de Salé, bourré à craquer comme il l'est de créatures vérolées et parfumées, c'est un peu des deux.

La vie et les conquêtes de Murad Ra'is

Je dois beaucoup à mon père. Tisserand à Haarlem, il aime à raconter à ses enfants les récits les plus épouvantables qui les décideront, une fois adultes, à être vraiment sages. Mal lui en prend me concernant, car j'éprouve très tôt, pour une raison étrange, une véritable sympathie pour ces héros désagréables dont la vie me paraît singulièrement originale, comparée à celle que ma famille mène.

Aujourd'hui, vivant à Salé, parmi les Maures, les Arabes et les Turcs, les renégats et les putains, je m'amuse souvent à penser que mes premiers modèles furent tous blonds et du nord de l'Europe. Ce sont les Vikings, bien sûr, mais plus encore les pirates de la Baltique contre qui la Ligue hanséatique, Lübeck et Hambourg en tête, combattent avec tant d'ardeur. Les Suédois sont les plus impressionnants de tous, surtout ceux qui se nomment Vitaliens ou Vitalienbrüder, frères de ravitaillement car ils prétendent approvisionner leurs compatriotes assiégés par les Danois dans Stockholm. Réfugiés dans l'île de Gotland, originaires pour certains du Mecklembourg. Leurs supplices font rêver l'enfant que je suis, rien ne me semble plus singulier pour traiter son ennemi que de le placer, comme ils le font, dans un tonneau de bière et de couper tout ce qui dépasse, c'est-à-dire, en général, une partie du tronc et la tête certainement. Les Likedeeler, "amis de Dieu, ennemis du monde" sont une autre variété de forbans des mers à propos desquels mon père est très savant, les décrivant comme pirates certes, mais pieux, vivant sur les côtes de la Frise, au bord de la mer du Nord, amis des pauvres, détrousseurs de riches. Et commandités, ces autres frères ravitailleurs, par le duc de Hollande : Herman Howeupe, Heinrich Corte, Jean Velhove, Ohte Rover reviennent régulièrement dans la conversation. Mais parmi eux, Godeke Michels et Klaus Zörtebeker, si j'orthographie bien, se distinguent, respectivement amiral et vice-amiral des Likedeeler. Je m'endors presque chaque soir en rêvant à leurs têtes plantées sur des pieux en témoignage de ce qu'il ne faut pas faire. Mais je ne peux m'empêcher de trouver leur vie criminelle plus séduisante que celle, vertueuse, de mes parents. Zörtebeker, formé par la marine hanséatique, avec sa flotte d'une vingtaine de bâtiments, ses marins danois, allemands, anglais ou baltes, est si riche, dit-on, que le mât de son navire est creux et rempli de lingots d'or, si beau et fort qu'il a épousé la fille du prince Kero Ten Broke. Mais il est si cupide, également, qu'il ne cesse de ruiner le commerce des marchands de Hambourg, d'en piller les richesses, jusqu'à ce jour de 1401 où il est pris dans un filet, de la hune de son navire, par des soldats hambourgeois partis à sa trace sous le capitanat de l'amiral Scholke et montés à l'abordage après une terrible course poursuite. Six mois de procès sont nécessaires avant de le conduire, lui et plus de soixante-dix de ses pirates, à l'échafaud. Godeke Michels ne tarde pas, avec quatre-vingts forbans de son espèce, à rejoindre l'infortuné Zörtebeker, contraignant les bourreaux à réclamer de l'aide pour exécuter toute cette besogne. J'aime en eux ces hommes qui menacent les organisations commerciales trop parfaites de nos bourgeois de la Baltique, de la Hanse, ces capitaines qui connaissent tous les recoins de la côte frisonne et qui contrôlent les échanges entre mon pays, la Hollande, et les grandes villes baltes. J'aime, chez Zörtebeker, cette silhouette de géant, ce visage gagné par une barbe épaisse, ce goût du sang mélangé à cet amour de la volupté, et c'est lui que je me choisis comme héros quand je me fais corsaire.

Mon père déteste Philippe II, ce roi d'Espagne, puissance catholique qui occupe mon pays tandis que ma famille, protestante, a choisi le parti de Guillaume d'Orange. Quelques années après ma naissance, l'épouvantable duc d'Albe a eu pour mission, donnée par le roi, de supprimer tous les hérétiques et tous les résistants au papisme. Des milliers d'insurgés ont été éliminés, dont le comte d'Egmont pour lequel mon père professe une grande admiration. Guillaume d'Orange arme des corsaires, venus de partout, riches ou pauvres, vertueux ou pervers, et leur signe des lettres de marque : Hartma Gauma, dit le fléau de Dieu, Adrien de Berghes ou Guislain de Fyennes s'emparent de nombreux navires espagnols, incendient couvents et monastères... Et prennent pour symboles la besace et l'écuelle des mendiants. Cette guerre détermine toute mon enfance et ma vie future comme elle modifie le périmètre familial. Parmi ces insurgés est, en effet, mon père, qui révère le prince d'Orange, celui qui a été, nommé par Charles Quint, le père de Philippe II, stathouder de Hollande, de Zélande et d'Utrecht. Au début, rien ne perce de cet engagement, nous lisons seulement sur le front de notre père quelques soucis nouveaux. Ma mère sait très vite que son mari, le doux tisserand, a rejoint la bande redoutable des “Gueux de mer”. Elle tremble longtemps à l'évocation des supplices que les Espagnols pratiquent à l'encontre de leurs prisonniers, de cette vis qui ferme la bouche des gueux pour qu'ils cessent de blasphémer une fois emprisonnés, de ces anneaux de fer dans lesquels ils passent la langue des protestants avant de la brûler au fer rouge. Je suis mis au courant des activités de mon père au retour d'une expédition : je lui déclare toute mon affection en le priant d'être digne du terrible Zörtebeker. Satisfait, rassuré, amusé par mon conseil, il ne tarde pas à repartir pour Douvres, où il s'est réfugié et fait son commerce. Philippe II insiste auprès de la reine Élisabeth Ire pour que ces voyous, avec à leur tête l'amiral William Von Lumey Van Der Marck, soient chassés de ce port où ils exercent leur commerce de crapules et une véritable terreur. Mon père, avec sa compagnie, doit quitter la ville, puis s'attaque à la Flandre et la Hollande. Les Espagnols semblent gagner la partie, faisant preuve d'une cruauté sans égale, faisant griller des enfants à la broche, pendant les gueux par le sexe, noyant les prisonniers par grands paquets de cent, car ne pouvant les tuer un par un. Mais les Gueux de mer savent manœuvrer sur les fleuves, les canaux, les chenaux de leur pays, les terres inondées par l'eau qui bondit souvent par-dessus les digues : Albe les pourchasse une année durant, les suivant à la trace, d'églises brûlées en cimetières profanés... Les libres butineurs, dans ma langue natale, *vrij buiters*, et en français, je crois, flibustiers, sont introuvables, toujours en avance d'une journée de mer sur leurs bricks agiles. Les rares Gueux de mer interceptés payent pour tant d'audaces de leurs compatriotes : on les torture, les décapite et on sale leurs têtes, ces sanglants trophées, à la manière turque... Des prédicateurs, des poètes se mettent à chanter la louange des

Gueux de mer et de leur cause : “Du haut des dunes et des digues de la Zélande et de la Hollande, on voyait flotter au vent le pavillon des gueux ; et le tonnerre de leurs canons annonçait à leurs compagnons opprimés que l’heure de la délivrance avait sonné. Ces écumeurs de mer, cruels et débauchés, ces hommes, plus licencieux que Sarrasins, devenaient, en dépit de leurs condamnables excès, les sauveurs des Pays-Bas et les fondateurs d’une république glorieuse.” Puis vient ce mois de janvier 1574 qui voit la flotte des Gueux de mer remporter une victoire décisive à Bergen, non loin de Romerswael : Albe doit bien compter ses hommes... Sa flotte, la flotte espagnole, est détruite. La Hollande a bouté l’Espagne hors d’elle. Mon père va revenir à la maison, déjà, nous les enfants et elle, sa femme, nous nous réjouissons. Et puis vient la nouvelle : si les Gueux de mer ont triomphé, cela n’a pas été sans souffrance, ni sans de nombreuses victimes. Mon père compte parmi elles. Je suis désormais orphelin, à moitié orphelin.

Dans ces mêmes années, ou presque, nous entendons dire que les Espagnols ont gagné une grande victoire sur la flotte ottomane, à Lépante plus précisément. Le pape, Venise et les Espagnols, au nom de la chrétienté, se sont unis, ainsi que les nations et États d’Italie. Anglais et Génois sont de la partie. Don Juan d’Espagne a mené un magnifique combat de galères, qu’on dit être le dernier de l’histoire de la mer : à midi, deux mondes se sont épouvantablement arc-boutés l’un contre l’autre dans les flammes, le sang, la fumée. Lépante est une revanche sur la défaite infligée par Barberousse, trente ans plus tôt, aux escadres de Charles Quint : on dit que désormais le sultan et la

Sublime Porte sauront se comporter plus modestement en Méditerranée et signer toutes les trêves nécessaires avec le roi d'Espagne. L'Armada chrétienne a perdu des milliers d'hommes, mais moins que la flotte ottomane, dont tous les vaisseaux ont été coulés ou brûlés. Galères hors d'état de nuire, trente mille hommes tués, cinq mille prisonniers, près de quinze mille chrétiens esclaves et rameurs libérés... La Sainte Ligue triomphe ! Nous avons avec les Turcs et les Arabes la même haine du catholique. Les Hollandais vont commencer à s'intéresser à la Méditerranée, enfin. Il nous semble alors que la route est ouverte et qu'il peut être intéressant de proposer au stathouder – le commandant en chef de l'armée et de la marine – de nous armer en corsaires et d'aller faire un tour du côté du Levant ou des États barbaresques. Même jeune, je ne suis pas alors complètement inexpérimenté. J'obtiens, avec un certain nombre de marins, ces lettres de marque qui nous permettent de quitter les Pays-Bas pour aller faire la chasse aux navires ennemis. L'ennemi est espagnol. Nous sommes bien accueillis par les Marocains comme les Algériens, qui achètent nos marchandises avec beaucoup d'entrain et qui ont autant de curiosité à apprendre de nous l'usage de la voile à perroquet.

Plus tard, Simon de Danser, ayant obtenu des États de Zélande une lettre de marque, vient nous rejoindre. Lui aussi a été corsaire au service des Provinces-Unies contre l'Espagne. Avec lui, un envoyé du gouvernement, Pieter Gerritsz, qui a pour mission de faire libérer gratuitement les Néerlandais prisonniers à Alger, à Tunis ou à Salé, vient nous rappeler que nous devons venir au secours de nos compatriotes retenus contre leur gré. Je me serais, je l'avoue, bien passé de cette leçon de civisme venant d'un fonctionnaire un peu pincé.

Je décide de me fixer à Salé un peu avant que Danser nous rejoigne. Avec mon compatriote De Veenboer, nous prenons le parti de nous convertir à l'Islam et d'adopter de nouveaux noms : Sulayman Ra'is pour lui et pour moi, comme déjà indiqué, Murad Ra'is. Je suis un raïs, c'est-à-dire le chef des pirates de Salé, une petite entreprise qui répartit les bénéfices au mieux des intérêts de tous. J'arme les expéditions et je les mène souvent moi-même, comme la plupart des raïs qui sont souvent venus d'Europe pour s'enrichir par la course et n'ont pas refusé la circoncision pour autant.

Quand nous arrivons à Salé, la ville vient de recevoir dix mille Morisques chassés d'Espagne. Je trouve auprès d'eux, et notamment auprès d'une communauté de près de trois mille ressortissants d'une petite ville d'Estrémadure, une certaine Hornachos, des mains expertes pour mener nos projets. Ces hommes et ces femmes qui n'ont jamais expié la religion musulmane veulent se venger du sort que l'Espagne leur réserve en les chassant de chez eux et leur détermination m'est fort utile pour transformer ce petit royaume en paradis de la course : nous y avons, ensemble, édifié des medersas, des mosquées, des écoles de médecine et quelques bagnes. Tous les marchands normands, bretons, italiens et flamands viennent nous acheter des esclaves, des tapis, des ivoires, des laines et des peaux. Le divan de Salé tient vite son rang dans les échelles des Barbaresques. Et aujourd'hui, nous contrôlons le détroit de Gibraltar comme le cap Saint-Vincent, Madère, les

Canaries et même au-delà, jusqu'à Terre-Neuve, comme je l'ai déjà dit. Le sultan du Maroc, dont nous ne dépendons pas, mais à qui nous donnons un dixième de nos prises, nous considère avec beaucoup d'attention et d'amitié.

Salé est une ville prospère et nos pirates travaillent à la rendre toujours plus bienheureuse. Même si j'y suis bien, je me plais aussi à la quitter de temps à autre. Mes voyages me portent loin, très loin parfois. J'ai fait le plein d'hommes et de femmes il y a quelques semaines à Baltimore, en Irlande, et j'ai vendu le tout, à très bon prix, au marché d'Alger. Quelques années plus tôt, j'ai soumis Reykjavik et fait un grand nombre de prisonniers, n'y trouvant hélas d'autres trésors que des peaux de phoque et des salaisons de poisson. Mais je retourne toujours avec émotion dans la ville où je me suis établi, il y a maintenant plus de vingt ans. Je ne me lasse pas de sa situation idéale, de l'équidistance avec les capitales de Fez et de Marrakech, de ce grand fleuve et de ce bel arrière-pays qu'apprécient tant nos Maures arrivés d'Espagne, mais également les Anglais qui ont fait leur nid de pirates, non loin de Salé, avec quelque cinquante navires et plus de deux mille hommes. J'ai habité successivement à Salé-le-Vieux, à Salé-le-Neuf et dans le quartier de la forteresse et, peut-être parce que je connais bien cette ville, on vient de me faire gouverneur du port, ce qui est une fonction très importante de la République de Salé, voire la plus considérable. J'y fais la paix entre tous ceux qui y vivent, Marocains, Juifs, Anglais, Italiens et quelques Néerlandais, comme moi. Nos commerçants d'Amsterdam veillent toujours, avec les Juifs séfarades, à bien nous fournir en matériel divers et autres armements. Quant à nos navires, nous ne cessons d'en perfectionner l'usage afin de pouvoir tenter plus souvent le voyage dans le Grand Nord, en Irlande, en Islande, comme celui que je fis récemment. De tous les pirates de la côte, on dit de nous, les gens de Salé, que nous sommes les plus rapides, les plus légers, que nous savons fondre sur le convoi ennemi ou marchand et nous évanouir comme magiquement, que notre flotte est comme une nuée d'insectes qui ne se font jamais connaître avant, piquent par surprise et disparaissent dans l'atmosphère aussitôt le forfait accompli.

Alors que je me fais déjà un peu vieux, je songe à me marier. On est raïs de père en fils et un enfant serait le bienvenu. Mes équipages me tiennent lieu de famille : mes renégats, mes marins marocains, mes maraudeurs préférés, mes bagnards. Nombreux sont ceux qui ne savent même pas nager parce qu'ils sont nés dans les montagnes. Demain, comme nous ne partons pas en mer, je les enverrai nettoyer la rivière de Salé et la barre, qui ont la mauvaise idée de s'ensabler. Le Bou Regreg, si l'on n'y fait rien, ne permettra plus aux gros tonnages d'entrer convenablement dans notre port. Ce n'est pas avec des chébecs, des gabarres ou de petits bateaux à rames qu'on conquiert le monde ! Ni qu'on peut résister à ces expéditions, à ces blocus que les Français se plaisent à nous imposer, je pense à ce fichu capitaine Razilly qui s'est plu, à notre grand désagrément, à bombarder notre bonne ville, à se saisir de quatre de nos navires et à récupérer quelque deux cents esclaves qui parlaient sa langue ! Chien de chrétien !

Les héros de ma vie pirate

Comme j'écris ceci dans le grenier de la capitainerie de Salé, que je n'y dispose que de peu de livres et que je me fonde essentiellement sur des témoignages rassemblés çà et là, au passage d'un bateau corsaire, à la lecture d'un testament, à l'écoute d'une confidence, il se peut bien qu'il y ait des erreurs de dates, de lieux dans ce petit dictionnaire de mes amis coureurs. Que mon lecteur ne m'en tienne pas rigueur en se disant que bien des nôtres ne savent pas où, ni quand exactement, ils sont nés. Mais, persuadés qu'ils vont mourir un jour, ils vivent beaucoup et de belle façon, et cela même justifie qu'on en fasse, pour le plaisir, le récit aussi fidèle que possible.

Dragut. On ne m'en voudra pas de commencer par celui qui fait de Djerba une île enchantée et qui meurt, digne héritier du très grand Barberousse, trop tôt, en 1565, lors du siège que le sultan Soliman a mis en place devant l'île de Malte. Un malheureux boulet lui arrache la tête. Dragut est né en Anatolie, a appris le métier de marin très jeune et a été très vite engagé par Barberousse pour mener ses galères le long des côtes d'Espagne, d'Italie, de Sicile, où il y a toujours beaucoup à piller. Un Doria l'a fait prisonnier au large de la Corse et Dragut a passé quatre années sur les bancs d'une galère génoise, jusqu'à ce que Barberousse le rachète, à prix d'or. On doit à Dragut tant de combats, d'avoir repris Djerba aux Doria et d'en avoir fait son quartier général, d'où il s'est attaqué aux Espagnols avec ses raïs, une trentaine de belles galères et beaucoup de talent. Longtemps, il est insaisissable : vassal de la Sublime Porte, conquérant d'Africa, une petite place au nord de Sfax, pilleur des côtes napolitaines et toscanes, il a échappé presque toujours aux Espagnols et en a terrorisé plus d'un.

Comment ne pas citer également Ouloudj Ali, roi d'Alger, digne successeur de Barberousse et de Dragut, qui sauve sa flotte à Lépante et qui est, jusqu'à sa mort, en 1587, le grand amiral de la marine ottomane ? Comment manquer de saluer la mémoire d'Ochiali, le Calabrais, si redouté des chevaliers de Malte, vainqueur de Chypre et de Nicosie et qui défie Venise ! Je devrais citer certainement Morat Ra'is, l'Albanais d'Alger qui prend les Canaries. Et avouons-le, même s'il est notre ennemi, plaçons au titre de nos admirations le très grand Andrea Doria, qui meurt à Gênes, non sans avoir commandé une dernière fois en mer, à près de quatre-vingt-huit ans, et repris la Corse, occupée par Henri II de Valois.

Simon de Danser. On sait de lui que, hollandais, il mène une trop belle vie à Marseille et qu'il vient s'installer, vers 1606, à Alger où il prend le surnom de Dali Capitan, le capitaine Diable. On lui doit d'avoir appris aux Barbaresques l'art de construire des bateaux ronds de haut bord, à voiles, plus efficaces, plus offensifs que les galères à rames, bateaux de deux cents à trois cents tonneaux qui nous permettent de remonter à l'ouest de Gibraltar, d'affronter la haute mer. Je fais moi-même le voyage d'Islande. Simon, que je connais un peu, coule de nombreux vaisseaux, se fait de nombreux amis à Alger, mais refuse de se convertir. Il revient à Marseille, séjourne à Paris et se rapproche d'Henri IV, qui lui pardonne ses forfaits et veut l'utiliser. Il va plusieurs fois à Tunis négocier le rachat de bateaux français, mais le bey, qui n'a pas gardé un bon souvenir de Simon tandis qu'il pratiquait la course avec les Barbaresques, le fait arrêter et décapiter en pleine ville.

Hervé de Portzmoguer, dit Primauguet. Du Léon, natif de Plouarzel. C'est en 1512 qu'il s'illustre à bord d'une caraque de cinq cents tonneaux, au château très élevé, avec ses deux cents pièces de canon, ses bombardes à roue, ses couleuvrines. Construite à Morlaix, ayant participé au siège de Mytilène, l'île des frères Barberousse, *Marie la Cordelière* est un bâtiment aimé de la reine Anne, qui est montée plusieurs fois dessus, en a payé les frais de radoub. Portzmoguer est l'un des corsaires les plus redoutés du moment, craint des commerçants et marins anglais, on lui doit plus d'une trentaine de prises dans la dernière saison. En juin de cette année, l'amiral Howard, commandant de la flotte anglaise, se distingue en incendiant la ville du Conquet, celle de Crozon et même le manoir d'Hervé de Portzmoguer. Tandis qu'on le signale non loin de Brest, un jour d'août, avec plus de cinquante navires, une escadre française commandée par le vice-amiral de Bretagne célèbre joyeusement la vie en organisant des réceptions sur ses bâtiments : sur la *Marie la Cordelière*, Portzmoguer reçoit près de trois cents invités, dont certains membres de sa famille. On boit, il est tard dans la nuit, soudainement les vigies donnent l'alarme, Howard double la pointe Saint-Mathieu avec sa flotte. Il faut se replier, avec les invités à bord, dans le goulet de Brest. Au début, c'est comme un jeu, les hôtes veulent en découdre, on les arme, les femmes se réfugient dans l'entrepont. Portzmoguer réussit à éloigner deux navires, mais *Le Regent*, muni de nombreuses bouches à feu en fer ne le lâche pas, jette le grappin sur le bateau français, qui prend l'eau, le combat paraît inégal car les Anglais reçoivent du renfort, Portzmoguer fait jeter un brandon dans les caisses de poudre. Le Breton, de la grande hune, sait que c'est la fin, mais ne veut pas servir de trophée à une victoire des Anglais. Une terrible déflagration projette la *Marie la Cordelière* dans les airs, bientôt suivie par *Le Regent*, la mer n'est plus qu'un bain rougi sur lequel flottent des centaines de corps.

Magdelaine de Sade. Née en Avignon, vers 1478, née Lartessuti, fille adultérine d'une Médicis, ayant épousé sans conviction Joachim de Sade, elle déserte la vie des familles nobles pour se faire amirale, en même temps qu'armateur et corsaire. Courtisée plus qu'elle ne peut donner, y compris à Rome par le neveu du pape, le cardinal de Saint-Pierre-aux-Liens, elle rêve de parcourir le monde, décide de s'installer à Marseille pour accompagner l'entreprise de la découverte du monde qui bat alors son plein. La France, la Hollande et l'Angleterre ont manqué la première étape. Les galions espagnols qui passent dans l'Atlantique, chargés d'or, sous leur nez, font des envieux. Et la France est entourée d'ennemis, une bénédiction pour ses corsaires ! Mais Magdelaine n'a d'yeux que pour la Méditerranée, elle admire, tout en les redoutant, Barberousse et ses Barbaresques : elle sera la corsaire des îles d'Or, armera en course, jusqu'à se lier d'une amitié très vive, sensuelle un temps et intéressée par la suite, avec François Ier, qu'elle rencontre à Marseille en 1515. Ses bateaux sont réputés, une fois armés en guerre, pour la qualité et la rapidité de leur abordage. Le roi se sent proche de cette femme aux mœurs libres dont la vie amoureuse est parcourue de chocs, de crises, de violentes passions. Passant du commerce à la guerre, de la guerre au commerce, elle vit intensément sa passion. Celle qui va l'unir à Bertrand d'Ornessa, baron de Saint-Blancard et des îles d'Or, magnifique *condottiere*, profitera à la guerre de course, aux livres de comptes de Magdelaine, à la réputation des équipages français, de Constantinople à Salé. Sa maison de commerce et d'armement est l'une des plus connues en Europe, et Saint-Blancard un héros en Méditerranée, craint de Charles Quint, de Doria, à qui il enlève, en 1528, au large des îles de Marseille, de nombreuses galiotes et autres brigantins. L'armada corsaire de Magdelaine de Sade ne cesse de grossir, constituée de nombreux navires, de plusieurs centaines d'hommes et d'officiers : Barberousse et les siens, les sultans de la Sublime Porte vouent un réel respect à cette entreprise inédite pour des Arabes et des Turcs. Une femme aux commandes ! Saint-Blancard et Barberousse unissent leurs flottes pour aller piller les côtes espagnoles, le Saint-Empire étant ennemi commun. Si la guerre nourrit Magdelaine de Sade, si elle sait, pirate ou corsaire, pratiquer le brigandage, les trêves marchandes sont également de son goût. Et à sa mort, en 1549, sa fortune, immense, fera l'objet de disputes infinies et de dilapidations désolantes.

François le Clerc et **Jacques de Sores**, parmi nos plus exemplaires archipirates, sont remarquables. Et calvinistes ! Le Clerc, dit Jambe-de-bois, est le premier à bénéficier d'une patente de course pour aller aux Amériques, délivrée par Henri II : "Pie de palo", ainsi surnommé par les Espagnols, dévaste tout ce qu'il trouve sur son chemin des Antilles avec son escadre de corsaires, les Canaries, Saint-Domingue, Cuba... Ce qui lui vaut d'être anobli par le roi : "Toujours des premiers à l'abordage, a été grandement mutilé de ses membres et ayant perdu une de ses jambes, et un bras fortement endommagé, ne laisse tant pas pour cela son dict service...", mais ne l'empêche pas de se mettre également au service de la reine d'Angleterre, Élisabeth Ire, à qui il demande une forte pension ! Jacques de Sores, Normand, qui fut un temps son compagnon et corsaire de Jeanne d'Albret, la reine de Navarre, incendie de belle manière La Havane, non sans avoir écrasé Santiago de Cuba. Nos huguenots ont la santé : Sores saccage les églises, insulte le pape, injurie les saints, profane l'hostie, brise les statues et les calices, décapite de sa main religieux et notables, organise des parades grotesques avec des chasubles et des habits sacerdotaux qu'il taille en pièces pour en faire des costumes de bouffon..., les cathédrales prennent feu après que lui et ses hommes s'y sont saoulés ! Une colonie de jésuites brésiliens est massacrée, après mille sévices, dans les Canaries : on finit par leur couper mains et pieds, et on les jette à l'eau en leur proposant de nager. Le "colonel de l'armée des marins protestants", comme il se nomme, s'allie avec un corsaire de Plymouth, John Hawkins, et organise la terreur entre l'Atlantique et le port de La Rochelle, où il rassemble ses prises. Depuis les exactions de Sores, notre réputation, à nous les huguenots, est bien fixée ! Nous sommes d'épouvantables pirates, ce qui arrange bien les Espagnols, toujours à la recherche d'un prétexte pour écraser les calvinistes, les luthériens... Les ports français, La Rochelle, Dieppe, autrement appelée la Genève normande, Le Havre, Fécamp, Honfleur, sont nos bases arrière, il est vrai... Et font peu de mystère de leurs liens avec les protestants des Pays-Bas et d'Angleterre.

Eder, seigneur de La Fontenelle, m'est particulièrement sympathique. Né vers 1557, d'une bonne famille de l'aristocratie bretonne, il se distingue par son exemplaire double vie. Très tôt, pillard entre Tréguier et la baie de Lannion, craint dans toute la Cornouaille, il installe dans une forteresse de l'île Tristan, en face de Douarnenez, une flotte considérable – bien souvent des navires dérobés à l'ennemi – et plus de mille hommes. Écumeur des mers, enrichi de manière incroyable, cruel, il rencontre dans un château du Léon une très jeune fille, Marie Le Chavoir, qui vient de fêter ses douze ans, mais dont il tombe éperdument amoureux. Marie le suit, il l'enlève, mais n'ose lui faire découvrir le triste repaire de la forteresse de l'île Tristan, avec ses cachots, ses salles de torture et son harem, constitué des plus belles prises du moment. Marie est placée dans un couvent de religieuses, des Ursulines, près de Saint-Malo, tandis qu'Eder jure de revenir et de l'épouser prochainement. Il continue sa vie de brigand, obtient, quand le vent tourne, la grâce d'Henri IV, mais entre-temps se distingue par quelques faits atroces. Faisant le siège de la bourgade de Pont-Croix et de l'église où le gouverneur, M. de Villerouault, et sa femme se sont réfugiés, il leur promet la vie sauve s'ils se rendent. Aussitôt le portail de l'église ouvert, les hommes d'Eder s'emparent du gouverneur, qu'ils attachent à un pilier, et violent consciencieusement son épouse, à plusieurs reprises, devant lui : ils ne tardent pas à pendre le gouverneur, avant d'égorger son épouse, au pied de l'autel. Les autres occupants de l'église sont massacrés à leur tour, noyés dans des tonnes d'eau glacée, brûlés sur des charbons ardents, sodomisés avec des croix en fer. Eder de la Fontenelle est suffisamment chanceux pour ne pas être arrêté, recevoir ses lettres d'abolition et revenir au couvent de Saint-Malo. Il prend Marie Le Chavoir pour épouse et s'installe dans le château de Coadelan, près de Tréguier. La justice le rattrape : les héritiers du gouverneur de Pont-Croix le font arrêter et son procès le mène en place de Grève pour y être roué, après avoir subi la question ordinaire et extraordinaire. Il a vingt-huit ans à peine. Marie, qui n'en a pas dix-neuf, qui l'aime et le croit innocent des crimes qui lui sont reprochés, monte à Paris, fait le siège du Louvre, mais arrive après l'exécution de celui qu'elle prend toujours pour le plus noble et le plus amoureux des chevaliers bretons.

Lady Killigrey. Son père, Philippe Wolveston du Suffolk, installé dans son manoir d'Arwenack, est déjà un pirate d'exception. Son mari, sir John Killigrey, vice-amiral de Cornouailles, gouverneur du château de Pendennis, fait fortune en interceptant avec sa flotte les bateaux espagnols ou portugais qui passent au large des côtes et se destinent à vendre leurs cargaisons dans les grands ports nordiques. Quelques razzias sur les flottes étrangères et un peu de contrebande améliorent l'ordinaire. Piraterie héréditaire, syndicat de voyous.

Une nuit de 1582, alors qu'un navire espagnol s'est réfugié à Falmouth dans la crainte d'une tempête, lady Killigrey monte elle-même sur le bâtiment, massacre avec une bande de pirates l'équipage : une perquisition à son château prouve sa culpabilité. Arrêtée, jugée, condamnée à mort, elle sera graciée par la reine.

D'autres encore mériteraient d'être cités, tant leurs exploits témoignent d'une grande qualité de caractère et de tempéraments furieux. Eustache le Moine, défroqué et terreur du pas de Calais. Gilbert de Fréthun, dont le manoir est incendié par les Anglais et qui se venge en massacrant, à Aurigny, des centaines d'entre eux, avant de disparaître en mer. Marant le Boulonnais. Béthencourt, qui découvre les Canaries. Du Guesclin. Jean Léon, de Dunkerque, terreur enivrée de la Manche et des côtes espagnoles et digne descendant des Likedeeler. Waleran de Saint-Pol, comte de son état, qui prend l'île de Wight. Pierre de Mondragon, roi de l'océan Indien, Vincent Boquet, Guillaume Le Becquet, vaillant pirate du Croisic qui, une fois fâché, pend "ses vaincus par les génitoires", Villegagnon, Jean Ribault, capitaine corsaire si haï qu'il est écorché vif et que sa peau est envoyée à Séville comme trophée de guerre. Capitan, Bataille, Hartibiliaut, dit la Pinte, Pero Nino, Charles de Savoisy... de La Rochelle, de Bordeaux, de Saint-Malo, de Rouen. Les Malouins, surtout, m'impressionnent et les Bretons en général : Brient de Chateaubriand, les quatre Plusquellec, Maurice, Henri, Yves et Guillaume, quatre frères qui se délivrent à eux-mêmes des lettres de marque et des passeports, à qui il faut ajouter les quatre Coëtivy, Prégent, gouverneur de La Rochelle, amiral de France,

Olivier, vainqueur de la ville du Crotoy, Guillaume, connu pour avoir forcé le blocus de Dieppe, et Alain, fameux cardinal... Philippe Roussel, puis Nicolas et Jean Coëtanlem... On m'a raconté les aventures de ce dernier, qui méritent qu'on s'y arrête un bref instant. Jean, né en 1455 à Morlaix, arme une petite escadre dont il commande lui-même *La Cuiller*, une nef achetée d'occasion et calfatée et réparée par ses soins. Avec *Le Picard, Le Singe, Le Griffon, La Figue* et *La Barque*, il attaque une flotte anglaise cinq fois supérieure, combat furieusement, gagne, est trahi par les amiraux français, qui réclament des parts exorbitantes des prises. Coëtanlem fuit, pille Bristol, file au Portugal, y sera nommé grand amiral, y rencontre, dit-on, Colomb, à qui il révèle l'existence de terres découvertes par les marins bretons, de l'autre côté de l'Atlantique... Mais dans ce panthéon de mes héros, puis-je également ignorer sir Francis Verney, élevé à Oxford, et qui, pour fuir la tyrannie de son épouse, se fit musulman et pirate, servit un prétendant au trône du Maroc, puis s'installe à Alger, se spécialise dans l'attaque de ses compatriotes avant d'être capturé au large de la Sicile, placé sur un banc de rameurs deux années durant, et décédé à Messine il y a quelques années ? D'autres Européens installés dans les États barbaresques sont remarquables, même s'ils exercent leur art dans les ports voisins : John Warde, de Plymouth, excellent pirate de Tunis, grand expert dans la construction de bateaux pour la haute mer, et haï des Vénitiens, qu'il pille régulièrement...

Le combat commun des pirates et des corsaires

Nous tentons, nous, gens de mer, de faire fortune, il nous arrive, confessons-le, de piller aveuglément, comme nous sommes fréquemment munis de lettres de marque, de commissions qui nous permettent de “courir sus” aux bâtiments des pays ennemis. Les lois de guerre nous protègent en général de la pendaison, mais il n'est pas rare que nous attaquions un navire dont nous pensions qu'il nous était ennemi et qui se révèle neutre ou ami : le gibet n'est alors guère loin !

Nous avons bien mauvaise réputation, nous, les Marocains : nous ne respectons guère les traités, les alliances n'ont pas de valeur à nos yeux, nous utilisons la ruse pour arriver à nos fins et nous sommes cruels et brutaux. Du moins, c'est ce que pensent de nous mes anciens compatriotes, les Hollandais, fiers de disposer d'une des plus grandes marines commerciales au monde et inquiets à l'idée de nous savoir à l'affût du moindre de leurs mouvements. Un pas suffirait pour ajouter que la défiance nous concernant est absolue du côté des chrétiens, que nous avons la réputation de bien mal traiter nos esclaves, de conduire nos chébecs et nos galiotes avec insouciance et de constituer d'énormes bénéfices en vendant navires, cargaisons et hommes à prix fort.

Si être corsaire, c'est être un auxiliaire de la marine d'un pays, pourquoi pas ? Si l'étiquette permet de ne pas condamner à mort un marin vaincu, fort bien. Il est assez de princes ou de nations qui sont en guerre ouverte les uns contre les autres pour nourrir cette belle hypocrisie. Comment souhaiter dans ces conditions la paix qui, *de facto*, fait du corsaire un méchant pirate ? Je ne vous dirai pas ce qu'il advient si l'on s'attaque à un neutre, tant la chose est compliquée à juger. Des lettres de marque, des commissions en guerre, nous en avons tous eu. Combien de représailles avons-nous organisées ! Tant d'armateurs qui sont venus vers nous pour que nous attaquions ceux qui les avaient dépouillés injustement ! Tant de cours, en Europe et ailleurs, qui jugent ou tentent de le faire !

En Europe, ce sont les marchands qui triomphent, tandis qu'ici, à Salé, seuls les aventuriers peuvent réussir. À Dunkerque, à Boulogne, à Ostende, au Havre, à La Rochelle, à Bayonne, à Jersey et à Guernesey, dans ces cités corsaires, on ne parle que de sociétés, d'actionnaires, de parts, de capital à réunir, de produits des ventes, une fois les frais d'armement et les taxes payés !

On nous reproche, je le sais, notre goût immodéré des esclaves et les mauvais traitements que nous leur infligeons. Disons d'abord qu'à Salé, nous sommes loin d'être aussi industrieux en ce domaine qu'à Alger, où près de trente mille captifs se lèvent chaque matin dans le bagne souterrain où ils demeurent, lourds de leurs chaînes et de leurs bracelets rivés aux chevilles. Que les États reconnaissent qu'ils sont bien heureux de nous trouver et d'économiser ainsi. Nous ne cessons, à nos frais, de perfectionner nos bateaux pour les rendre plus maniables, à plus faible tirant d'eau encore, plus rapides, nos voilures pour les faire plus importantes, mieux orientées, pour remonter mieux au vent, nos mâts, qu'ils soient deux, trois, quatre ou cinq, nos coques, nos quilles, nos gouvernails... et nos bateaux, nous les nommons galère ou brigantin, frégate ou hourque, cutter ou sloop, goélette ou barque, ou chaloupe... nous multiplions leurs tonneaux. Et nous armons : tromblons, mousquets, pistolets... Nous sommes appréciés pour notre sens de la surprise, nos attaques dans le brouillard, dans la nuit, au petit matin, nos coups de semonce et nos pavillons hissés pour nous faire connaître, nos amarinages, notre goût de la lutte. Nous sommes des civils, toujours. Nous apportons le capital et l'énergie à nos États, à nos rois, à nos nations, nous prenons le risque, celui de la vie, nous prenons nos parts également, c'est bien normal. Et nos rois s'y retrouvent, si j'en crois les Français qui ne cessent de vanter la lettre de marque que leur souverain, Charles VI, a ainsi définie en 1400 : "Si aucun, de quelque État qu'il soit, mettait sur aucune nef à ses propres dépens pour porter guerre à nos ennemys, ce sera par le congé et consentement de notre dit amiral ou de son lieutenant. Lequel a, ou aura, au droit de son dit office, la connaissance, juridiction et correction de tous les faits de la dite mer et de ses dépendances, criminellement et civilement [...]." Voilà bien du travail pour les tribunaux, pour les législateurs... avec nous, l'hypocrisie a atteint son comble. Nos gouvernements nous mandatent, mais n'y touchent pas, nos pavillons sont nationaux, mais nous sommes prêts à en changer s'il le faut, nous sommes privés, mais contrôlés par l'État et comme récompense de nos services, pour nous remercier d'avoir inquiété le commerce de l'ennemi, menacé ses convois, d'avoir défendu nos colonies et nos côtes, nos mandataires nous demandent de nous servir directement sur la bestiole. Nous sommes tous des *forbanni*, en réalité.

N'avons d'autre nationalité que celle du cœur, d'autre loi que celle du caractère. Qui suis-je, moi ? Hollandais ? Marocain ? Salétin, probablement, parce que je vis là. J'agis en temps de guerre comme en temps de paix. Bientôt, on me demandera de placer sur mes bateaux des chirurgiens, des écrivains et certainement des prêtres, des religieux de toute nature... Un jour viendra, je le sais, où nos fils n'auront plus honte de dire à leurs amis que leurs pères sont des pirates, un jour viendra où nous serons reconnus comme maléfiques, certes, mais comme indispensables, un de ces maux nécessaires dont les bigots s'entourent, par précaution, mais auquel ils disent ne jamais toucher. »

CHAPITRE VII

Jean Bart, le plus grand des grands corsaires de Louis le Grand

Jean Bart, salut ! salut à ta mémoire !
De tes exploits, tu remplis l'Univers ;
Ton seul aspect commandait la victoire,
Et sans rival, tu régnas sur les mers ;
Jusqu'au tombeau, France mère adorée !
Jaloux et fiers d'imiter sa valeur
Nous défendrons ta bannière sacrée
Sur l'Océan qui fut son champ d'honneur (bis)
Refrain :
Jean Bart ! Jean Bart ! La voix de la patrie
Redit ta gloire et ton nom immortel,
Et la cité qui te donna la vie
Érigera ta statue en autel (bis)
Cantate à Jean Bart.

Comment être absolument sûr ? Le docteur Louis Lemaire, membre actif et distingué de l'Union Faulconnier, une association qui milite, entre autres, pour la mémoire des grandes figures locales, en mettrait sa main à couper. C'est lui et personne d'autre. La taille d'un héros. Un héros de taille. Alors, ils ont décidé d'organiser une exposition, le maire, les conseillers municipaux, les habitants de la bonne ville de Dunkerque : « Exposition des restes de Jean Bart ». Ce fut le cadeau de la ville à ses concitoyens pour la Noël 1928. Personne n'est près d'oublier cette journée du dimanche 23 décembre, passée dans l'église de Saint-Éloi. Ils furent des centaines, des milliers à défiler, glacés mais émus, devant la chapelle ardente installée dans l'église et gardée par des soldats et des marins. Le jour de Noël, l'exposition est close par un magnifique spectacle : tandis que le 110e R. I. offre la musique, c'est la chorale La Jeune France qui chante la bien connue *Cantate à Jean Bart*, une sorte d'hymne national pour tout bon Dunkerquois.

Le docteur Lemaire triomphe. Des années qu'il demande qu'on exhume les restes du grand Bart. Il finit par les trouver, ce 20 décembre, dans « le sanctuaire du chœur de la paroisse Saint-Éloi au pied du maistre autel », selon l'acte de décès rédigé en avril 1702. Si le testament précise que le corsaire laisse à ses enfants cent soixante mille livres, dont sept immeubles et un portrait du prince de Conti, les archives sont nettement plus floues concernant sa sépulture. Un squelette est trouvé, néanmoins, à cet emplacement. Mais on met en doute la découverte du docteur Lemaire. Il y a si longtemps ! Plus de deux cents ans après ! Lemaire, cinglant, avance un argument de taille : la taille. Oui, la taille du squelette. Gigantesque. Immense. Plus de deux mètres. Deux mètres et deux centimètres, une fois étiré. Une rareté qui atteste l'authenticité de la découverte. N'est pas le squelette de Jean Bart qui veut, tout de même !

Sur la place Jean-Bart, l'immense et magnifique statue de David d'Angers domine la ville en ce jour de Noël 1928. Tout y est disproportionné, la tête en tête ! Comme en 1845, alors que la statue est érigée, des dizaines de milliers de personnes se rassemblent : Jean Bart appelle ses soldats d'un geste théâtral pour s'en aller à l'abordage ! Ils le suivent bien volontiers. Du bras droit, il exhibe une épée, tandis que la main gauche serre un pistolet. La statue, cette nuit-là, semble s'animer, si grande elle aussi, si haute, dressée sur son socle. Dans quelques heures, l'immense squelette du corsaire va disposer d'une sépulture dans l'église Saint-Éloi, un lieu de recueillement, de culte. Dehors, partout, dans les magasins, dans les publicités des journaux, Jean Bart est déjà célébré : les pilules Jean Bart soulagent immédiatement bronchite, asthme, mal de gorge, insomnie, rhume et oppression de poitrine, les biscuits Jean Bart sont délicieux, la cire Jean Bart imperméabilise évidemment le cuir de vos chaussures, le tabac à pipe Jean Bart est le meilleur de tous... Jean Bart est le plus grand, personne ne le conteste. Le plus grand corsaire des grands corsaires de Louis le Grand.

1702. À la mi-avril. Dans la rade de Brest, la silhouette du *Fendant* se fait chaque instant plus proche. Le bateau a été construit au Havre et semble donner toute satisfaction. Sur le pont, on distingue déjà quelques hommes, une certaine agitation. Sur le quai, une femme. Ses enfants sont là, ceux, du moins, qui ont survécu et qu'on a pu prévenir. Sur les treize filles et garçons que Jean Bart a faits, seulement sept sont encore de ce monde. Il se voyait bien en faire quelques autres, histoire de marquer Dunkerque à jamais de l'empreinte des Bart, ce qui, en vérité, est déjà fait, si l'on se rapporte à l'arbre généalogique du héros corsaire. Une chaloupe est venue les prévenir à la maison : Bart a eu un malaise en mer, presque dans la rade. Sa fichue pleurésie. Et son tabac mortel bourré dans la pipe. Il fume trop. Un malaise seulement ? Comment, seulement ? Un malaise, oui, un malaise mortel. Il est mort ? On ne sait pas vraiment, pour tout dire. *Le Fendant* va rentrer au port, tout de suite. Que sa famille le rejoigne, à quai ! Oui, un médecin sera là, un prêtre également pour le saint sacrement et une civière, tirée par quatre chevaux bien forts. Personne ne croit en la nouvelle à cette heure. Rideaux noirs.

La frégate vient de s'amarrer contre le quai. Les gens de la mer et les gens de la terre se regardent, œil en berne. Requiem pour un héros immense. Les hommes, à terre, retirent leurs chapeaux. Une femme crie, c'est la femme de Bart. Marie Tugghe. Elle crie en français et en flamand. En flamand pour que son homme la reconnaisse, s'il le peut encore. Elle a vu le corps sur le pont, posé sur un matelas fait avec des cordages, le corps immense, inerte, avec un drap blanc dessus. C'est lui, à n'en pas douter, cette si longue chose morte, c'est lui le corsaire qui mesure deux mètres et deux centimètres. Mais il y a malentendu, Bart n'est que couché, évanoui sous le coup de la douleur terrible qui enserre sa poitrine. On va le glisser à terre, le long de la coque, immense futur cadavre encore vivant, du haut et du long de ses cinquante et un ans. Il va attendre dix jours pour, le 27 avril dans l'après-midi, tirer sa révérence définitive au monde des plus petits que lui.

1650. Un 21 octobre, rue des Arbres. Ce bébé n'est-il pas trop grand ? Long comme les bancs de sable, neuf précisément, qui protègent l'accès du port. Enfant de capres, nom donné aux corsaires dunkerquois, hérité du hollandais *kaper*, « corsaire ». Saint Éloi veille sur lui. À quatre ans près, il aurait été espagnol ! Mais il sera français. Né de bonne souche, bien solide, bien plantée en terre, famille de marins dunkerquois, maîtres de pêche et corsaires. Père, grand-père, oncles, grands-oncles. Famille flamande, flamingante. Bart, Baert, Barte, Barth. Ayant servi sous les bannières de Flandre, d'Allemagne, d'Espagne, des Pays-Bas et de France. Génie éclectique de la tribu la plus réputée de Dunkerque. Le bébé est démesurément grand. On cherche un berceau plus long, les pieds, déjà, dépassent. Avec ses mains, il mouline l'air toute la journée. Se cogne aux parois du petit lit qu'on lui a trouvé. Agité mais souriant, à sa décharge. Déjà, l'envie de marcher à peine né. Il se dresse sur la pointe des pieds, s'accroche aux jambes. L'envie de parler, également : un charabia flamando-français. Un sacré grand dur ! Comme son ancêtre Michel Jacobsen, le fameux Renard du désert, mort au large de Séville il y a près de vingt ans. Fait vice-amiral par le roi d'Espagne. Si glorieux qu'il est enterré près de Colomb et de Cortés ! Jean Bart le révère. Aura-t-il les yeux bleus, comme lui ? Certainement. Jacobsen aura été l'un des grands capres espagnols, qui s'attaque aux navires hollandais et anglais, fait moult prises, sauve, tout jeune marin, plusieurs vaisseaux de l'Invincible Armada, ne cesse d'aller chercher des troupes en Espagne, force le blocus anglo-batave. Idole de Dunkerque ! Le petit Jean est nourri au lait de la légende. Le fils de Michel Jacobsen, Jean, se fait sauter après un long combat, plutôt que de se rendre à la flotte hollandaise. Sa fille, Agnès, épouse un certain Michel Bart, qui n'est autre que le grand-père de Jean Bart.

Un enfant grandit. C'est le mot juste. Grandir, toujours grandir. Plus grand, dès le début, que les autres. Il dépasse de deux ou trois coudées. L'air rêveur, parce que la tête dans les nuages. Un physique agréable : « Un mélange de finesse et de vigueur, de réflexion et d'audace, de franchise et de fierté. Sa carrure est superbe, son nez assez régulier est un peu gros du bout, sa bouche bienveillante, ses yeux très beaux avec un regard droit. » L'enfant entend les récits qu'on lui fait. Ceux des seigneurs incapables de se faire justice eux-mêmes quand ils ont été spoliés sur la mer, des armateurs dépouillés et des corsaires, munis de lettres de marque et de commissions en guerre, qui se chargent des représailles. Chanceux Bart ! C'est dans la mer du Nord, dans la Manche et dans l'océan Atlantique que le trafic maritime justifie pareille entreprise... Jean entend parler du corsaire boulonnais Marant, son voisin, de Calais l'anglaise, de Dunkerque l'espagnole et de Boulogne la française... De sa ville, surtout, siège de l'Amirauté. Ville où Michel Jacobsen écrit quelques belles pages de l'histoire corsaire, où l'amiral Colaert se distingue par sa vision de la mer. Dunkerque pourrait paraître petit pour un héros si grand. Mais le petit port de pêche et de cabotage a pris de l'ampleur, ces dernières années. L'Espagne, de 1559 à 1646, en a fait une base importante pour sa guerre dans les Pays-Bas espagnols, et la belle rade de Mardicq et ses bancs de sable la protègent idéalement. La guerre est acharnée, impitoyable. Les Hollandais inventent un supplice, « le lavement de pieds à la dunkerquoise », qui consiste à attacher deux habitants de Dunkerque ensemble et à les jeter en pleine mer. Les Gueux de mer ont détruit, autrefois, la flotte harenguière de Dunkerque. L'armada des Flandres s'est installée à Dunkerque et les armements corsaires deviennent légion. Quand Louis XIV prend la ville, en 1647, les corsaires filent s'installer à Ostende.

À Dunkerque, l'enfant voyage. Son père était espagnol. Il naît français, mais à deux ans devient de nouveau espagnol et le reste jusqu'à huit ans. Ce matin du 26 juin 1658, il se réveille sujet de la cour d'Espagne, devient français à l'heure du déjeuner, lorsque Turenne prend la ville, mais n'en goûte guère le plaisir. Le traité conclu entre Mazarin et Cromwell fait de lui un citoyen anglais le soir même. Avec tant de tiraillements, d'étirements, on grandit vite, plus vite. C'est le cas du grand petit Jean Bart.

1662, le 2 décembre. Louis XIV apparaît. Jean domine vraiment la foule, il mesure déjà, à douze ans, plus d'un mètre soixante-dix, il est blond et oui, il a les yeux bleus. Il aperçoit le roi. Le roi vient, quelques jours plus tôt, d'acheter la ville, contre cinq millions de livres, à son cousin germain Charles II d'Angleterre. Colbert a décidé que Dunkerque serait, avec Le Havre, Brest, Rochefort, Toulon et Marseille, l'une des six bases de la Marine royale. Le port est méchamment ensablé, il faudra prévoir de gros travaux pour faire de Dunkerque une place forte et un grand port de guerre. Actuellement, seules de moyennes frégates peuvent entrer : Colbert et le roi veulent y faire séjourner des vaisseaux de ligne allant jusqu'à huit cents tonneaux. Il faut d'une part créer un arsenal, avec des chantiers de construction, d'armement, et d'autre part aménager un chenal entre la rade et le port. Un jour, Bart rencontrera le roi, il le sait. Plus tard. En attendant, et parce qu'il faut travailler, Jean Bart commence son apprentissage comme mousse. Gourmète sur un garde-côte, exactement. Un certain *Cochon-Gras*. Attaché à la cambuse d'un bateau. Mais il n'oubliera pas de sitôt, sur fond d'étendards fleurdelisés, ce défilé de mousquetaires, de cavaliers en compagnie, de chevau-légers et d'officiers, le roi, enfin, avec sa noblesse autour de lui, sur son destrier, les salves, les coups de canon, les cloches qui battent à la volée et les clés de la ville que l'on remet au libérateur. Cette ville dont on dit qu'elle va renaître, pour le plus grand bien des corsaires, puisqu'elle est désormais zone franche et que toute personne qui vient s'y installer disposera automatiquement de la nationalité française... Reste aux ingénieurs, aux « fortificateurs », aux « hydrauliciens » à entrer dans la course. Jean y reviendra quand les promesses seront tenues.

1666-1672. Son père, Cornil Ier, est tué, aux côtés des Hollandais, contre les Anglais. Le fils choisit à son tour la marine hollandaise, qui paye nettement mieux et qui croit encore au pouvoir des corsaires. Que vive longtemps la guerre qui les nourrit si bien ! Le royaume de France est étrangement endormi à cette heure, en paix avec tous ses voisins. Sur la flotte de Ruyter, l'amiral hollandais, celle des Provinces-Unies, Jean Bart force l'entrée de la Tamise. Quatre-vingt-six vaisseaux font fuir les garde-côtes anglais. Navires coulés, fortins pris à l'ennemi. La flotte brune et noire des Hollandais lui apprend beaucoup. Il navigue entre Angleterre, France, Provinces-Unies et Flandre espagnole. Six ans d'apprentissage. Jean Bart y apprend à se battre, à manier la cuillère à port, autrement dit, le sabre d'abordage, la dague de marine, la hache d'abordage et le fusil mousquet à silex. Il faut le voir, géant des mers, blond, yeux bleus, se précipiter sur ses proies. Fierté d'être flamand d'origine et d'intérêt aujourd'hui. On le mesure : à dix-huit ans, il « fait » un mètre quatre-vingt-dix-huit ! Le médecin de marine qui l'examine n'a jamais vu de cas pareil : si tout va bien, ou plutôt s'il continue à grandir, il prévoit que Jean va prendre encore quatre ou cinq centimètres. Deux mètres deux ou deux mètres trois. L'air frais du large. Une vraie tour de guet, prolongée à la hauteur de la bouche par une longue pipe. En terre blanche. Ça pétune sec, autour de Jean Bart ! Parfois, il disparaît derrière des nuages de fumée : une grande chose toute blanche, cotonneuse, écumante qui se déplace. Le règlement qui, d'habitude, interdit sur les bateaux pipes, chiroutes, cigares et autres pièges à tabac entre coucher et lever du soleil est adouci pour la pipe de M. Bart. La nuit, il fume comme un corsaire, du tabac bien fort. Il rallume sa pipe à la mèche du bord, qu'un factionnaire garde spécialement pour lui. Sur le pont, en regardant les étoiles, en imaginant son destin, le prochain abordage. Guerrier hors du commun, déjà. Puissant. Décidément, ces Hollandais sont aux petits soins pour le plus grand des gaillards de leur flotte. Mais quand la guerre éclate, la France contre la Hollande, Jean Bart, bon patriote, choisit la France.

1672. Retour à Dunkerque, après tant d'années de paix. Le roi, la reine et les favorites sont venus, l'année précédente, pour s'enquérir de l'état des travaux du port, de l'arsenal, du chenal. Un certain Lully, qui les accompagne, a fait jouer une pièce, *Psyché*, avec des centaines de tambours, de musiciens et de choristes venus de partout et le concours de quelques canonniers experts. Depuis, à Dunkerque, on se passionne pour Molière, Corneille et les grands compositeurs. Mais Jean Bart n'entend rien de la musique, à peine arrivé en ville, il est déjà reparti en guerre. Avec des petits bateaux, pourvus de peu de canons, il s'attaque à plus gros que lui et fait mouche. Six cent soixante-dix bateaux de pêche hollandais, des dizaines de bâtiments de guerre. Prises fabuleuses, c'est par milliers de livres que les bénéfices s'accumulent. Il aime à traîner son génie de la mer dans le banc de chiens, le Dogger Bank, un vaste banc de sable, entre Angleterre et Pays-Bas, où se retrouvent les pêcheurs de harengs. Il parle mal le français, mais ses actes de bravoure témoignent pour lui en ville et lui font une jolie réputation dans le port de Dieppe. Son honnêteté, sa droiture lui valent la confiance des armateurs, des hommes politiques, et de commander très tôt ses premiers bateaux corsaires. Il crée une petite société avec ses cousins Jacobsen et deux autres associés : capitaine de la frégate *La Royale*, soixante tonneaux et huit canons, Bart commence sa « carrière ». Conjugale, également : il se marie. Nicole Goutier, fille de l'hôtelier de *L'Étoile d'or,* une adresse fréquentée par les curés et les corsaires. Un joli parti d'affaires, sans plus. Sa femme a seize ans, il en a vingt-cinq. Il est déjà fort riche, car il bénéficie du droit de « pluntrage » qui lui permet de garder le coffre personnel du capitaine ennemi. La petite Nicole adore que ce géant de Bart la prenne et l'étouffe dans ses bras. Elle met sa tête sur sa poitrine. Entre eux, il y a quarante centimètres... Même derrière son écran de fumée, il est irrésistible.

1677. À Versailles, le roi lui fait offrir une médaille et une chaîne en or. La première chaîne d'or jamais décernée à un Dunkerquois. Pour récompenser la victoire sur *Le Neptune*, un vaisseau de guerre de trente-deux canons. Au large d'Ostende et avec une frégate de cent vingt tonneaux, vingt-quatre petits canons et cent cinquante hommes d'équipage. Bart fête cette récompense, en mer, en s'attaquant à une frégate hollandaise et en parant un boulet qui lui occasionne de graves brûlures ainsi qu'une jambe bien abîmée. Si le roi aime tant Bart, c'est que beaucoup de corsaires rentrent, en ce moment, bredouilles de leurs expéditions. Bart, qui livre toujours combat, est un chef chanceux, il est rare qu'il ne revienne pas au port avec des prises de choix. On ne cite pas tout, lui-même, ivre de cette violence contrôlée qui est en train de faire de lui l'un des plus grands capitaines corsaires, ne se souvient pas de toutes ses captures. Elles sont innombrables, conquises à l'épée souvent, au canon, et très rémunératrices. Mais diable, que d'efforts pour être riche : étendre plus de toile, protéger le mât, ouvrir les sabords, canonner, bondir dans la nuit ou la brume, enfiler son brassard qui vous distinguera, jeter le grappin, les chaînes d'abordage, y aller de la pique, de la hallebarde, de la hache, tailler dans le vif, découper de la viande, faire couler le sang par gros bouillons, faire tourner l'épée et voler les têtes ! Là encore, il domine de sa taille la scène de ces carnages.

1680. Le roi visite les fortifications de Dunkerque, on le fait monter sur un vaisseau dans le port, il y passe deux heures. La ville est transformée grâce au travail de dizaines de milliers d'hommes de troupe qui ont vaincu le flot et les marées pour construire le chenal, la jetée, les forts, y compris celui qui sera en mer. La ville est désormais imprenable. Une citadelle est édifiée. Bart vient d'être recruté, l'année d'avant, en tant que lieutenant de vaisseau dans la Marine royale. C'en est fini de sa vie de corsaire au service des Français ou des Hollandais. S'il l'accepte, Bart sera désormais officier de marine au service du roi de France. C'est Vauban qui l'a repéré. Vauban, à qui la ville doit ce port arsenal qui se construit. Bart et Vauban ont travaillé ensemble à imaginer la meilleure architecture possible. La guerre est terminée, Nimègue a mis fin à ces déchirures, Louis XIV triomphe. Gloire à Dunkerque ! Pendant ces années, quatre cents prises ramenées au port, quatre millions de livres de butin. Près d'un cinquième de ce trésor de guerre est directement dû à Jean Bart. Le héros est encore plus grand que nature, il domine les foules, les assemblées, les équipages sur les ponts, mais plus encore, il domine la scène de la guerre de course en Europe. Dans les années qui suivent, Bart fait une expédition en Méditerranée contre les Barbaresques. Il enlève des navires espagnols qui transportent troupes et or. Mais le grand géant est soudainement atteint par le malheur. Blessures intimes. Il perd, en quelques mois, sa mère, sa femme, une fille. Voûté, seul, Bart passe une partie de son temps à chasser le lapin dans les dunes de la côte. Il n'a plus qu'un fils de cinq ans, ses sœurs étant mortes en bas âge. Se fâche mortellement avec le commandant de Dunkerque pour une histoire de valet de chasse, fait arbitrer en sa faveur le différend par le ministre de la Marine, Seignelay, se met à dos durablement l'administration de Dunkerque. Caractère de cochon. Aucune forme de politesse obligée. Il est roturier, le sait, et est naturellement indisposé par toute forme de dédain, de prétention liés à la fortune, à la condition matérielle. Déteste les salamalecs et autres jacassements. Trouve inefficaces tous ces contours, ces enrobages dont il voit la manie se développer chez les marins flagorneurs. Les « forbineries », du nom du chevalier et comte de Forbin. Accepte bien volontiers de commander une grande frégate de cent cinquante tonneaux, *La Railleuse*, sur laquelle il disposera d'un tiers des prises.

François-Cornil a douze ans. Baraqué, pour son âge. Blond aux yeux bleus. L'enfant est terrorisé. Jeune mousse qui fait ses armes sur *La Serpente*, avec ses vingt-quatre canons, une frégate française, face à un ennemi plus puissant, un vaisseau hollandais. Dans les cales, le petit François-Cornil sait qu'il y a une énorme cargaison : des barils de poudre qu'ils convoient de Calais à Brest. De quoi les faire sauter tous, surtout depuis que les deux navires s'échangent quelques bonnes bordées de canons. Le commandant de *La Serpente* est un fou auquel rien ne fait peur et qui vient d'être nommé capitaine de vaisseau, en cette année 1689. Tyrannique ! Le mousse est blême et se réfugie au pied du grand mât. Découvert par le capitaine ! « Un trouillard, ce gamin, pourtant bien proportionné », hurle l'animal, qui ordonne qu'on attache, face à la mer, à ses dangers et aux canons du Hollandais, le jeune mousse à ce même mât qu'il aime tant ! Un jour, petit François-Cornil, tu remercieras ton père... Jean Bart qui te traite avec une égale dureté que le reste de l'équipage. Un jour, tu seras vice-amiral et un grand marin !

Cette même année, on commande à Bart le transport d'un convoi de vingt navires marchands du Havre à Brest. Les Anglais l'interceptent, avec sa *Railleuse*, près de l'île de Wight, lui et l'un de ses compagnons d'infortune, le chevalier de Forbin. Le jeune Méridional commande *Les Jeux*. Ils liment leurs barreaux sur le ponton de Plymouth. Et trouvent une yole, un canot sans voile, avec des avirons de taille différente. Un compas, quelques provisions, ils embarquent, Forbin à la barre, lui ramant, à peine exténué quand, après des heures et des jours d'efforts, après avoir franchi les 130 miles qui séparent Plymouth d'Erquy, ils arrivent à bon port, en France, près du cap Fréhel. Lui et Forbin sont traités en héros. Tandis que Forbin se pare de la légende, Bart rentre à Dunkerque, honteux de s'être fait arrêter. Vauban, qui a suivi toute l'aventure, écrit au secrétaire d'État à la Marine : « Je l'ai fort grondé de ne vous être pas allé trouver comme M. de Forbin. L'un a fait comme un Français (Dieu veuille que ce ne soit pas en Provençal), et l'autre, bon Flamand, s'en est revenu chez lui. La vérité est qu'il m'a donné pour excuse que, ne sachant pas bien parler français et ayant été battu, il n'a osé se hasarder à se présenter devant le roi en cet état, mais que, quand il aura pris sa revanche, que pour lors si l'on veut qu'il y aille, il ira. Voilà à peu près, Monseigneur, comme il faut les gens de guerre, et plût à Dieu que votre marine fût toute sur ce pied-là. Pour moi, j'aime qu'un homme de guerre doive tout à son mérite et non à la faveur. » Le roi ne s'y trompe pas, qui le pare du titre de capitaine de vaisseau et lui octroie une gratification de mille deux cents livres.

Bart est veuf. Consolable, car son appétit est grand. La fille de l'hôtelier est morte bien jeune. La fille d'un ancien procureur de l'Amirauté offre une alternative enviable. Il l'épouse. Marie Tugghe sait le calmer lorsqu'il a ses crises, fréquentes, de violence. Elle est jolie, brune, assez grande, fière, solide et bien dotée. Elle l'apaise, l'engage à ne pas se mettre dans des états de nerfs. L'encourage à cesser sa consommation de tabac. Bart est susceptible et la moindre contrariété, venue de l'extérieur, de l'administration au premier chef, le désarme. Un géant de plus de deux mètres en colère, cela fait peur, il le sait, il en joue. Marie Tugghe est sensuelle et aime se donner à lui. Il lui fera dix enfants, cinq d'entre eux décédant dans la première année. C'est un amoureux comblé.

Il n'a jamais été aussi vaillant. Quand il se lève le matin et qu'il se dresse, c'est une montagne qui se soulève. Les dernières années ont été glorieuses. Les corsaires de Dunkerque, Bart en tête, multiplient les prises, dépassant largement ceux de Saint-Malo. Terreur des mers, il combat à Béveziers, à bord de *L'Alcyon*, qu'il dirige de main de maître, rançonne les baleiniers, s'attaque aux pêcheurs hollandais. 1692. Rien ne lui résiste, décidément, il force le blocus imposé à Dunkerque par les Anglais et les Hollandais, détruit un grand nombre de navires de commerce, file à Newcastle, y incendie le château de Wadrington et près de deux cents maisons. Il capture, peu après, un

Hollandais aux cales chargées de blé, de seigle, d'orge et de goudron, puis brûle une partie du convoi de Smyrne à Lagos, l'année suivante. Il va partout, le bougre, dans le Dogger Bank, sa « région » préférée : Londres, Chatham, Ostende, Amsterdam, Texel, Hambourg... De quoi faire oublier, en partie, la terrible défaite française de la Hougue, en 1692.

Pour reconstruire une flotte et des navires, il faut du bois, et le bois se trouve en Scandinavie. Bart prend la tête de la flotte de la Baltique et récupère du goudron, du bois, du chanvre et du brai. Le pays crève de faim, depuis plusieurs semaines, le blocus provoqué par ses ennemis est efficace. Les blés de Russie et de Pologne ne peuvent entrer en France. Les dernières récoltes ont été calamiteuses. On mange racines et écorces. La France, dit Fénelon, « est un grand hôpital désolé et sans provisions ». Il faut aller en Moscovie, dans les pays de la Baltique chercher de quoi faire du pain : le blé y regorge. Ordre a été donné de confisquer tout navire qui transporterait du blé, même un navire ami. Avec sept navires, Bart réussit, en février 1694, à trouver trente bâtiments chargés du précieux blé en Norvège, à les faire entrer dans le port de Dunkerque, à la barbe des Anglais. Le roi veut le voir, cette fois. Le 4 avril, il est à Versailles. À genoux, il reçoit son diplôme et sa croix de chevalier de Saint-Louis, que Louis XIV lui accroche sur la poitrine avec un regard reconnaissant pour l'œuvre accomplie.

Puis vient ce 29 juin 1694. Partout, dans le port de Dunkerque, on prononce son nom. Désormais, un héros est né. Désormais, Dunkerque a un héros, une histoire. Un enfant du pays vient, par son courage, par son audace, de sauver la France de la famine. De Norvège, un important convoi de blé – cent trente navires chargés – est attendu en France. Une nouvelle fois, le convoi est intercepté par les ennemis de la France. Leur escorte danoise et suédoise a pris peur en voyant les Hollandais. De quoi sauver la France ou presque pendant quelques jours ! Des milliers de vies humaines seront épargnées... Retrouver ce convoi est une question vitale. Une flotte de huit vaisseaux de guerre hollandais le mène à bonne allure vers le Texel. Une grande île masque l'entrée du Zuyderzee, sur la rive nord de la Hollande. Jean Bart, commandant *Le Maure*, apparaît, avec six vaisseaux seulement, se met en travers, s'attaque directement au bâtiment amiral, le *Prinz Friso*, fait canonner, nettoyer le pont ennemi avec quelques salves bien portées, puis se lance à l'abordage avec ses grenadiers, déterminés. Perruque d'apparat, feutre avec plumes d'autruche pour le capitaine de vaisseau du roi, qui veut impressionner et redonner à la France ce qui lui appartient, son blé, sa dignité. Il sera le premier à monter sur le *Prinz Friso,* accordant peu de prix à l'article 44 de l'ordonnance de 1689 qui demande au capitaine de ne jamais abandonner son propre navire. Mais Bart sait qu'il doit donner l'exemple à ses hommes. *Le Maure* fait feu avec ses cinquante-quatre canons, autant de bouches d'enfer. Grappins jetés, sabre et pistolet à la main, et des grenades qu'il allume lui-même. Il se fraye un chemin à la hache. Des dizaines de corsaires français frappent, tailladent, éventrent. Les pavillons du contre-amiral et de poupe sont arrachés à l'ennemi par un jeune marin provençal qui veut gagner les seize pistoles promises par Jean Bart avant le combat. Cette victoire, symbolique, dope les compagnons de Bart. Le contre-amiral Hiddes de Vries est blessé une fois, six fois, au bras, à la poitrine, à la tête, il s'effondre et avec lui son bâtiment se rend. Il va mourir quelque temps plus tard, à l'hôpital de Dunkerque, non sans avoir écrit en Hollande que son unique consolation est « d'avoir été vaincu par des héros », qu'il a vu pour la première fois « des hommes se battre avec tant d'ardeur et faire un si grand carnage ». De leur côté, Salaberry de Benneville et Saint-Pol-Hécourt ont fait du bon travail et ont intercepté deux navires. François-Cornil, le fils de Jean Bart, alors garde de la marine, s'est également distingué par son habileté et sa détermination. Le reste de la flotte hollandaise prend la fuite. La France sera ravitaillée en blé. La disette cesse. Le prix du blé tombe de trente à trois livres le boisseau. Le nom de Bart court toutes les campagnes françaises. François-Cornil est fait enseigne de vaisseau. Le roi édite une médaille qui montre Cérès, déesse des Moissons, attendant un bateau dont seule la proue est visible : « Abondance mémorable par la suite de la capture et de la mise en fuite des vaisseaux hollandais. 1694. » Jean Bart est anobli et portera désormais une fleur de lys dans ses armoiries : « L'écusson est d'argent à la face d'azur, chargée d'une fleur de lys d'or, accompagné en chef de deux ancres de sable passées en sautoir et en pointe d'un lion passant de gueules. »

Ce n'est pas fini. Par deux fois, Bart défend le port de Dunkerque, attaqué par les Anglais qui veulent le bombarder. Les chaloupes françaises et les tirs de l'artillerie installée dans les forts de la ville repoussent l'envahisseur. Avril 1696. Le blocus est toujours actif,

Dunkerque est « verrouillé ». Mais Jean Bart échappe à la surveillance hollandaise et anglaise et file au Dogger Bank. Avec ses six frégates, le corsaire français s'attaque à une flotte hollandaise venue de la Baltique et qu'escortent cinq puissants navires de guerre. Sa technique est, une fois encore, payante : il s'attaque au vaisseau amiral, le *Raadhuis Van Harlem*, quarante-quatre canons et fière allure, qui en moins d'une heure se rend. Rutgert Bucking, le commandant, est mort. À leur tour, les quatre autres navires de guerre hollandais sont pris, et une fois les équipages évacués, brûlés par Jean Bart alors qu'une flotte entière arrive ce 18 juin 1696 au Dogger Bank. Les Français, au terme de leur expédition, auront brûlé plus de quarante navires de commerce et seront passés entre les mailles d'un filet constitué par une flotte de cinquante-deux navires de guerre.

1697. Le roi. Sa Majesté : « Jean Bart, je vous ai nommé chef d'escadre. » Jean Bart : « Sire, vous avez bien fait. » Son français est médiocre, mais il le parle, comme il parle l'allemand, l'anglais, le flamand et un peu l'espagnol. Il comprend également que le roi le félicite d'avoir détruit cinquante-cinq embarcations hollandaises. Le comte de Forbin, qui l'accompagne, croit faire de l'esprit dans ses *Mémoires* : « Comme Bart avait beaucoup de réputation, toute la Cour souhaitait le voir, je l'introduisis partout, sur quoi les plaisants disaient en badinant : "Allons voir le chevalier de Forbin qui mène l'ours", et à vrai dire, ils n'avaient pas tout à fait tort. » Forbin fait de l'esprit facile. Bart, discret, fume sa pipe dans son coin. Il n'a que mépris pour ces bons mots, ces politesses, ces courtisaneries de petite main. D'une bouffée de tabac qu'il expulse bruyamment en toussant, il exprime un point de vue largement partagé, même si peu le font à voix haute : tout cela n'est que du vent !

Le temps passe, la course mollit. Bart n'est pas heureux. La signature du traité de paix à Ryswick l'a condamné, trois années de suite, à une sorte d'inaction dont il n'a pas l'habitude. Certes, il a été fait chef d'escadre, en 1697, et depuis sa victoire devant le Texel, il est un héros dans sa ville, en France, à Versailles. Mais accompagner le prince de Conti, au demeurant homme fort agréable, en Pologne ou commander la marine à Dunkerque ne calme pas son impatience à reprendre la mer pour de bonnes raisons. La succession d'Espagne s'annonce difficile ? « Excellent, pense Bart, en tirant une bouffée sur sa pipe. Enfin du travail pour des gens comme moi ! » Il arme son escadre et sait que le monde va lui appartenir. Il a cinquante et un ans depuis peu et sent en lui des forces renouvelées. Il ne veut pas rester en place, mû par son tempérament acariâtre. Il s'est fâché, ces derniers mois, avec tout ce que Dunkerque, et la région, compte de notables : lieutenant de l'Amirauté, capitaine de port, l'intendant de la Marine et même l'intendant de la province. Le secrétaire d'État à la Marine a reçu de nombreuses plaintes le concernant, il en a parlé à Mme Bart, qui se charge de transmettre affectueusement les petits messages et autres signes. Du haut de sa taille de géant, le grand pirate s'impatiente. Il s'agite. Le printemps est humide, glacial même. Bart est dehors, à tout moment, va au port, dans l'arsenal, sur les bateaux. *Le Fendant* est un beau vaisseau, soixante-dix canons, un cadeau du roi. Il va le commander, parce que la guerre le commande.

Saloperie de pleurésie ! Poitrine foutue ! Toussotements, puis toux caverneuse, les poumons qui brûlent. Il allume une dernière fois la pipe, recrache. Le tabac lui est interdit. C'est trop dangereux. Ils n'arriveront pas jusqu'à la maison, chez lui. Sur *Le Fendant*, il fait une balade pour tester les réactions du navire à la haute mer, aux vents. Il sent bien que c'est fichu, lamentablement fichu, et quand il tousse, son immense corps se plie sous la douleur, mais ne répond plus guère. Une petite pleurésie viendrait-elle à bout de la vie grandiose d'un géant de deux mètres et deux centimètres ? Sur *Le Fendant*, ce 15 avril 1702, c'est la consternation. Le capitaine a une nouvelle attaque, il grelotte, dans sa cabine, délire même. Une guerre commence et Jean Bart est malade ! C'est impossible, à imaginer même. Mais plus que tout, l'idée que le roi des corsaires tombe sous l'effet d'un mal de poitrine ruine la légende qui, déjà, se construit. Il faut prévenir Marie Tugghe. Bart ne peut pas mourir, pas mourir ainsi. Si c'est le cas, un jour, on ne dira plus Jean Bart le corsaire, on dira : « Ah ! oui, celui qui est mort d'une angine de poitrine. » Et on l'oubliera, parce qu'il aura été enterré à la va-vite, au fond d'un trou, un grand trou, il est vrai, pour ses deux mètres deux centimètres de squelette et d'ossements.

CHAPITRE VIII

Jacques Cassard, le fou de Nantes

Je suis tel qu'un ponton sans vergues et sans mâts,
Aventureux débris des trombes tropicales,
Et qui flotte, roulant des lingots dans ses cales,
Sur une mer sans borne et sous de froids climats.
Léon DIERX, *Le Vieux Solitaire*.

« Fou, c'est le fou, laisse tomber. »

Un hurlement continu, sinistre, venu du plus profond de la terre, des entrailles de cette forteresse de pierre. Appel de la démence. Le nom de sa mère : Jeanne Douard, morte il y a si longtemps. Puis, lancé comme un cri de guerre, un mot qui s'étire et résonne sous les voûtes : « Justice. »

Il est quatre heures du matin, en ce mois de janvier 1740, et comme toutes les nuits, le prisonnier fou hurle à la mort, réveillant toute la compagnie des geôliers et des condamnés.

Les deux vigies de nuit en ont le poil dressé. Chaque nuit. À Ham, il y a de tout, des voleurs de grand chemin, des assassins, des pères qui ont égorgé leurs enfants, violé la loi, volé l'impôt, des séditieux, des blasphémateurs et même des Anglais. C'est dire. Mais de fou, de fou comme lui, il n'y en a qu'un.

Il est là depuis près de quatre ans.

Consigné dans le noir, mordu par les rats, le jour comme la nuit, il n'y a pas de différence. Son regard au bleu clair si déclaré est devenu couleur de salpêtre.

Sa grande carcasse s'est affaissée avec le temps. Tout comme son costume s'est fripé d'année en année, un costume qu'il réclame régulièrement, troué par les mites et les balles hollandaises, celui de capitaine de vaisseau. Il s'accroche au beau milieu du ventre cette croix de l'ordre de Saint-Louis qu'il ne quitte jamais du regard dans sa cellule humide. Puis il crie, il hurle, des mots que l'on ne comprend, ni n'entend plus depuis bien longtemps.

Il dit, pour qui sait faire l'effort de tendre l'oreille, que la France est mauvaise femme, qu'elle n'aime pas sa mer et sa marine, que la justice n'est pas de ce monde, que Duguay-Trouin est mort, que Forbin est mort, que Bart est mort, que Doublet est mort et qu'il est, lui, Jacques Cassard, le dernier des corsaires de la grande époque de la course.

Personne, jamais, ne vient lui rendre visite. Il est célibataire et trois de ses quatre sœurs, Isabelle, Marie et Renée, sont encore filles et le resteront. Seule Marguerite, qui l'ignore superbement, est mariée. La famille a quelque peu honte de ce fou ruiné, de ce fou qui hurle son innocence et sa loyauté.

Jacques Cassard, de Nantes. Un grand corsaire peut-être, mais un fou avant toute chose. Un procédurier à qui l'administration et la loi ont tapé sur le système. On lui doit des millions. Les gardiens le savent bien, qui se rendorment. Quand Cassard crie, c'est que tout va bien. Un grand sommeil, presque bienheureux, s'abat sur la forteresse de Ham.

Un matin d'octobre 1736. Trop c'est trop pour le cardinal de Fleury, puissant ministre. Quelques semaines plus tôt, Duguay-Trouin vient de mourir. Le Malouin protégeait le Nantais et l'on ne pouvait rien contre une parole de René Duguay-Trouin, Fleury le sait bien. N'avait-il pas dit, à Versailles, devant des courtisans : « Messieurs, vous ne le connaissiez peut-être pas, mais les Anglais le connaissent bien. C'est Jacques Cassard de Nantes, le plus grand homme de mer que possède la France... Je donnerais toutes les actions de ma vie pour une des siennes. Il n'est pas connu ici, mais il est craint et redouté chez les Portugais, chez les Anglais, chez les Hollandais, dont il a ravagé les possessions en Afrique et en Amérique. Avec un seul vaisseau, il faisait plus qu'une escadre entière. » Désormais, Cassard n'a plus de protecteur : ne vient-il pas, lors de l'audience que Fleury lui a accordée, de l'insulter, d'injurier la France, de bousculer, même un peu, le ministre du roi ? C'en est assez et suffisant pour qu'on s'empare de lui. Prison douce, pour commencer, à Notre-Dame-des-Vertus : demi-solde de capitaine de vaisseau, avec un domestique et sous bonne garde. Mais comme il proteste et se fait entendre, la forteresse de Ham lui ouvre ses grands bras et ses petits cachots moisis. Viens mourir ici, Cassard !

Au début, Cassard ne veut pas mourir. Sa cellule est aveugle. Les déments sont trop clairvoyants, on les éloigne de la lumière. Mais il a l'habitude des brimades. Se souvient. Matelot à bord d'un caboteur côtier, il a treize ans, son père vient de mourir, un oncle arme, l'embarque. Il n'est pas près de crever, Cassard. Un marin sur un vaisseau marchand représente quatre à cinq tonneaux, et deux à trois au grand maximum sur un vaisseau de guerre. Dans sa cellule de Ham, il est au large, comparé à ses débuts en mer, même s'il retrouve les mêmes puanteurs, infection et vermine. La maladie le hante, l'a poursuivi. Le typhus lié aux poux, la typhoïde aux eaux croupies et le scorbut à l'absence de vitamine C : glorieuse trilogie des marins. Des crises de saturnisme : cloques sèches, troubles rénaux, nerveux, digestifs, aveuglements, paralysie... On mettra du temps avant de découvrir cette intoxication par le plomb, le métal, les sels de saturne, fréquemment utilisés à bord : ustensiles de cuisine, canalisations, peintures, mécanique... Lui-même, Cassard, en souffre.

Se retrouver ainsi, finir sa vie dans cette forteresse de Ham après avoir tant voyagé... Carthagène des Indes, sous les ordres de Pointis, avec des flibustiers, et pas des plus délicats : il a dix-sept ans. Sur la galiote à bombes, *L'Éclatante*, il est le roi du feu des mortiers. Un an plus tard, devançant les règlements, il est nommé capitaine d'un navire de commerce, portant six canons, et fait la route des Antilles. Lieutenant corsaire à vingt-trois ans à la guerre de la Succession d'Espagne. Puis commandant, célèbre pour le nombre et la qualité de ses prises. Célèbre parce qu'il agit seul, la plupart du temps, se fait prendre pour un caboteur, manie à merveille l'artillerie, s'attaque aussi bien aux navires de guerre qui ne lui rapportent que la gloire qu'aux vaisseaux marchands, sources de profits. Sur la corvette baptisée *Saint-Guillaume*, il rançonne la ville de Cork, fait douze prises. Sur la *Duchesse-Anne*, ce sont treize navires ennemis qu'il amarine et un corsaire de Jersey qu'il pille. Il est riche à trente ans, très riche, en fait profiter sa famille, Nantes, ses amis, est appelé à Versailles, nommé lieutenant de frégate, conquiert, à bord du *Jersey*, un navire royal, six navires de commerce, en pille six fois plus. Il est si doué qu'on lui demande d'escorter des convois de blé pour ravitailler la Provence. Il arme *L'Éclatant, Le Sérieux, La Diligente* à grands frais. Il évite les Barbaresques, détourne et rudoie des Anglais, les convois arrivent sereinement à Marseille. Mais on lui refuse le droit d'escorte, sous prétexte que les convois de blé sont entrés à Marseille quelques heures avant lui, alors qu'il était en train d'éloigner les gêneurs. Son courage extraordinaire n'est même pas pris en considération. Cassard, furieux, en appelle à la justice, fait un procès qui ne sera même pas instruit. Déjà, les tracasseries de l'administration le rendent nerveux. L'année suivante, mêmes convois, quatre-vingts navires chargés de blé, et Cassard une fois encore en proie à des bureaux marseillais qui ne lui règlent pas son dû. À croire que l'abus se généralise à son endroit et que les commanditaires se passent le mot : le duc de Vendôme ne lui remboursera jamais les deux cent mille livres qu'il avance, ni les quinze jours d'escorte, pour faire tomber le blocus anglais de la Catalogne. Pareillement, à Constantinople, un nouveau convoi : au retour, les douanes de Marseille lui font des tracasseries et veulent qu'il règle d'étranges factures. Cassard, dupé, mille fois dupé. Le droit, la justice qu'il invoque sont bafoués. Il proteste, écrit, fait des procès, lasse son monde, ne cesse de râler, de pester. Accepte cependant de mener une grande expédition aux Antilles espagnoles, qui dure deux ans et non huit mois, comme il est prévu, expédition militaire triomphale mais commercialement nulle. Il enlève au passage une foultitude d'îles, celles du Cap-Vert, mais aussi Montserrat, Antigua, Surinam, Curaçao et Saint-Eustache. Il est tenu pour responsable de tout, des échecs. Y compris du déficit d'un million de livres... Cassard semble ruiné, plutôt trois fois qu'une. Il plaide, sollicite, ne gagne aucun procès, s'appauvrit, devient miséreux, reste exalté et se destine à être cinglant et à ne jamais faire de concessions... Le roi a beau le nommer capitaine de vaisseau et chevalier de Saint-Louis, Cassard est ruiné, endetté. Il ne peut obtenir le paiement des sommes avancées pour l'armement de ses expéditions. Il s'épuise en procès contre la chambre de commerce de Marseille et tous ses commanditaires ingrats. La signature du traité de paix d'Utrecht laisse bien des corsaires au chômage forcé. Il ne cède pas, plaide, va à Versailles, fréquente les antichambres, réclame justice.

Huit enfants. Il est le dernier. Né à Nantes. Le 30 septembre 1679. Nantes, paroisse Saint-Nicolas. Leur maison. Quai de la Fosse. Le fond de la Fosse, en face, dans le port, est profond : la Chézine, l'Erdre et la Sèvre y font leur chemin, l'estuaire magnifique. Des îles, des méandres, des bancs de sable, la Loire relie Nantes au reste du pays, en son cœur. Des bateaux à fond plat font le trajet, s'enfoncent vers le Centre, l'Est... Les beaux faubourgs de Nantes, le bassin de radoub, la cérémonie du carénage, les boutiques, les épiceries, le poisson qu'on sale, les grands récits de la course. Monde heureux de l'enfance, monde des justes.

Son père, Guillaume, est armateur. Modeste. Comme ses débuts à lui : mousse d'abord, matelot ensuite. Les Cassard ont de la suite dans les idées. Le matelot, homme des vergues et du mât, est à la manœuvre et au gréement. Il apprend à faire des nœuds, des épissures, de la godille. Toujours mieux que mousse, qui ne fait que balayer, servir à table, est mangé le premier en cas de famine, régulièrement sodomisé pour détendre ces messieurs les officiers. Il apprend à nager, et pourtant on le lui déconseille : il est préférable de mourir instantanément si on tombe à l'eau plutôt que de se débattre des heures sans espoir de sauvetage. On souffre moins. Là, il fait l'apprentissage de la vie et de la douleur, comme il le fera tout au long de son parcours de corsaire. Dure vie, le bateau est une prison flottante, fertile en brimades, naufrages, suicides, désertions, mutineries, en peurs et en superstitions. Et Cassard est croyant. Monde fermé, avec ses rites : le fouet, le supplice de la cale, la mise aux fers. Coutumes : on parque les hommes en rade sur des navires de manière à voir s'ils sont atteints par le scorbut, on fait monter des putains à bord aux escales, on fume, car le tabac est bon antalgique. Manque de femmes, d'eau, de vivres. Scorbut, dysenterie, mise en quarantaine, lazarets, chiquer pour couper la faim : la faim plus que tout, comme un taret dans la coque qui creuse son chemin, un gros ver malin. Plus de pain, ni de biscuits, ni de pois. Des moustiques seulement, des viandes douteuses, des rats qui mordent les oreilles, le bout des doigts, les yeux, le sexe.

Chez les Cassard, on tient l'honnêteté pour une vertu immense : gloire et malheur saluent l'enfant de cette famille, Jacques le floué. Ardent patriote qui n'a jamais su s'enrichir. Enfant loyal qui a tout appris sur les chantiers de construction au bas de chez lui, bercé par les accents des équipages du monde entier. Qui apprend sagement à lancer des bombes sur l'ennemi, qui pleure à la mort de Jean Bart quand le siècle eut deux ans, qui sillonne la Manche, les côtes de France et d'Angleterre, qui sauve la Provence de la famine et qui ne sera jamais payé. Mépris de la bonne foi, trahison de la confiance. Il aime tellement l'État qu'il le sert à ses frais. De rebuffades en railleries, il traîne son chemin, réclame remboursement de ses frais, mais toujours les caisses sont vides. Cassard le patriote continue à rendre service, à lever les blocus des villes françaises, pour la gloire. C'en est bientôt fini. On dit de lui qu'il est fou, tant il agace, se répète, est obsédé. Fou, c'est cela. Fou commode. Quatre ans, déjà, qu'on n'entend plus parler de lui, sauf un peu la nuit, ce cri, mais le fort de Ham est loin de toute habitation. Cassard le fou a disparu.

Le jour se lève enfin sur la forteresse de Ham, en ce mois de janvier 1740. Avec lui, les gardiens, les prisonniers. Les deux geôliers se frottent les yeux, surpris d'avoir dormi si bien. Cassard les a laissés dormir, cette nuit. Juste un cri, mais petit, pas bien long, vers quatre heures, rien à voir avec ces interminables plaintes auxquelles ils sont habitués. Et si Cassard était malade ? La question ne se pose même pas.

Un fou, c'est un malade, déjà. Un peu plus, un peu moins... Rien ne pourra jamais le sauver de ses mauvaises humeurs, de ses nerfs méchants qui excitent son cerveau. Qu'il dorme, puisqu'il veut bien ne plus crier ! Et sur le registre de veille, on écrira : rien à signaler.

C'est plus tard dans la journée, quand on voudra lui apporter une écuelle de bouillon, que l'on découvrira que son sommeil est durable. Jacques Cassard est mort de froid, de solitude, dans son bel uniforme de capitaine de vaisseau, la croix de l'ordre de Saint-Louis bien serrée dans sa paume droite, l'aiguille fichée dans la chair. Fou des mers.

Chapitre IX

Duguay-Trouin, entre Mars et Vénus

Vomir. Il n'en peut plus. Trop d'émotions, de roulis, de tangage. S'il sait bien boire et tenir la toile, la mer l'épouvante et lui décroche le cœur. S'accrocher à quelque chose, à un bastingage ami. Tout lâcher dans le flot, nourrir les bancs de maquereaux qui escortent *La Trinité*. Puis se lever, brave, quitter le plat-bord et repartir à l'assaut, se battre, poings tendus, brave corsaire, oui, se battre, aimer se battre à mort. Son côté Mars.

Il a pourtant dans les yeux cette bouillie de cervelle éclatée qu'ils ont prise en pleine figure. Ce n'est pas le mal de mer, cela, non, juste la vision, qui ne le quittera pas de toute sa vie, de leur maître d'équipage qui a vraiment manqué, épissoir en main, son abordage de *La Trinité* sur *La Concorde*, corsaire de Flessingue. Le pauvre a glissé entre les deux vaisseaux, qui se sont, merci au roulis, rapprochés brutalement : sa tête a explosé, comme prise dans un étau qui se referme sèchement, du sang, de la matière blanche ont giclé très haut, sur sa bouille, lui, le petit René, qui regardait, lamentable curieux, cet homme dont le pied a failli. Cervelle chaude, baptême de l'honneur : les abordages finissent parfois mal. « Lorsque je vis ses membres et sa cervelle écrasés, j'avoue que cet objet effrayant m'arrêta, d'autant plus que, n'ayant pas comme lui le pied marin, je crus qu'il me serait impossible d'éviter ce genre de mort hideux... Cependant, le corsaire ennemi, après avoir soutenu trois abordages consécutifs, fut enlevé l'épée à la main, et l'on trouva que, pour un novice, j'avais témoigné assez de fermeté. »

Il s'appelle Trouin, Duguay-Trouin. René déteste l'élément liquide, au début de sa carrière. Et le vocabulaire qui accompagne les marins : allure du plus près, allure du vent largue, allure du vent arrière, amure, bordée, drôme, dunette, écoutille, beaupré, lof pour lof, bossoir, carguer, drisse, misaine ou sabord. Il ne retient rien. Vocabulaire ennuyeux, savant, pédant. Si ce n'est, peut-être, qu'on parle des hanches d'un navire, l'une du vent, l'autre sous le vent, pour qualifier les deux côtés arrière d'une embarcation. Navigation faite femme. « Un con est un con, un cul est un cul », rappelle sans cesse La Jaille, leur second capitaine, pour les inciter à ne pas troquer l'amour des femmes contre un peu de sodomie à bord. Les corsaires aiment les mots et se parlent beaucoup, entre deux abordages. Pour peu, s'il revient un jour à terre et dans les bras d'une femme, René ne saura plus parler d'amour autrement que comme un marin : une poitrine bien accastillée, amariner un con, fouiller l'arcasse, dresser son étambot, son étrave, une bonne paire de biscayens, bouliner une catin, border une voile en ville, mettre bout-dehors, dégréer un corsage, s'embosser l'un dans l'autre, embraquer, espalmer, enverguer et embosser une chatte, fouiller la gargousse, ranger à l'honneur, mettre en panne un bâtiment, une poulaine bien saillie, se mettre au mouillage, affourcher, débouquer d'un con, se faire empenneler, faseyer les fesses, ferler la verge, la queue en jusant, la pinasse bien rangée, la trinquette en balade... Entre deux abordages, le petit René a le temps de noter dans son carnet les expressions imagées du marin en mal d'amour. Les mots du sexe eux-mêmes le font dresser bien haut.

On vient de lui voler sa jeunesse. Volontaire ! De force, embarqué, en cette année 1689, sur une frégate de dix-huit canons, un coup, assurément, du grand frère. Luc, une âme d'exploitant familial. Faire travailler les enfants, les jeunes frères, et les faire monter sur un bateau sans solde. Tribu, secte, famille, entreprise, c'est tout pareil. Pour un peu, il regretterait Dieu et ses prêtres, le petit René, le sacerdoce auquel son père le vouait, le collège de Rennes, le séminaire, la tonsure. Mais Luc a le sens des affaires. Luc le frère comme Luc le père, Luc Trouin de La Barbinais, capitaine et riche armateur. Exit le père ! Bon débarras, mort dans un duel, manque atroce, mais vite compensé par une envie folle de s'amuser. Marguerite Boscher, la mère, ne sait comment s'interposer.

Il y a seize ans exactement, il naissait, en juin 1673. Quatrième sur quatre garçons, des marins tous. Et des filles, mais mal connues, sauf Charlotte, la grande sœur qui fait figure de mère mais lui promet également une grande carrière sur l'Océan. Difficile d'imaginer autre chose à Saint-Malo. La ville entière est comme destinée à n'être qu'un port, un rocher magnifique rattaché au continent par une langue de sable, le Sillon, traversé de tous les vents et les courants de la Manche. Une ville qui se protège sans cesse, s'entoure de remparts de granit, avec un château qui la domine. Vauban, commissaire général des fortifications, a fait des merveilles, mais ce rêve de pierre est celui d'un village qui laisse peu de liberté à l'individu. Si tu n'es pas notable, commerçant, pêcheur ou marin, tu n'es pas malouin. Chez les Trouin, c'est, selon l'époque, la guerre ou le commerce. Maisons serrées les unes contre les autres : une cathédrale, des remparts, des tours pour toute hauteur. Même les putains et les cabarets sont des institutions à Saint-Malo. D'une fenêtre à l'autre, on se serre la main, vis-à-vis, toits qui se rejoignent. De l'air ! Quitter Rocabey, cette grande baie qui pue la glaise et la vase une marée sur deux, le souvenir de ces chiens du Guet qui, de cales en chantiers de radoub, de grèves en entrepôts de cordes et de goudrons, mènent une veille effrayante contre les maraudeurs et autres brigands, ces chiens qu'on lâche au couvre-feu, qu'on ramène à la trompe au matin et qui terrorisent les couples illicites dont les couches sont les algues et le sable de la lagune. Ces chiens que René hait plus que tout et qui sont comme l'expression vivante, hargneuse, baveuse, comme leurs gueules et leurs crocs, de tout cet appareil défensif de Saint-Malo de l'Isle qui fait peur à l'enfant et blesse son regard tendre : bastions, demi-lunes, arsenaux, murs à gros moellons, avec mâchicoulis, remparts de granit, îlots hérissés de forts. Et la religion qui est partout : l'évêque qui rend la justice a son pilori et son carcan pour exposer et dénoncer, ses fourches pour pendre, ses geôles pour enfermer et tout cet appareil d'Église... Chanoines, sacristains et grands bedeaux. Et cette haine même de l'Angleterre qui est parfois comme un enfermement et qui date de si longtemps. Depuis 1204, depuis que les Malouins ont aidé Philippe Auguste à chasser Jean sans Terre de Normandie, puis ont permis à Saint Louis de déloger Henri III de Saintonge. Tous les lundis de Pâques, il a joué, le petit René, au jeu de quintaine : abattre d'un coup de lance un mannequin figurant un Anglais armé d'un sabre de bois. Et ces hommes qu'on ramasse partout pour faire la course : ces contrebandiers, ces braconniers, ces malades, ces enfants trouvés et autres prisonniers, arrachés de l'hospice ou de la prison. Et Cartier, dont ils sont tous fiers, Jacques Cartier, cette mémoire même de héros qui les fossilise, eux les Malouins, ses frères. Encaqués comme des harengs dans leur ville, leur religion, leur mémoire comme ils le sont dans leurs navires. Rêvant à de belles prises, rêvant d'une bonne bordée de quart, d'un sifflet de départ, de voiles qui tombent, se gonflent. Adieu, Cézembre et la Conchée, que vive la liberté du Malouin délivré par la mer puissante et infinie !

Il a dix ans exactement quand Colbert meurt. 6 septembre 1683. Son fils, Jean-Baptiste Colbert, marquis de Seignelay, lui succède. Le père de René allume un cierge à la cathédrale. Et lui raconte la grande gloire du secrétaire d'État à la Marine, son goût des grands arsenaux, sa recherche de l'indépendance en matière de construction navale, la quête du bois, du cuivre, du fer, des goudrons, de bonnes fonderies pour faire les canons. Mais, déjà, les récits fiévreux de son père donnent au petit René ses premières nausées. Cette odeur d'humidité, de paille pourrie, de haricots gâtés, de charogne qui semble sortir de ces évocations maritimes, ce roulis permanent entretenu, y compris quand la mer est lisse, par le déplacement des bestiaux installés sur le pont, voilà bien de quoi quitter la cathédrale en courant et aller vomir derrière un mur !

Volontaire ! Oui, pour les filles. Les tripots. La rapière et les tavernes. Certainement. Le soir, il traîne devant *La Licorne* ou *La Belle Marion* et voit entrer les engagés du jour, une fois signé le congé du commissaire, pour dépenser les deniers payés d'avance. Cette nuit-là, la dernière à terre, tout est permis. À l'aube, le tambour les ramène sur le droit chemin, celui du pont d'un navire. La messe de départ, avec l'oraison *pro peregrinantibus*, a déjà eu lieu, les officiers rabattent les derniers marins dans les arrière-salles des tavernes. Il maudit déjà cette *Trinité* et son capitaine Frossard qui le prive de la compagnie des femmes. Son côté Vénus. À seize ans, il a déjà la queue bien ferme et baladeuse. Son épée à coquille ! Comme disait l'autre, « l'épée la plus inquiète qui se fût jamais impatientée dans un fourreau »... Cette dernière année a été vigoureuse et l'on comprend que Luc le grand frère l'ait fait ramener en chaise de poste de Paris pour le placer sur un bateau et refroidir ainsi ses ardeurs. René a de mauvaises fréquentations et il en est fier : mauvais garçons, bons vivants, voleurs, tricheurs, colériques, vivant au crochet des femmes et aimant se battre, se peigner jusqu'au sang. René, le turbulent.

Saint-Malo. La maison de bois, de verre : carreaux sertis de plomb, grandes verrières à travers lesquelles René regarde le monde et fuit la conversation des demoiselles Artur, deux vieilles filles qui sentent l'hymen éventé. Vieille bâtisse, comme les Artur, colombages antiques, non loin de la Croix du Fief, contre le grand Rocher. La nuit, à douze ans, il tente ses premières fugues, enjambe les grands sacs de café, d'épices, les tas de bois rare ou de coton anglais qui signalent que la maison des Trouin est aussi l'entrepôt des mêmes, corsaires et armateurs fortunés. Les Malouins comme les Basques, les Dieppois, les Fécampois fréquentent le nord de l'Amérique très tôt. Il ne s'agit pas pour eux de découvrir, mais de reconnaître. Les Malouins sont des parieurs, des chasseurs de mer. Saint-Malo est aujourd'hui le port le plus riche de France, un petit Pérou : des ballots de toile, de la morue à l'or, tout passe par eux... La pêche hauturière est l'une des richesses qui conduisent les Malouins sur les bancs de Terre-Neuve. Le commerce avec l'Espagne est également fructueux. Luc, qui vient d'hériter du consulat de Málaga et s'apprête à reprendre commerce et armements de famille, récupère René par le col et le met au lit. Il sait qu'il tient peut-être là le marin du siècle et que leur affaire va prospérer grâce à lui. À ce moment, il rêve, le petit René.

Rêve des femmes. À l'abordage, son côté corsaire. Escrime en prime : il adore ferrailler, comme jouer plus généralement. Après le petit séminaire, la soutane, il a filé à Caen. Son père vient de mourir, en duel, ironie du sort. Il hérite d'une petite terre et d'un domaine nommés Le Guay. Il est et sera désormais René Duguay-Trouin. Se bat à l'épée, se blesse, blesse, intrépide escrimeur. Fréquente une bande débauchée, qui triche au jeu, avec les femmes. Bretteurs, filous. René va à Rouen, venger l'un de ses camarades de bande dont la fiancée est tombée aux mains d'un vieux barbon qui prétend la tenir pour femme. Il délivre la fiancée, la remet aux mains de son soupirant, mais, pris d'un désir extrême pour elle, tente de la violer. Retourne à Caen, y retrouve les bons vieux tripots, les cabarets à filles, puis à Saint-Malo. Sa mère et Luc le frère aîné tiennent un conseil de famille et décident de sa nouvelle vie : marin.

Pour s'en convaincre, il assiste, le 16 juin 1689, au retour triomphal de Jean Bart et du chevalier de Forbin. Les deux corsaires se sont évadés des pontons de Plymouth, sont arrivés à Erquy, ont marché jusqu'à Dinan, d'où un bateau les conduit, sur la Rance, jusqu'à Saint-Malo. Sur les quais, en haut des remparts, une foule compacte assiste à l'événement. René est là. Bart domine de son immense taille, Forbin, plus fin, semble déjà en train de se poudrer avant d'aller à Versailles conter ses propres exploits. Entre les deux, René a fait son choix.

C'est en vomissant à pleine gueule que René Duguay-Trouin participe à sa première prise. Un riche vaisseau marchand, *Les Trois Amis de Londres*, qui manque de leur échapper, une sombre histoire de coup de vent, d'ancres qui lâchent, *La Trinité* qui est drossée vers des rochers, puis un vent salutaire qui passe du nord au sud et eux qui sont sauvés. Miracle, mais les coupables doivent être châtiés. Il retourne vomir dans la cale, parce que, sur le pont, le capitaine punit les fautifs avec le carcan et le fouet et que c'est un peu bruyant et plein de sang. Odeur de lard humide, avarié, d'eau stagnante et de vers fichés dans le biscuit mouillé.

Jean Bart : René admire. Depuis ce jour de Saint-Malo, il y a cinq ans. Depuis, Duguay-Trouin a fait du chemin. En mer sur *Le Grenedan*, capitaine Le Goux, une belle frégate de trois cents tonneaux et dix-huit canons, détectant les ennemis qui peignent des canons en bois pour impressionner l'adversaire. Puis sur *Le Danycan*, premier commandement d'une corvette de quatorze pièces et quatre-vingt-dix-huit hommes d'équipage, avec lequel il écume la mer d'Irlande. Bon manœuvrier, il feint de se laisser aborder, place l'adversaire sous ses canons, vise l'ennemi puis aborde. À Limerick, il brûle deux vaisseaux adverses. Pour le récompenser, on lui donne une meilleure frégate, *Le Coëtquem*, avec ses dix-huit canons. René amarine douze prises et en reconduit dix avec lui. Ses débuts sont impressionnants. Tout lui semble donné. Mais il rêve de rencontrer un jour Bart, le grand corsaire dunkerquois de plus de vingt-trois ans son aîné.

Les corsaires sont à la mode, il est vrai. On devait autrefois à Richelieu la création d'une marine de guerre : « La première chose qu'il faut faire est de se rendre puissant sur la mer, qui donne entrée à tous les États du Monde. » Face aux huguenots, le roi n'a, en effet, personne à aligner. Les grands marins sont tous des protestants, alors, et se regroupent dans la très calviniste La Rochelle. On construit des navires ; quatre escadres, Normandie, Bretagne, Guyenne et Provence, sont créées ; Brest, Toulon, Le Havre, aménagés, comme Brouage ; des règlements de marine sont édictés et quelques bonnes victoires navales font, avant la naissance de René Trouin, de la France la maîtresse de la Méditerranée. La flotte royale combat l'ennemi protestant de l'intérieur et la puissance espagnole au-dehors. Mais Richelieu mort, Mazarin ignore la mer et la marine française, à peine née, ne tarde pas à mourir. Les luttes intestines ont tué l'œuvre maritime de Richelieu. « Depuis dix ans, on n'a jamais vu en mer plus de deux ou trois vaisseaux de guerre français ; tous les magasins de guerre sont entièrement dénués ; tous les vaisseaux réduits à vingt, plusieurs même hors d'état de servir, toute la chiourme à huit ou neuf cents forçats, la plupart malades et affaiblis ; six méchants corps de galères... Il faut rétablir la gloire et l'honneur du royaume sur mer, en remettant sur mer un nombre considérable de vaisseaux, en reprenant surtout les voyages de long cours », écrit un certain Colbert. Quand René vient au monde, à Saint-Malo, Louis XIV gouverne en personne depuis une bonne dizaine d'années, mais Colbert vient d'être fait secrétaire d'État à la Marine, poste qu'il occupera jusqu'à sa mort, en 1683. Les chantiers navals de nouveau se mettent à l'œuvre et de leurs bassins sortent galères, frégates, corvettes, flûtes et vaisseaux. Un corps d'officiers de marine, formés, est créé, tout comme un corps d'administrateurs, des écrivains, des commissaires, des intendants. Brest et Toulon se développent, Le Havre, Marseille, Dunkerque aussi, seule ville portuaire que connaît Louis XIV, tout comme Rochefort devient l'un des ports importants pour les vaisseaux de haut bord. De dix-huit unités en 1660, la flotte royale en compte aujourd'hui plus de deux cent soixante-dix... Plus importante que celle des Espagnols ou des Hollandais. Colbert croit à la puissance de la Méditerranée et à l'importance du commerce avec le Levant. Des chantiers du Talard, de Solidor et du Val-Trichet sortent, à Saint-Malo, les navires des corsaires auxquels revient le soin de faire la peau à l'ennemi héréditaire : le 25 juin 1689, Louis XIV déclare la guerre à l'Angleterre et René Duguay-Trouin embarque pour la première fois. Les grands corsaires se nomment alors : Alain Porée, Hervé des Saudrais, les frères Joseph et Louis-Paul Danycan, René Moreau, la Bellière Le Fer... Et Saint-Malo, le plus beau port d'échouage, à l'abri de son rocher fortifié, protégé par la tour Solidor, aux marées amples, ouvert aux gros tonnages, aux magnifiques mouillages de la Rance, Saint-Malo, port franc, premier port d'armement, s'apprête, après avoir triomphé dans le cabotage atlantique, la morue de Terre-Neuve ou le commerce de Séville et de Cadix, à vivre une très grande aventure corsaire.

Tant de femmes dans sa tête ! Il en rêve parfois la nuit et ne les rêve pas toujours à terre, dans les auberges, les bivouacs ou à la maison. Il les fait bien volontiers monter, dans son rêve, à bord. Le règlement à bord d'un corsaire est pourtant très strict. Une femme à bord et tout l'équipage est chamboulé, sauf, pense René, que ces jeunes hommes, un peu sauvages et totalement célibataires, ne rêvent que de cela. Pourquoi ne pas instituer la présence d'une femme de réconfort sur un bateau, comme on le fait bien avec un prêtre ou un écrivain ? Le prêtre devant qui il a lancé, par goût de la provocation, cette jolie idée a juré, hurlé qu'elle était démoniaque : qu'un ecclésiastique ou un médecin apportent sur un navire du réconfort, alors qu'une femme ne peut semer que de la confusion, ce à quoi René avait répondu qu'il n'est pas de bon paradis terrestre sans une personne du sexe féminin. « Relisez la Bible, mon pauvre, avait gémi le prêtre. “Elles” ont tout gâché, comme elles vous gâcheraient vos traversées, ces forniqueuses vous prendraient vos indispensables forces à la veille d’un abordage. » En attendant, René prend souvent la mer, sur *Le Profond*, *L’Hercule*, et déçoit rarement ses commanditaires.

René vomit moins maintenant. Il court beaucoup. Depuis août 1681, les ordonnances de Colbert permettent de suivre tous les aspects de l’activité maritime, mais également de la course. René est un marin exemplaire. Ceux qui ne le sont pas, d’ailleurs, ou ne respectent pas les règles sont condamnés : aux galères, à être pendus en effigie. Encore faut-il connaître les règles liées au pillage, aux prises, savoir ce qui est abus, ce qui ne l’est pas. René apprend vite, très vite. Saint-Malo lui donne cette culture de la course « noble » : il combat le *rapiamus*, autant qu’il peut, ce goût du pillage des bateaux amarinés toujours très présent même chez les officiers de la Marine royale. Il se soucie toujours du sort des prisonniers adverses, engage ses marins à aller se recueillir, avant une campagne de course, à la chapelle de Notre-Dame-de-Grande-Puissance, près des anciens remparts.

Sa bonne ville a mal dormi cette nuit. 29 novembre 1693. Des galiotes à bombes ont fait un joli feu d’artifice. Les vitres ont volé en éclats. Une frégate à voiles noires a réussi à entrer dans la cité corsaire avec une bombe terrible à son bord, confectionnée à Londres, dans le secret de la grande Tour, et construite par l’artilleur Willem Meesters : six cents bombes « carcassières », de l’huile de pétrole, du camphre, du soufre, de l’ammoniaque, du nitre, de l’esprit de vin. Une coque bourrée de barils de poudre et de grenades, des sabres, des morceaux de fer, des grappins, prêts à jaillir dès que l'explosion débutera. Les mèches, si elles sont bien allumées et si la frégate est bien avancée à quai, peuvent détruire une partie de la ville. Sauf que, en entrant dans la rade, la frégate touche un rocher providentiel, se couche sur le côté. On l'allume. Terrible volcan. Mais l'apocalypse est devenue un pétard mouillé. L'explosion part vers le large. Saint-Malo est sauvé. Le pavillon bleu à croix blanche, au franc quartier écarlate, portant l'hermine d'argent passante, le pavillon malouin va continuer à faire fortune sur les mers.

Mary est de Plymouth. Mary Ashley, exactement. Dieu qu'elle est jolie ! Tendre et amicale. Grâce à elle, René est un homme libre. Quand il raconte l'histoire de son évasion du ponton de Plymouth, c'est toujours à elle qu'il pense, elle qu'il cite.

Le 12 mai 1694, René commande *La Diligente*, bonne frégate de trente-six canons, et se retrouve encerclé à l'improviste près des îles Sorlingues, au large des côtes de Cornouailles. Six vaisseaux de guerre anglais, trois cent cinquante bouches à feu. Le combat dure de six heures du matin à six heures du soir, une artillerie fiévreuse. René doit baisser pavillon, seuls vingt hommes sur les deux cent cinquante embarqués pouvant encore servir. Lui-même est blessé. Le capitaine du *Monk*, sir David Mitchell, qui commande l'escadre bleue, est un gentleman : il traite René comme son fils, le conduit à Plymouth où il est malheureusement accusé d'avoir, dans un combat précédent, tiré sous pavillon anglais sur une frégate de Sa Majesté, et ce sans avoir effectué la semonce. Délit de guerre grave. La justice risque de le qualifier comme pirate. Il a de forts risques d'être pendu haut et court. Mary apparaît alors. Mary Ashley, une jeune vendeuse, que Duguay-Trouin a remarquée dans sa boutique. Délicieuse. Amoureuse immédiatement du minois malouin. Grâce à elle, René réussit à faire l'achat, discrètement, d'une chaloupe et à partir, avec cinq autres rescapés de son équipage, dans la nuit du 18 juin. Huit jours plus tard, il est à Tréguier, puis à Saint-Malo.

Il pense longtemps à Mary, mais ne la revoit pas. La chance lui sourit. Il intéresse la Cour, prend le commandement du vaisseau du roi *Le François* ; avec ses quarante-huit canons s'empare de six navires marchands et de deux autres de guerre, se voit décerner une épée d'honneur. Mais l'honneur, il le trouve dans la capture, quelque temps plus tard, du *Non Such* : le navire anglais de cinquante canons qui avait défait Jean Bart en 1689. À bord de l'Anglais, il trouve affiché le diplôme de Bart... et de Forbin. Dès lors, sans le dire ouvertement, il peut se mesurer à son héros. Continuer sa chasse, rejoindre l'escadre de Nesmond, capturer trois *indianmen* sur les côtes d'Irlande, gagner, en mars 1697, son brevet de capitaine de frégate, après la prise du *Delft*, vaisseau amiral d'une flotte anglo-batave. Le *Non Such* lui porte bonheur : il l'a débaptisé, et c'est avec le *Sans Pareil* qu'il fait désormais sa course, qu'il enlève un important convoi protégé par le baron de Wassenaer-Starrenburgh. Cinq cents prisonniers, un million de gain et un brevet de capitaine de frégate légère pour lui. Le roi le reçoit, il vient accompagné du vice-amiral hollandais, qui est devenu son ami : « Mon admiration redoubla à la vue de ce grand monarque ; il daigna paraître content de mes faibles services et je sortis de son cabinet le cœur pénétré de la douceur et de la noblesse qui régnaient dans ses paroles et dans ses moindres actions. »

Le secret. René a un secret. Une maladie. Le mal de mer l'a abandonné depuis longtemps. Mais depuis quatre ou cinq ans, un autre poison s'est glissé dans son corps. Il n'est pas le seul, les hommes de mer en sont parfois atteints, mais rarement avec autant d'intensité. Difficile à dire. Un parasite intestinal comme une sorte d'amibe. La dysenterie. Il souffre le martyre.

C'est le temps de la paix. 1697-1702. Les crises de dysenterie s'espacent. Les voyages en mer également. Nombreuses conquêtes à terre. Vénus reprend le dessus sur Mars. Des crises de mélancolie également : il songe souvent à son jeune frère, Étienne, mort dans ses bras, au large de Vigo, blessé à la poitrine lors d'un affrontement en mer. « Je le trouvai couché sur la terre ; et baigné dans son sang, qu'on s'efforçait en vain d'arrêter ; un objet si touchant m'arracha des larmes ; je l'embrassai, sans avoir la force de lui parler... Je désarmai mes deux vaisseaux, ayant l'esprit continuellement agité à l'idée de mon frère expirant dans mes bras qui me réveillait en sursaut toutes les nuits et qui, pendant un fort long temps, ne me laissa pas un instant de repos. » Pour oublier, Duguay-Trouin séduit, conquiert. Une jeune femme de Saint-Malo qui finit par entrer au couvent, d'autres qu'il rencontre en Bretagne et à Paris, où il passe du temps. Il appelle cela ses « fredaines » et s'en amuse beaucoup sans jamais y croire totalement.

Septembre 1702. Porée a perdu un bras ! Alain Porée, comme un frère pour lui. Un boulet lui a arraché le bras gauche. René a baissé les yeux quand il a vu le corsaire, sorti de l'hôpital, avec la manche qui se balade. Un sale vaisseau d'Amsterdam ! Une vraie famille de marins, ces Porée, malouins, il s'entend ! Une bande de frères qui se battent plus pour la gloire que pour le profit. Alain, de tous le plus génial, le plus précoce, le plus belliqueux, toujours d'attaque pour affronter un corsaire ennemi : il est, à vingt-quatre ans, déjà son propre commandant... Croise dans toutes les mers, aborde, soutient le feu des canons ennemis, riposte, manœuvre comme un chef, prend d'assaut les ponts, luttant sabre et hache au poing, n'amène jamais son pavillon, fusille, perce, découpe, rend peu de morts. Que Dieu lui prête vie longtemps !

Que d'exemples autour de lui ! Jacques Gouin de Beauchêne, son aîné d'au moins vingt ans, un Malouin à qui l'on doit une célèbre expédition dans les mers du Sud, Du Coudray Perrée, Noël Danycan, bien sûr, de Saint-Servan : navigue à quinze ans, se livre à la course avec ses deux frères, Louis-Paul Danycan de la Cité et Joseph Servan du Rocher ! René Moreau de Maupertuis ! Jacques Boscher, son parent, évidemment ! C'est avec lui qu'ils ont pris le *Non Such*, Boscher, ce petit bonhomme tout rond, surnommé « le père des matelots ». Si brave ! C'est au troisième abordage, alors qu'on le disait perdu, voiles en feu, que Boscher avait réussi à s'emparer d'un Anglais bourré à craquer de pierres précieuses et de lingots. Mais

René lui tient rigueur d'avoir maltraité l'équipage du *Delft* et ne veut plus courir avec lui.

La guerre reprend, grâce à la succession d'Espagne. Mais le pavillon corsaire est en berne. Un bateau lui ramène son frère à Brest, où il se trouve : blessé lors d'une course, Nicolas est mourant. « Mes soins et ma tendresse ne purent le sauver. Il expira peu de jours après, avec une fermeté et une résignation exemplaires [...]. » La guerre de course, elle-même, se fait plus difficile. René court les océans, monte à l'assaut de tous les convois espagnols, hollandais ou anglais qu'il rencontre. Intégré à la Marine royale, il commande des frégates et des vaisseaux concédés par le roi, mais armés par son frère Luc, à la tête d'un consortium privé de marchands et d'armateurs. Il capture un grand nombre de baleiniers hollandais au Spitzberg, puis un grand vaisseau en 1704 ainsi que douze navires marchands. L'année suivante, avec le *Jason*, il enlève des navires anglais, l'*Elizabeth*, le *Revenge*, le *Coventry*, puis devant Lisbonne, un bâtiment portugais. De retour à Brest, il disperse un convoi portugais de deux cents navires et se saisit d'une frégate et de douze marchands. Il est fait capitaine de vaisseau. En 1706, il protège Cadix à la tête d'une petite escadre.

Il souffre en silence. Les flux de sang qui le prennent souvent à bord l'épuisent littéralement. L'amibe fait son chemin dans ses entrailles, ses selles, accompagnées de beaucoup de sang, lui font horriblement mal. On lui prédit, s'il ne se soigne pas, une autre infection, le scorbut. Il accepte qu'on lui pose des sangsues à l'anus, qu'on lui fasse quelques saignées. Mais c'est Forbin, ce misérable chevalier de Forbin, qui lui cause le plus de soucis en ce moment. Une misérable affaire !

Le successeur de Bart à la tête de l'escadre du Nord n'a jamais plu à Duguay-Trouin. L'antipathie est réciproque. Pontchartrain, ministre de la Marine, sait qu'ils se trouvent tous les deux à Brest. Le Malouin avec son escadre, *Le Lys,* l'*Achille,* le *Jason, La Gloire, L'Amazone, L'Astrée*, et Forbin, pareillement avec ses équipages. Ils sont chargés, ensemble, d'aller intercepter une flotte anglaise qui file vers le Portugal. Forbin, chef d'escadre, de dix-sept ans l'aîné de Duguay-Trouin, vient de gagner une bataille importante au Dogger Bank et n'a aucune envie de cette mission aux côtés d'un cadet qui n'a que Jean Bart à la bouche. Forbin repère le convoi de deux cents bateaux mais fait une manœuvre qui déconcerte le Malouin : « L'esprit de subordination dont j'ai toujours et plus jaloux que qui que ce soit, me fit, contre mon gré, imiter cette manœuvre qui, seule, nous fit manquer l'entière destruction de cette flotte importante. » Les Français sont vainqueurs, mais pas de la flotte entière. Longtemps, Duguay-Trouin se souviendra avec horreur de la disparition du *Devonshire*, un trois-ponts anglais avec neuf cents marins qui périssent en mer. Le *Chester* et le *Rubis* sont amarinés, le *Cumberland* est réduit à merci. Mais la vraie bataille est pour plus tard. Forbin, le premier de retour à Brest, puis à Versailles, s'attribue tous les mérites de la partie victorieuse de l'expédition et laisse à Duguay-Trouin le soin d'assumer les échecs. Le Malouin lui répond vertement. La Cour tranche : Forbin ne sera pas lieutenant général, comme il l'espère, et Duguay-Trouin reçoit une pension de mille livres...

Les crises de dysenterie continuent, comme les courses en mer. Mars 1709, sur l'*Achille* et avec une division, Duguay-Trouin attaque un convoi anglais fortement escorté. Les affaires, malgré ses exploits, deviennent difficiles. On lui doit quatre années d'appointement, dans la Marine royale, qui est à bout, à l'image du royaume à la fin du règne du Grand Louis. Les soldes ne sont plus payées, les arsenaux ne construisent ni ne réparent les bâtiments. La flotte du roi se résume à une cinquantaine de vieux vaisseaux, souvent inutilisables tant ils sont pourris de l'intérieur. Il ne reste plus aux officiers qu'à se faire corsaires : c'est le cas de Forbin, Coëtlogon, Renau, Nesmond, Duguay-Trouin... De leur formation, ils gardent le principe d'escadrilles de quatre à six bâtiments, ne s'aventurant jamais seuls en mer. Duguay-Trouin écrit à Pontchartrain : « Vous savez, Monseigneur, qu'après avoir été abandonnés de la meilleure partie de nos intéressés, mon frère et moi nous avons engagé ce qui nous restait de bien pour achever mon armement, et me mettre en état de rendre quelques bons services. Permettez-moi d'espérer que si la fortune ne seconde pas notre bonne volonté, l'honneur de votre protection et les bontés du roi suppléeront à ce défaut... Qu'allons-nous devenir, Monseigneur, après avoir tout sacrifié pour le service de Sa Majesté, si vous ne nous protégez pas ? Je vous avoue que ces tristes réflexions me sont plus funestes que le mal même dont je suis depuis si longtemps accablé. »

Le mal dont il est atteint continue de faire son chemin. Il se bourre de riz, de gruau, on lui fait des bains laxatifs. Mais le Malouin continue à servir. Sans beaucoup de chance. Si l'on excepte la prise du *Glocester*, en novembre 1709, les autres expéditions coûtent plus qu'elles ne rapportent : celle des Açores, le convoi brésilien qu'il veut capturer s'étant échappé, celle contre une escadre anglaise qui fuit également, l'expédition d'Irlande pendant laquelle cinq vaisseaux des Indes prennent la poudre d'escampette... Une terrible crise de dysenterie l'attaque, il croit mourir sur le bateau, on le débarque dans un état désespéré à Brest, où il est bien soigné. Le roi, qui ne peut rien leur offrir d'autre, anoblit René et Luc Duguay-Trouin. Ils ajoutent deux fleurs de lys à leurs armes et cette devise : « *Dedit haec insignia virtus*. Le courage, la valeur ont conféré ces armoiries. »

Nobles mais fauchés. Pontchartrain leur refuse une expédition aux Grandes Indes, dont ils espéraient un beau profit. Une récente expédition du capitaine Jean-François du Clerc leur donne une idée : il a échoué dans sa prise de Rio de Janeiro, au Brésil, ville dans laquelle de nombreux Français ont été faits prisonniers. Cinq ou six cents. Les frères Trouin proposent d'aller libérer leurs compatriotes et de ramener de grands trésors de Rio, colonie portugaise qu'on dit opulente. Le roi est intéressé, il prête deux mille cinq cents hommes, du matériel de siège et des vaisseaux. Le siège sera difficile, il faut de l'argent. Un million deux cent mille livres sont réunis par Luc, qui trouve des associés : le comte de Toulouse, Nicolas Capdelaine, les Juillet de Coulange, Danycan de l'Épine, Beauvais le Fer, Le Fer des Saudrais, de Langeron et

Pépin de Belle-Isle. On arme des vaisseaux, des frégates, des flûtes et des mortiers dans différents ports et la flotte se retrouve, le 9 juin 1711, devant La Rochelle. Des officiers de grand talent, de bons marins sont à la tête de dix-sept bâtiments français : sept vaisseaux équipés de soixante-quatorze à cinquante-six canons, six frégates, dont l'une équipée en galiote à bombes, deux corsaires indépendants, deux bâtiments de charge... Près de six mille hommes – dont de nombreux flibustiers reconvertis dans les affaires sages et qui sont familiers des régions visitées – composent la troupe française, soutenue par plus de sept cent trente canons. Le 12 septembre, Duguay-Trouin et la flotte sont dans la rade de Rio, forcent l'entrée du port, mais découvrent une ville surarmée, qui les attend : entre dix à quinze mille hommes sont prêts à assurer la défense de la place. Le fort de l'île aux Chèvres, à un kilomètre de la ville, est pris. On s'y installe et on canonne Rio. Les assiégés brûlent de nombreux magasins et certains de leurs navires chargés de victuailles. La tension monte. Pendant de longues journées, les escarmouches montrent de part et d'autre une grande détermination. Duguay-Trouin envoie un message au gouverneur de Rio, Don Francisco de Castro y Moraes, qui lui répond. Échanges de politesses et de menaces réciproques. Dans la nuit du 20 au 21 septembre, le Malouin fait bombarder Rio. Violemment. La ville, à la surprise générale, se rend. Non sans avoir été désertée par les Portugais et largement incendiée. Les prisonniers français sont libérés. Réfugiés dans les environs, les Portugais attendent des renforts importants, quelque neuf mille hommes qui tardent à arriver. Les Français négocient une forte rançon pour rendre Rio au gouverneur. Le 4 novembre, ils quittent Rio, leurs navires chargés d'un butin colossal. Le retour, à travers les Açores, est difficile. Deux bateaux pris dans la tempête coulent avec des milliers de livres d'or et d'argent et des marchandises de valeur. Un autre fait naufrage près de Cayenne. À son retour en France, Duguay-Trouin trouve un accueil plutôt tiède. La Cour est occupée au deuil de la Dauphine. Les actionnaires de l'expédition s'inquiètent d'en connaître les bénéfices exacts. Mais très vite, il apparaît que le butin est tout à fait considérable, malgré la disparition des trois navires ; les Portugais ont perdu quelque trente millions de livres et sept cents hommes ont été libérés. La réputation de Duguay-Trouin est désormais immense dans toutes les grandes cours d'Europe. Il est le plus grand marin français. Louis XIV le fait chef d'escadre et lui donne une pension de l'ordre de Saint-Louis. L'entrevue est brève, le Malouin sait qu'il ne reverra pas son roi : « Un jour que j'étais dans la foule des courtisans, sur son passage, alors que j'allais à la messe, il s'arrêta en m'apercevant, fit un pas comme pour s'approcher de moi et daigna m'annoncer lui-même cette nouvelle dans des termes si pleins de bonté et de douceur majestueuse que j'en fus pénétré ; mais je remarquai avec une douleur qui égalait ma reconnaissance, à sa voix affaiblie et à tout son maintien, que le mal qui le minait depuis quelque temps avait fait de grands progrès et je ne distinguai que trop les efforts que son grand courage lui faisait faire pour les surmonter [...]. » Le roi meurt, c'est la fin d'une époque pour le Malouin : « Dès ma tendre jeunesse, j'avais eu pour sa personne et ses vertus des sentiments d'amour et d'admiration, et j'aurais sacrifié mille fois ma vie pour conserver ses jours. » Avec la mort de Louis XIV, René sait qu'une page est tournée : en vingt ans, plus de sept mille navires ont été capturés par les corsaires français et près de mille cinq cents l'ont été, par des Malouins, pendant la guerre d'Augsbourg. Le seul René aura, dans sa carrière, capturé vingt vaisseaux de guerre et plus de trois cents navires marchands.

Louis XV ne l'ignore pas. Le capitaine corsaire, officier de la Royale, le marin d'exception, intrépide, le meneur d'hommes généreux et chevaleresque devient membre du conseil d'administration de la Compagnie des Indes en 1723, lieutenant général des armées navales en 1728, commandant de la marine à Brest l'année suivante. Et commandeur de Saint-Louis, l'ordre que Louis XIV a fondé. La mort d'Alain Porée, en 1730, à Saint-Malo, l'affecte beaucoup. Celle de Noël Danycan, corsaire et armateur au grand cœur, quatre ans plus tard, le bouleversera aussi. Le comte de Toulouse, son protecteur, le fils de Louis XIV et de Mme de Montespan, est toujours disponible quand Duguay-Trouin a besoin de faire entendre son point de vue à Versailles ou auprès de Pontchartrain. À peine se retire-t-il à La Flourie, jolie petite malouinière près de Saint-Servan, que déjà, en 1731, il reçoit le commandement d'une escadre chargée de corriger vertement les corsaires barbaresques et de bombarder Tripoli. À la seule annonce de sa présence à la tête de la flotte française, les beys et émirs d'Alger, de Tunis et de Tripoli cèdent à toutes ses demandes. De nombreux prisonniers sont ainsi libérés. En 1736, son état empire. La dysenterie le fait encore souffrir, il trouve dans l'opium un peu de réconfort. Beaucoup d'opium. Mais, pour reprendre son propos, dans son autobiographie qui fut publiée en 1740 de manière posthume, « le temps était venu de soigner ma goutte, mes migraines, les fièvres qui me faisaient payer quelques fredaines ». Cette *Vie de Monsieur Duguay-Trouin écrite de sa main*, il y travaille encore quand, en 1736, il s'installe, dans un état critique, à Paris. Le 27 septembre, il y meurt. L'année suivante, son frère Luc et sa sœur Charlotte le rejoindront dans l'au-delà. Duguay-Trouin a choisi de mourir en héros, comme il le fut tout au long de sa vie : « Je mourrai persuadé que dans les occasions où le péril est grand, et le succès incertain, c'est au commandant de décider, sans assembler de conseil, et à prendre sur lui le risque des bons et des mauvais événements ; autrement la nature, qui abhorre sa destruction, suggère imperceptiblement à la plupart des conseillers tant de raisons plausibles sur les inconvénients à craindre, que le résultat est toujours de ne point combattre, parce que la pluralité des voix l'emporte. »

CHAPITRE X

La solitude provençale du chevalier de Forbin

Lassé d'espérer et de feindre
Éloigné du monde et du sort
Je viens attendre ici la mort
Sans la désirer ni la craindre.
Mémoires du comte de FORBIN.

Les cigales feraient bien d'arrêter leur zinzin. « Eymare, au secours ! » On ne s'entend plus. Vraiment plus. Pour écrire, c'est impossible : déjà, le bruit, agaçant, de la plume sur le papier. De quoi irriter la conscience et la mémoire de ceux qui veulent écrire le journal sincère de leur misérable vie. Scritch, scritch, scritch, encore, scritch depuis une année, tous les matins, tous les jours, il gratte. Et Eymare qui ne peut même pas les lire, ces feuillets noircis de sa petite écriture, elle qui ne sait, malgré ses vingt-cinq ans, toujours pas lire ! Mais elle range, au moins, elle range son boucan de bordel. Ses papiers, sa correspondance avec le monde, grand comme petit, le ministre comme l'ébéniste, ses archives, son existence. Et elle est si gentille à la nuit tombée, Eymare, la fille de Gardanne ! Et elle veille sur lui, sur ces journées qu'il passe, enfermé dans la bibliothèque, à gratter. Et quand les cigales abusent et dérangent son maître, elle ferme la fenêtre. Il peste, comme à son habitude. Méridional ! Et alors, ce n'est pas une injure, tout de même, j'espère ! Oui, il est « méridional », comme disent ses adversaires. Forbin-Gardanne, et avec l'accent, je vous en prie ! Tous des Bretons, nécessairement, ou des Normands, des Nordistes bien sûr : c'est tellement plus facile, quand on est dans la marine, d'être de Nantes, de Saint-Malo, de Dunkerque, de Dieppe ou d'Honfleur ! Eh bien, vive Marseille et Pythéas ! Il adore Marseille. Il y a son appartement, rue Dauphine. Quatre cents ans qu'ils sont de là, chez lui. Corsaire de Marseille. Pirate de la Méditerranée. Et si cela devait être de Toulon, il n'aurait pas honte ! Ni de Saint-Tropez ni, grand Dieu, d'être basque ou de Bordeaux ! Il y a de la place, dans le crime organisé, pour tout le monde. Il n'y a pas que la Manche ou l'Atlantique qui salent les sardines ! Et Paul, le chevalier Paul, fils d'une lavandière de Marseille, fait chevalier de Malte, capitaine des vaisseaux du roi et chef d'escadre, un grand corsaire également ! Et Théméricourt, le génial Gabriel, de Marseille ! Arrêté en 1671 par les Barbaresques, il avait préféré, devant le sultan de Constantinople, renoncer au Coran, au commandement des flottes de Mahomet IV et à la main de sa fille plutôt que d'abjurer sa foi. On l'avait décapité ! En voilà de bons Provençaux aptes à bien servir sur la mer ! Tiens, on n'entend plus les cigales. Non, maintenant il fait trop chaud. Plus d'air. Quel boulot ! « Eymare ! Eymare ! » La jeune servante arrive, l'air empressé, la lèvre gourmande. « Monsieur désire. » Comme toujours avec Eymare, ce n'est pas une question. S'il la désire ? Mais oui, tous les matins au réveil, tous les soirs au coucher et parfois après le déjeuner, sous un saule. Mais pas dans la bibliothèque. Non, jamais. « Non, pas de suite, je travaille ! Eymare, tu entends, tu comprends ce que c'est qu'écrire ? » Un an qu'il y travaille, déjà, à ses fichus *Mémoires* ! Et Reboulet, le petit Simon, l'avocat, qui est encore en retard ! Il vient d'Avignon, c'est une explication comme une autre, sinon une excuse suffisante. Car le temps presse. Quand on a soixante-dix ans, qu'on a vécu ce qu'il a vécu, le feu des boulets, les morsures de Versailles et l'écume de tant de mers, on est pressé d'en finir. Non de vivre, mais de dire, de témoigner. La vérité enfin, pas la calomnie. Forbin se réjouit d'avance. C'est son côté provocateur. « À quoi bon publier ses *Mémoires* quand on est mort, n'est-ce pas, Eymare ? Tu imagines un peu leurs réactions quand tout cela va sortir, écrit, imprimé, relié, vendu en librairie, lu un peu partout ? » Forbin attend tout cela avec impatience. Il s'y prépare. Son dernier combat, c'est promis.

Juin 1728. À Saint-Marcel, près de Marseille, chez lui, il fait frais dès qu'on est à l'intérieur du château. La rivière apporte un peu d'humidité en même temps que pas mal d'insectes. Forbin aime bien les bords de l'Huveaune, avec ses berges plantées de saules et de peupliers. Un bruit de roues sur la terre, une malle qui conduit, avec deux chevaux, le jeune avocat Reboulet jusqu'à lui. Ils vont passer quatre jours à relire, écrire, composer.

« Tiens, le journal nous dit que le grand corsaire Doublet est mort ! Vous connaissiez ce Doublet ? Mort dans son manoir de Barneville, dans le Calvados ! »

Un Normand, pour changer ! Le jeune Reboulet n'a jamais entendu parler du corsaire, né à Honfleur en 1656. Manifestement, Forbin l'aime bien, celui-là, sa mort le peine un peu, sans plus car ce n'est pas le plus fameux de tous. Le comte connaît plutôt bien la vie de Jean Doublet et en livre quelques bribes. Ses premières années avec son père, au Canada, les îles de la Madeleine, la Gaspésie, leur naufrage, puis cette vie, tantôt corsaire, tantôt officier, sur la mer toujours. Les Antilles, la côte d'Afrique, un long voyage dans les mers du Sud... « Il paraît qu'il écrivait, l'animal, mais je n'ai jamais rien lu de lui », bougonne le comte. « Joli coin, Honfleur », ajoute-t-il. Et de parler d'Ango, de Fleury, de Champlain... « Il a tout fait, ce Doublet, la traite des nègres, la pêche à la morue, le service du Roi, la course avec les capres, des voyages scientifiques... Mille fois mort, naufragé, prisonnier, enseveli... Gentil garçon, bon bourgeois ! Je le croyais déjà de l'autre côté, pour être franc ! » Reboulet veut en savoir plus. « Mais vous l'avez bien connu pour en parler si légèrement ? » Une question obsède le jeune Avignonnais plus que de savoir si Doublet et Forbin ont déjà joué aux cartes ou s'ils ont fait du ponton à Plymouth ensemble. « Je veux dire : existe-t-il un marin qui trouve grâce à vos yeux ? » Cela fait plus d'un an qu'ils rédigent les *Mémoires* du comte et Reboulet ne l'a pas encore entendu dire une chose aimable sur un autre coureur des mers. Un autre que lui, évidemment ! Et Forbin voudrait convaincre son lecteur qu'il n'est nullement vaniteux après cela !

« Doublet, oui, je dirais qu'il était fréquentable. Paix à son âme, puisqu'il vient de nous quitter. Il est né une année avant moi, puisse Dieu me prêter une plus longue vie, cependant ! Il a bien couru. À Saint-Malo, principalement, mais on l'a vu de temps en temps à Marseille. » Cette dernière remarque vaut pour un compliment suprême. Reboulet n'en saura jamais plus sur Jean Doublet : on n'en fera donc rien dans les *Mémoires*.

« Simon, vous voyez ça quand, la publication ? » « Vite, si nous nous dépêchons ! Mais pour cela, il faut que nous travaillions ! Nous ne pouvons pas passer des heures sur votre voyage au Siam... Vous aviez vingt-neuf ans quand vous y partez et trente-deux quand vous rentrez en France. 1685-1688. À cette vitesse, nous aurons fini dans cinquante ans ! Et encore ! »

Forbin sait que Simon Reboulet a raison. Depuis quelques jours, il y a un motif supplémentaire pour hâter le pas : on vient de lui dire que cette ordure de Duguay-Trouin a l'intention de publier ses mémoires. Et qu'au rythme où il va, lui – il est vrai que ce pauvre ne sait probablement pas aligner deux phrases l'une devant l'autre et qu'il doit avoir un secrétaire qui rédige tout –, il aurait bientôt fini et serait chez le libraire avant Forbin ! Du coup, le comte accélère. Veut porter le premier coup, surtout s'il sait l'adversaire éveillé. « Eymare, du café ! » Beaucoup de café pour beaucoup d'heures à gratter !

Le Siam, oui. À relire, ça lui va. C'est pittoresque, quand même, ces trois années qui lui valent d'être le favori du souverain et de le protéger contre les Macassars. Les lecteurs vont bien s'amuser de ce portrait de lui qu'il veut mettre en frontispice avec ce chapeau pointu qui lui donne l'air d'un bigorneau perceur : « Me voici en “Opra sac dison Cram”, c'est-à-dire, en bonne traduction, grand amiral des armées navales de Siam... Ajoutons-y le titre de gouverneur de Bangkok et le tableau sera complet. S'il n'y avait eu ce sale type, ce Premier ministre, ce Constantin Phaulkon, nul doute que je ne serais pas ici, dans ce château envahi par les cigales, à me justifier en écrivant pour la postérité ! » Le récit de ces années est assez rocambolesque, Reboulet en convient. Le Siam qui fait croire que son roi, Phra Naraï, va se convertir, l'amour supposé pour la France, Constantin, le Premier ministre, dit Constance, un aventureux né à Céphalonie qui abjure sa foi devant les Jésuites, cette mission faite aux côtés du comte de Chaumont, capitaine de vaisseau et ambassadeur au Siam, cette longue traversée peuplée de bonites, de requins, de raies diables et de dorades... L'Équateur, Le Cap, ce fichu scorbut qui noircit jambes et gencives à la pelle sur le bateau, puis Java qui s'annonce, les viandes fraîches, les bananes, les figues... Le chevalier d'Herbouville qui meurt à bord de *La Maligne*, son corps qu'on jette à la mer, bien lesté... « Il faut mieux soigner l'arrivée dans l'estuaire de Chao Phraya, Monsieur. Vos lecteurs attendent cela, car vous les avez fait un peu patienter avec votre traversée. Dire, enfin, pourquoi on vous surnomme : “Lumière de la guerre” dès votre arrivée ! » « Mes mandarins, vous les aimez, Simon ? Je cite. “Tous les mandarins étaient assis en rond sur des nattes faites de petit osier : une seule lampe éclairait toute cette cour, et quand un mandarin voulait lire ou écrire quelque chose...”. » « Certes, Monsieur, mais allez au but et faites-nous rêver. Rêver, oui, c'est bien le mot. Parlez-nous du prince des Célèbes, de la conspiration des Macassars, des commerçants des Indes orientales, des petites manies de Phra Naraï, des bourreaux du roi qui fendent la bouche des espions qui refusent de parler et qui cousent celle de ceux qui parlent trop, parlez-nous de vos chasses à l'éléphant... Et nous vendrons alors ! Nous vendrons ! » Reboulet, manifestement bon négociant, devient lyrique. Il promet un succès de librairie. Forbin se fiche de l'argent. De la gloire, *idem*. Le succès auprès des femmes : trop vieux, il a soixante-douze ans, et Eymare sait s'occuper de lui ! Il veut d'abord que justice soit faite. Et l'idée de déplaire, d'énerver, d'agacer, de les mettre en pétard, voilà qui est drôlement bien !

Comment se raconter quand on s'appelle Claude de Forbin ?

L'enfance. Gardanne, près d'Aix-en-Provence. Au pied de la montagne. Un 6 août 1656. Cadet de famille. À douze ans, il se présente sous le nom de « chevalier de Forbin ». Le petit Claude n'aime guère se souvenir de ces premières années. Une grande famille que la sienne, toute l'histoire de la Provence. Les Lenche de Morsiglia et de Palamède de Forbin : chic, mais pas un sou ! Quand Claude naît, elle a perdu tous ses privilèges, cette famille, tous ses droits ancestraux. Reboulet sait que là se niche « la » blessure et qu'il ne faut pas insister dans le récit. Forbin est assez fier de ce grand chien rouge qu'il a éventré et finalement n'a pas si honte d'avoir été condamné pour homicide à l'âge de vingt et un ans. « Je suis d'un naturel impétueux. Vif, bouillant, nerveux. Pardon. » Gamin insupportable. Prendre sa revanche sur le sort. Se frapper la tête contre le mur de sa chambre, s'arracher les cheveux, saigner comme un cochon quand on est puni par son père. Jeter une écritoire à la tête d'un prêtre. Spadassin, déjà. Se battre. Adorer se battre. N'aimer personne, déjà, personne d'autre que soi. Partir sur une galère quand on a douze ans, *La Fourbine* des Forbin, merci mon oncle ! Garder l'étendard. Voir Stromboli et Agosta, n'en pas mourir. Devenir enseigne de vaisseau. Tuer en duel le chevalier de Gourdon. Être condamné par le parlement de Provence à mourir la tête tranchée. Gracié par le roi ! Se faire passer pour son frère pour rester dans la marine ! Ouf, un bon début, non, pour commencer ?

Reboulet aimerait que l'on développe la période de formation : « Votre campagne avec l'amiral d'Estrées en Amérique, vos expéditions avec Duquesne devant Alger, votre retour du Siam... » Mais Forbin n'en a que pour Jean Bart et René Duguay-Trouin, ce matin. « Je veux me les payer, ces deux-là ! » La nouvelle de la publication des *Mémoires* du corsaire malouin le met dans tous ses états et même Eymare, qui vient régulièrement éponger son front, ne sait comment calmer cette fièvre qui s'est emparée de lui depuis le matin.

« Que dire de Bart, mon pauvre Simon ! Une grande armoire à stocker les harengs, un ours, c'est peu dire ! Qui grommelle, et encore quand il comprend. Un marin, certes, un brave marin. Nous avons navigué de conserve, escortant une vingtaine de marchands, nous avons été arrêtés, j'ai eu six blessures, regardez un peu les cicatrices si, comme d'autres, vous en doutez, Reboulet – et là, Forbin remonte ses manches, montre une longue estafilade sur le bras droit, une autre cicatrice à la gorge, impressionnante –, nous nous sommes évadés de Plymouth, nous avons été promus capitaines de vaisseau, je lui ai succédé à la tête de l'escadre du Nord et voilà... Puis je combats à Béveziers, retrouve Bart, nous y faisons de nombreuses prises, hollandaises et anglaises... Je suis blessé gravement – et si vous voulez voir ma cicatrice, une autre, à la hanche, bien grosse, je suis à votre disposition, Reboulet – à la Hougue, je sauve mon bateau, me venge à Lagos l'année d'après (et entre nous, ce Tourville, quel âne, tout de même, sans une fausse manœuvre, impardonnable, nous devions emporter toute la flotte ennemie, mais cela, l'Histoire ne le dira jamais !), je file à Constantinople, prends Barcelone... »

Reboulet sait qu'il faudra reprendre un peu le chapitre sur Jean Bart. Il a biffé les premières pages : « Ce gros lourdaud qui ne parle pas un mot de la langue de Molière et qui serait, nous dit-on à Versailles, le grand corsaire français... » Il est vrai que Forbin l'a encouragé à se battre au large de Wight, mais il est vrai aussi que lorsqu'ils se sont échappés, ce grand diable de Bart a ramé tout le temps. Lui, Forbin, tient la barre ! Et file à Versailles réclamer des louanges ! Et récolte un titre de capitaine de vaisseau et quatre cents écus de gratification. Il importera, songe Triboulet, de bien montrer Forbin devant la Cour, soucieux d'associer son compère Jean Bart au récit de cette héroïque évasion et d'en partager les mérites avec lui. Déjà, on reproche à Forbin d'avoir voulu tirer la couverture à lui. Bart est respecté, Reboulet le sait, Forbin ne gagnera rien à l'attaquer.

« Le début du siècle me vaut, pour une raison que j'ignore encore, un signe de ce fichu Pontchartrain de mes deux : je suis fait chevalier de Saint-Louis ! Par erreur certainement, et d'ailleurs, entre nous, ça ne rapporte rien ! Le droit d'aller me battre en Adriatique, de canonner Trieste et de brûler Lucano. De repartir chasser les corsaires de Flessingue, et au passage, avec mon escadre du Nord, de mettre à bas le petit commerce de nos amis hollandais et anglais... En mer du Nord ! Mais cela, pour le bon roi et son Pontchartrain de ministre en sucre glacé, cela ne compte pas ! Ni qu'avec huit bâtiments, je mette à mal cent cinquante autres, vous m'entendez, cent cinquante que je traque sur les côtes de Danemark et de Russie. Que cette même année 1707, Reboulet, je fasse tomber cinquante autres navires marchands anglais qu'accompagnent trois bons gros navires de guerre ! Contre cette autre blessure – et il soulève sa chemise pour montrer une longue cicatrice sur le flanc gauche –, on me fera quand même chef d'escadre, c'est le minimum... Et un petit diamant de cinquante louis ! Et moi, trop brave, pour remercier de cet honneur qui m'est dû, j'y retourne, j'anéantis vingt-deux bateaux anglais et une flotte de Hambourg dans le même temps ! »

Forbin, rouge de colère, s'arrête un instant pour reprendre son souffle. « Eymare, Eymare, de l'eau ! Et fraîche, ma bonne Eymare ! Le café m'a mis dans un état ! » Reboulet sait qu'il faut éviter, quand il est aussi énervé, d'aborder le chapitre suivant, dont ils ont déjà écrit l'essentiel. Forbin ne pense qu'à cela : ce 21 octobre 1707 où lui et Duguay-Trouin s'emparent ensemble, non loin du cap Lizard, d'environ soixante des cent quarante voiles d'un convoi anglais qui file vers le Portugal. Ils n'ont pas l'habitude de piloter ensemble et encore moins de se soumettre à plus qualifié. Chacun, malgré la consigne du ministre, fait son combat dans son coin. Leur mésentente explique ce succès plus que mitigé, chacun défendant évidemment sa version, et ce jusque dans le bureau de Pontchartrain. La suite, hélas pour Forbin, est connue. Le capitaine de vaisseau malouin l'emporte sur son supérieur, le chef d'escadre de Gardanne. Tout les oppose : tandis que Forbin défend l'intérêt de la flotte royale dans ce combat, Duguay-Trouin veut rendre de bons comptes aux armateurs devant lesquels il est responsable. Mais Pontchartrain a décidé qu'il n'épargnerait rien à Forbin-Gardanne !

« Duguay-Trouin, en voilà un autre qui mériterait la rossée ! Et il vit encore, le cochon de Malouin ! Ils lui ont tout donné, à ce Duguay-Trouin de malheur : ils l'anoblissent, deux ans après lui confient le commandement de l'escadre de Rio, lui donnent la promotion à la cornette... Je le déteste, ce putois ! » C'est l'heure des confidences, Reboulet en profite. « Le roi ? Le Grand ? Qu'en dire ? Je crois qu'il ne m'a jamais vraiment aimé. Que ses ambassadeurs se sont toujours employés à me charger. Quand j'ai fait sauter ce bateau anglais dans Venise, quel pataquès tout de même ! Comme quoi j'aurais nui au roi, fait des ennemis au royaume de France ! Tout cela m'a valu bien des disgrâces et l'oubli, régulièrement, de mon nom dans les promotions de la marine. Jérôme de

Pontchartrain, voilà l'ennemi. Le roi n'aimait pas sa mer, alors paix à son âme ! »

Forbin, soudainement, s'absente. La gorge d'Eymare, se penchant au-dessus de lui, lui servant à boire. Deux seins magnifiques, comme les melons du potager. Le corsaire provençal n'exagère rien. « La fin, mon brave Reboulet, la fin de ma vie n'a aucun intérêt. À cause de cet âne bâté de Pontchartrain, j'ai été barré de tout. On m'a envoyé dans une mission grotesque en Écosse pour transporter un supposé prétendant au trône d'Angleterre, le fils de Jacques II qui nous a fait une rougeole le jour du départ. Ils ne m'ont plus rien donné après, plus rien, vous m'entendez. À sec, Forbin ! Je n'avais quand même pas à mendier ce grade de lieutenant général qu'ils ont octroyé à Duguay-Trouin cette année même... Aussi, je me suis retiré ici... Pour rendre justice aux vrais héros et dénoncer les fausses valeurs de ce siècle misérable. »

Reboulet sait qu'on ne peut pas tout écrire ou, du moins, pas tout dire, comme la vérité l'exigerait. Il y a plusieurs histoires inquiétantes dans la vie privée du comte. Celle, qui remonte à trente ans, de cette soubrette dans une auberge, qui était évidemment la maîtresse de Forbin ! Une jolie et jeune – dix-huit ans tout au plus – femme de chambre qu'il trouve dans un établissement et avec qui il vit une idylle. Ils vivent ensemble à Aix-en-Provence, puis se séparent, n'ayant manifestement rien à se dire. Cette autre histoire au sujet de laquelle Forbin ne cesse d'être confus : cette machination qui était destinée à lui faire épouser une jeune roturière. Une demoiselle : « Je n'étais pas le seul qu'elle honorait de ses bonnes grâces... » La liaison dure quelques mois, quand il apprend que la mère et la fille veulent l'accuser de rapt et le contraindre au mariage. Un évêque, vainement, s'interpose. Forbin lâche en ville le nom des amants de la demoiselle, l'enrage un peu plus encore. Ils vont devant le juge. Son cas n'est pas facile à défendre. Déjà condamné pour homicide ! Le rapt se guérit par la pendaison. Il panique, on commence à douter de sa bonne foi. Un colosse, envoyé par la famille, le provoque, le menace. Forbin le tue. La justice redouble ses efforts, se prépare à le condamner, et s'il n'y avait Versailles, craignant que le dépit ne le conduise à passer à l'ennemi, il ne serait pas gracié.

« Je sais, Reboulet, ce qu'ils pensent de moi. Ma vanité, mon orgueil, mon culot, tout cela, ils le prennent pour argent comptant. Moi, Forbin déchu, je ne fais que restaurer, tenter de restaurer l'honneur de ma famille et je me bats pour cela, je m'expose au danger, rien ne me fait peur, ni la mer, ni le feu, ni la poudre et le canon, ni le fer de l'épée, ni la vérole dans les bordels. Et c'est vrai que je veux qu'ils sachent, c'est vrai que je suis allé à Versailles pour qu'ils m'entendent, que je suis probablement trop allé à Versailles, cet endroit de malheur, cette cour infernale, présomptueuse et méchante. » Reboulet pense déjà à éditer cette incroyable épopée. Il songe à François Girard, qui est un bon imprimeur et qui est à Avignon. Ils feront deux volumes *in-12*, avec le frontispice qui représente Forbin en grand amiral de Siam. Le titre en sera certainement quelque chose comme : *Mémoires du comte de Forbin, chef d'escadre, chevalier de l'ordre militaire de Saint-Louis*. Mais il lui faut une fin, Reboulet. On ne peut terminer sur la démission de

Forbin de la marine, l'épisode est par trop triste et met encore une fois en scène ce Pontchartrain dont le lecteur n'a probablement rien à faire. En se promenant tout à l'heure au bord de la rivière, Reboulet a eu l'idée d'un petit poème, sobre, qui pourrait ouvrir et conclure les *Mémoires* de Claude de Forbin, chevalier, comte et amiral de Siam :

Lassé d'espérer et de feindre
Éloigné du monde et du sort
Je viens attendre ici la mort
Sans la désirer ni la craindre.

Oui, Reboulet. Déjà, Forbin est ailleurs. Il est reparti, enfant rebelle de son siècle, dans la mémoire de sa vie, il y cherche un peu de courage pour vivre encore, pour honorer le blason de ses ancêtres. Mais il est fou, Forbin, Simon Reboulet en est bien sûr, il est complètement fou. Méridional ? Si c'est pour dire de lui qu'il exagère, ce serait faux. Forbin n'exagère rien, son monde est conséquent, il ne cesse de convoquer l'Histoire, de se mesurer à elle, de mettre son corps en avant, ne craignant ni les affronts ni les blessures, pour provoquer ses contemporains. Son intransigeance, pense Reboulet, il se l'applique à lui-même. Et son audace n'a pas d'égale. Son entêtement, son insubordination lui ont tout coûté ou presque. Il va mourir, le vieux Forbin, couturé de cicatrices, dans sa bastide avec sa grande porte Louis XIII et son linteau marqué du blason aux léopards. Il va mourir en s'occupant des enfants de son frère Jean, dont la mort l'a beaucoup affecté. Et ce soir, quand Simon l'aura quitté pour se retirer dans sa chambre, ce soir, avant qu'ils ne se retrouvent le lendemain matin dans la grande bibliothèque pour continuer à rédiger les deux volumes des *Mémoires* du comte, Forbin va écrire Son vrai secret, celui-là. Son testament. L'aîné de ses neveux sera son légataire universel, les autres neveux auront des legs. Mais Eymare Nicolas, bien sûr, Eymare, la plus douce, la plus tendre, est particulièrement bien traitée... « Je lui lègue, pour les bons et agréables services qu'elle m'a rendus et me rend actuellement, une pension viagère de cinq cents livres... Et je défends expressément à mon héritier d'y donner aucun empêchement, sous peine d'être privé de mon héritage. Je laisse de plus à ladite Eymare Nicolas la chambre et l'antichambre où je couche à Saint-Marcel, c'est-à-dire tous les meubles, lit, chaises, tapisseries, tables, miroirs et autres meubles tels qu'ils puissent être. Je lui lègue aussi tout ce qui peut avoir servi à mon usage pour mon corps [...]. »

CHAPITRE XI

Le grand cœur de Madame Ching

Nous sommes des brumes que le vent disperse,
des vagues dressées par un tourbillon,
des bambous brisés sur la mer,
flottant et plongeant tour à tour,
sans jamais connaître aucun repos.
Chang PAOU.

Chang Paou est sorti sur le pont supérieur de sa jonque amirale, cette nuit, exceptionnellement. Sa Flotte Rouge l'a souvent vu découcher. Avec Elle. Pour Elle. La Redoutée, la Crainte sur toute la mer de Chine, de Macao au delta du Si-Kiang. Elle qui l'a fait homme, amiral et même Premier ministre ! Ministre et Premier, de quoi ? Un État barbare composé de six escadres arc-en-ciel ! C'est plus que cela, la Confédération : c'est un ordre pirate, une machine de guerre qui peut envoyer cent jonques en une heure pour arraisonner tout bateau venant d'Europe, bateau de guerre, de commerce, qui passerait trop près d'elle. Ce sont des milliers de sabres qui, sur un simple ordre d'Elle, peuvent décapiter une flotte entière, une escadre, une expédition. Elle. Elle qui donne la vie, la mort. Et l'amour, aussi. Dans sa cabine, au milieu de l'or, de la soie, des pierres précieuses et des cornes de venin ! Une bouffée d'opium, tirée sur la pipe en écume, et il est à Elle. Elle, dont les femmes, captives, ont si peur qu'elles préfèrent se jeter dans la mer rougie de sang plutôt que de passer leurs nuits à être violées par les hommes dont Elle ne veut plus.

Une autre nuit, Chang Paou, un poème aux lèvres et le sexe dressé, aurait déjà été dans ses bras, de l'autre côté de la baie. Ching Yih-saou ne dort pas, probablement, elle non plus, ni ne boit d'alcool en tirant les cartes. Mais qu'importe qu'ils dorment ou qu'ils veillent l'un et l'autre sur leurs jonques ; ils ne savent plus se parler, cela ne sert à rien qu'ils restent côte à côte, sur la même couche, dans la même cabine. Elle a décidé. Contre son avis. Mais elle est Elle. Chacun commande son escadre, lui Rouge, elle Bleue, et l'autre, le Jaloux, Verte, et leurs bateaux sont loin. Ils ne joueront plus aux dés le droit de faire l'amour, une fois encore, comme ils ont si souvent improvisé leurs plaisirs. Demain, ils ne seront plus amants. Demain, ils ne seront plus pirates. La Confédération sera morte.

La mort de Ching Yih reste un sujet dont on ne parle jamais avec sa veuve. Un typhon, quelque part en 1807. Ching Yih, à l'origine amiral d'une flotte de pirates, mais nommé par l'empereur grand maître des Écuries de ses palais pour le ramener dans le rang, reprend ses vieilles amours sur la mer et les côtes d'Annam et de Cochinchine. Et se noie. La Confédération des pirates du Guangdong n'a pas hésité une seconde. Seule la veuve de Ching Yih, qui a navigué tant d'années à ses côtés et qui ne manque pas d'autorité, peut reprendre le commandement en chef. Ching Yih-saou n'a pas pris place sur la jonque de son mari le jour où le typhon a précipité le chef des pirates dans la mer. C'est un signe du ciel, certainement.

Déjà, Chang Paou est trompé. Il en est sûr. Ce regard qu'il a surpris entre Ching Yih-saou et le gouverneur, tout à l'heure sur le bateau de la Flotte Bleue, cela ne trompe pas un homme sensible comme lui. Ce gouverneur qui est arrivé avec sa jonque, tremblant devant Elle, cet homme qui sait que si sa mission réussit, c'est toute la piraterie qui cesse, qui sait que son empereur le récompensera magnifiquement ou, selon, le punira terriblement, cet homme est fou amoureux d'Elle. Il a rêvé cent, mille fois d'Elle, il connaît toutes les histoires sur Elle, y compris sur ses hommes, sur lui, le Premier ministre Chang Paou, lui, le poète. Il est venu, à l'origine, pour lui demander sa soumission, c'est lui, en réalité, qui se soumet à Elle. Il est vraiment temps, pour Chang Paou, devant une telle forfaiture, de composer un poème. C'était son seul métier avant qu'il ne tombe éperdument amoureux de la veuve Ching et qu'il ne devienne l'amiral de l'escadre Rouge. Funeste destin qui l'accable aujourd'hui ! Personne mieux que lui ne sait décrire la marche d'une jonque qui, comme un oiseau aquatique avec sa voile lattée de bambous, glisse sur la mer tranquille de Chine. Personne mieux que lui ne sait tracer avec quelques mots le chemin sur l'eau des escadres de dix à quarante jonques, silencieuses, ardentes, tendues dans leurs voiles comme dans l'intention de donner la mort.

Cette nuit d'été de 1810, dans le port de Canton, la lune éclaire le spectacle de la baie et de la Confédération agonisante : des caps, des îles, des montagnes très loin, tout un entrelacs de rochers et d'eaux qui sont le repaire des pirates de la veuve Ching. Les villages sur la côte sont étrangement calmes, ils semblent avoir renoncé à avoir peur. Les plus simples, les plus démunis aiment la Confédération. Mme Ching a toujours payé le vin, le riz, l'eau qu'elle leur achetait. S'ils étaient pauvres, ils le restaient. S'ils étaient riches, alors là, certes, ils devenaient pauvres. Tant de siècles qu'ils sont visités, ces villageois, il y a mille ans par les navires des pirates arabes et iraniens installés à Hainan, connus pour avoir incendié Canton, puis par les Vietnamiens du Giao-chi qui sèment la terreur sur les rives du Guangdong, par les Japonais et hier encore, par eux, les escadrons de la veuve Ching. Oui, hier, on dit bien hier. Et sans lendemain.

Toute une tradition dont il se sait l'héritier, lui, Chang Paou. Une histoire pleine de poésie, mais de violence également. Les pirates asiatiques. Les Hindous qui ravagent la côte de Malabar un siècle durant. Konadji Angria, installé en face de Bombay, amiral de la flotte mahratte, le plus grand de tous, son fils, Touladji, qui chatouille les Anglais. Les Malais, leurs villages amphibies, leurs prahous, embarcations légères et très rapides à la voile et à la rame, leurs îles, entre Bornéo et Mindanao, les Soulou, avec Jolo, la principale. Un foyer de forbans : on y coupe une oreille, puis deux, puis une main pour signaler que l'otage attend impatiemment que la rançon soit livrée... Et pour les traîtres, lèvres, langue, narines, pieds, mains, sexe... Coupés également. La tête en dernier. Les Hollandais à Java, les Espagnols aux Philippines, comme tous les navires qui traversent leurs mers, sont tétanisés : leurs canons, leurs boucliers, leurs sagaies sont meurtriers. Quand ce n'est pas le charme qui agit : Ato Dato va conquérir les mers, fille du sultan de l'île de Balabac, assassiné par les Hollandais. Très jolie malgré sa petite taille, elle ensorcelle ses adversaires et Chang Paou se promet d'écrire prochainement un poème pour louer sa beauté et son courage extrême. Les Japonais, bien sûr, fervents pirates sur les côtes chinoises, avec leurs vêtements rouges et leurs coiffes jaunes : Chang Paou a fait un poème sur l'un d'entre eux que des Chinois avaient capturé et plongé dans de l'eau bouillante. Un poème intitulé *Kaisoku*, ce qui, en japonais, signifie aussi bien pirate que navire ! Les Japonais, Chang Paou se l'avoue, sont de grands pirates mais aussi de grands poètes, et il se récite souvent ce texte écrit par un littérateur anonyme : « Les Japonais se préparent sans bruit/Ils grouillent, mais gardent leur point d'appui/Un son de conque : les papillons viennent-ils serpentant en file indienne/Un éventail : dispersion sans trace/Ou bien d'un coup, les sabres fleurissent/En outre, vrais et faux sont mélangés/Pour le malheur de la Chine affligée. » Les Portugais arrivent à Macao, nettoient les mers des brigands, libèrent Canton du siège mené par le terrible pirate Xhang Xilao. Puis les Wokou, les pirates japonais basés dans l'île de Kyûshû, reprennent du service et écument les côtes du Zhejiang, celles du Jiangsu et du Fujian.

Les pirates chinois sont évidemment ceux que Chang Paou connaît le mieux, au premier rang desquels le célèbre Cheng Cheng Kung, dit Koxinga, dont la mère est japonaise et le père, Cheng Chi Lung, le chef pirate le plus puissant de la Chine méridionale. Chang Paou a écrit l'histoire de Koxinga, ainsi nommé par les Occidentaux et qui vit de 1624 à 1662 : comment son père, un ancien élève des Jésuites de Macao puis négociant au Japon, s'allie aux Ming qui résistent aux Mandchous, comment il commande à des milliers de voiles puissantes sur les mers de Chine, comment son père faillit devenir empereur du Sud, comment il va à Pékin pour faire reconnaître ses titres, comment il est torturé et mis à mort. Ses jonques lui restent fidèles, éternellement. Comment son fils, le grand Koxinga, à la tête de la flotte des pirates, vingt-cinq mille combattants, venge son père, écume la côte des rives du Jangzi à Nankin, vole Formose aux Hollandais, comment il devient un héros national. Histoire millénaire des pirates chinois. Parmi les grands rois pirates, les Dawang, Chang Paou a quelques préférences : Sun En, un magicien que l'on rencontre, ferraillant contre les terribles Jin, sur les côtes du Shandong. Luttant contre l'impôt sous les Song du Sud, le chef des paludiers du Guangdong, un certain Feng Deng, dont la flotte est crainte. Comme celle de Fang Guozhen et des pirates du Zhejiang qui naviguent de l'estuaire du Yangzi à celui du Zhujiang. Comment ne pas avoir de l'admiration pour les deux généraux Ming, Yu Dayou et Qi Jiguang, qui de toute l'histoire de la piraterie sont les deux seuls officiers chinois à avoir su résister aux brigands japonais ? Comment ne pas se délecter à la lecture des récits des batailles de Zhengqi qui fait alliance, à la fin du XVIIIe siècle, avec un grand pirate vietnamien, Nguyën Thinh Sen ? Comment ne pas regretter la mort, par décapitation, de Wang Zhi, allié aux Wokou japonais, installé dans l'île de Kyûshû et fait *Jinhaiwang* – souverain qui nettoie les mers – par l'empereur ?

Canton, cette nuit, semble dormir à poings fermés. Les tankas, eux aussi, misérables pêcheurs auprès desquels Mme Ching recrute souvent, se reposent. Les îles, les rivières sont sages. Cinquante mille jonques sont à l'arrêt. Les fines jonques des rivières comme celles qui vont dans la mer profonde. C'est la mousson et la pêche est impossible. Les tavernes sont fermées depuis longtemps et les marchés n'ont pas de poisson. Le Yang-tseu-kiang apporte ce qu'il reste de nourriture. Pourtant, le monde entier continue de se presser dans la ville : marchands arabes, indiens, de toute l'Asie du Sud-Est... Canton, ville ouverte, la seule, aux Européens. Personne ne sait encore, à cette heure, que la Confédération des pirates vit ses dernières heures. Au quartier général de celle-ci, dans la presqu'île de Lei Tcheon, on compte les esclaves, des milliers, les chevaux interceptés dans les grands convois qui viennent d'Inde et de Perse, on pèse l'opium, les épices. Et l'on fait festin : riz et poisson, plutôt que rats et suif ou cancrelats, comme c'est pourtant souvent le cas... On fait réparer les plus belles jonques qui devront se rendre, les premières, les jonques à six mâts, douze voiles, quatre ponts, les grandes jonques qui sont faites pour la haute mer.

À Canton, dans la chambre d'une pension, un officier anglais, Richard Glaspool, prépare, à sa manière, la soumission de la Confédération à l'empereur. Il vient de passer quelques mois, en tant que prisonnier, sur les jonques des pirates chinois et connaît la liaison qui unit Mme Ching à son chef d'escadre et poète préféré. Arrêté par les pirates chinois alors qu'il était sur un bateau de la Compagnie des Indes orientales, le *Marquis of Ely*, Glaspool a été libéré parce qu'il a accepté de coopérer avec eux, contre les représentants de l'empereur : « Après tout, on ne me demanda pas de faire la guerre à des Européens, mais à des chiens jaunes », écrit-il, pour se justifier devant l'Histoire. La Confédération va se soumettre demain. Il est temps d'en écrire l'épopée. Glaspool commencera ses *Mémoires* ce soir, il sent bien que le sujet intéressera les éditeurs à Londres : « Les ladrones n'ont pas de résidence fixe à terre, mais vivent constamment à bord de leurs navires. L'arrière est réservé au capitaine et à ses femmes ; il en a généralement cinq ou six. Chaque homme a sa petite place de quatre pieds carrés environ où il installe ses femmes et sa famille. Le nombre d'êtres vivants ainsi entassés dans un aussi petit espace laisse supposer qu'ils sont extrêmement sales, et c'est conforme à la réalité, si bien que leurs navires fourmillent de toutes espèces de vermines, les rats en particulier, dont ils encouragent la production et qu'ils mangent comme une véritable friandise, car il y a bien peu de créatures qu'ils ne mangent pas. Pendant notre captivité, nous avons vécu trois semaines de chenilles au riz. Ils adorent le jeu et passent toutes leurs heures de loisir à jouer aux cartes et à fumer de l'opium. »

Mme Ching a du mal à dormir. Il fait chaud et il n'y a pas d'air dans sa grande cabine, pourtant normalement bien aérée. Demain, elle ne sera plus pirate.

Contrebandière, peut-être. Avec tout l'or, l'argent et l'opium qu'elle a. À moins que... Le gouverneur ne lui a-t-il pas pris la main quand ils ont été seuls, quelques brefs instants, à la table des négociations ? Ce regard brûlant qui semble lui dire qu'il la veut pour femme, et non chef des pirates... Au-dehors, une chanson résonne. Une chanson qui moque un autre gouverneur, Na Yen Cheng. Mme Ching frappe contre la cloison, demande à un domestique qu'il fasse taire l'impudent. Il ne faut pas fâcher les nouveaux alliés, le pouvoir impérial. D'autant que la campagne militaire de Na Yen Cheng, il y a cinq ans, a été très efficace. Ses jonques, avec leurs puissants canons, ont fait des ravages dans la flotte de Mme Ching, des centaines de victimes. Et pourtant, la veuve Ching en a gagné, des batailles, contre la marine impériale : le général Lin Fa, l'amiral Tsuan Nox Sun et ses cent jonques, Ting Kwei Heu et Tsuen Mow, Pouy Noo, même aidé par les Portugais, tous pourraient témoigner que la Confédération est presque invulnérable et que la veuve Ching est un très grand amiral des pirates. Tsuen Mow particulièrement, lui qui a voulu jeter des brandons dans les voiles lattées de Mme Ching, faire rôtir tout vivants les pirates de la Confédération et qui a, finalement, été défait.

Elle ne supporte plus l'amour de Chang Paou. Lui ne comprend rien, même avec les mots, même avec les coups. Leur histoire n'aurait jamais dû prendre ce tournant. Elle se souvient de lui, jeune homme, prisonnier de sa flotte. Otage, trouvé dans un village, orphelin. Ching Yih, son mari, venait de mourir. Elle était veuve et sans enfants, le chef des pirates ne voulant laisser aucune descendance après lui. Le regard de Chang Paou l'avait émue, il lui avait composé un poème, un joli petit poème qui avait vanté sa beauté, elle qui n'est pas belle. Mme Ching l'avait pris sur son escadre, sur sa jonque, à son service. Chang Paou avait grandi, grossi aussi, assez largement, pris de l'assurance, en poésie comme en piraterie, il avait eu dix-huit ans et une nuit, elle l'avait pris comme amant, après l'avoir élevé comme fils.

Il n'en peut plus, Chang Paou. Il est incapable de composer le poème qu'il voulait, triste, sur la mort de la Confédération. Il veut lui parler, la convaincre que c'est folie d'arrêter ainsi une histoire qui est celle de Ching Yih, son défunt mari, mais aussi celle de siècles et de siècles de pirates qui luttent pour la vie, pour la mort, contre les Mandarins. Il commande à un pilote de le conduire sur la grande jonque de la Confédération, l'escadre Bleue, là où vit Mme Ching. Si souvent, il s'est rendu la nuit chez elle. Il a la nostalgie de cet amour, de ces heures qui passent si vite dès lors qu'on est ensemble, de ces rencontres nocturnes, de leurs jeux de cartes à n'en plus finir, lui buvant de l'alcool blanc, elle fumant de l'opium, et vice versa. Souvenir de leurs caresses, de leurs étreintes, de ces poèmes qu'il lui lisait en la possédant, qu'il composait en allant et venant dans son ventre. Fol amour. Il est sur sa jonque. Devant sa cabine. Comme à son habitude, ne frappe pas. Entre. Ching Yih-saou est étendue sur leur couche et prend, avec une pipe en ivoire, un peu d'opium. Chang Paou, une fois encore, s'extasie devant elle. Il lui trouve une beauté rare, mais qui n'est pas physique. Ses dents sont cariées, ses yeux paraissent hagards. Mais elle lui plaît. Follement.

Il la regarde, une dernière fois, avec ces cheveux magnifiques, noir de jais, cette graisse qu'elle passe dessus. Quand elle l'aperçoit, qui entre dans la cabine, elle détourne la tête, rageusement. Ce visage dur, fermé, cette autorité qui ne supporte pas la moindre contradiction. Femme contrôlée. Les équipages la craindront jusqu'au dernier instant... Elle a appris, des côtes d'Annam et de Cochinchine, la vie à bord, la règle sanguinaire de leur vie errante, douloureuse, mélancolique souvent, songe Chang Paou. Un règlement s'impose d'autant plus et le leur est sans appel : « Si un homme va à terre sans permission, il aura les oreilles percées en présence de toute sa flotte ; en cas de récidive, il sera mis à mort. Il est interdit de prendre à titre privé la moindre chose du butin provenant du pillage. Tout sera enregistré et le pirate recevra pour lui deux parts sur dix, les huit autres appartiendront au magasin dénommé le fonds général ; prendre quoi que ce soit de ce fonds général entraînera la mort. Personne ne devra débaucher pour son plaisir les femmes captives prises dans les villages ou la campagne, et amenées à bord d'un navire, on devra d'abord demander la permission à l'économe et se retirer dans la cale du navire. User de violence à l'égard d'une femme sans la permission de l'économe sera puni de mort. » Chang Paou sait ce que vaut ce raisonnement. Mme Ching ne veut pas que ses pirates violent les prisonnières à la lumière du jour. Dans la cale, qu'importe ! Si l'équipage y trouve de l'agrément... mais cela ne doit pas se savoir. Et, surtout, que ces hommes, infects avec leurs désirs infects, n'abîment pas ces femmes : elles valent cher, ce sont de belles marchandises qu'on vend facilement. Parfois ces femmes résistaient, il fallait les écouter, en apparence, leur proposer alors de les épouser. Si elles refusaient, on les décapitait. Ching Yih-saou n'aime pas les femmes, à dire vrai, Chang Paou le sait, les belles femmes surtout, qui pourraient lui faire concurrence. La glace lui renvoie un visage ingrat, un regard mort, une peau imparfaite. Mais à l'intérieur, quelle puissance, quelle énergie, quelle volonté de commander ! Peu de femmes ont autant impressionné Chang Paou, sauf, peut-être, cette Mei Ying, très belle, qu'il avait faite prisonnière et qu'un de ses hommes a voulu prendre. Le pirate l'attache au mât, Mei Ying se libère, l'insulte, il lui casse deux dents d'un coup de tête, elle le saisit au cou, l'égorge et plonge dans la mer avec sa proie. Ils se noient tous les deux. Chang Paou avait composé un beau poème, très inspiré.

Ching Yih-saou refuse de lui parler, lui jette sa pipe à opium à la figure. Chang Paou a tout appris, à ses côtés. Il a appris la cruauté. Si un prisonnier ne peut payer sa rançon, refuse de se faire pirate, il saura le faire pendre par les bras au haut du mât, le fracasser ainsi plusieurs fois sur le pont, jusqu'à ce que mort s'ensuive. Mais il a appris la justice, également : ne pas piller les villages côtiers qui paient tribut et ravitaillent les pirates, ne jamais s'attaquer aux pauvres... Une organisation parfaite, une discipline de fer. À la guerre, comme en amour. Ils sont des amants comblés.

Dans le port, une centaine de bateaux sont déjà à quai ou prêts à l'être. Si tout va bien, c'est cinq cents d'entre eux que Ching Yih-saou livrera demain. Les embarcations se regroupent par escadres, derrière les oriflammes et leurs couleurs : rouge, violet, vert, noir, jaune et pour la sixième, bleue, l'effigie du serpent. Les lieutenants vont, dans quelques heures, se regrouper autour de la veuve Ching. À l'appel : « Pâture des grenouilles », « Vague pleine de poissons », « Filet riche en mulets », « Fléau de la mer matinale »... Chang Paou a écrit des poèmes sur presque chacun d'entre eux. Que lui importe que la vermine et les rats rongent les jonques et les marins, de la flotte de Ching Yih-saou ? Il ne voit que la poésie, la promesse d'une aube, la tentation des crépuscules sur la mer de Chine. Ils ont tant voyagé ensemble ! Peu de mers qu'ils n'aient écumées, peu de villages côtiers, de ports qu'ils ne connaissent et qu'ils n'aient rançonnés. Ils sont allés sur les côtes du Bengale aussi, dans la mer de Java, de Sulu, du Japon. Partout, on les prend pour des héros, les grands haidos, les pirates de mer, à la différence des hufei, les pirates des lacs et des rivières, et des shanzei, évidemment, qui sont les brigands des montagnes. Souvent, ils châtient les usurpateurs et les mauvais mandarins, les princes corrompus.

Quatre grandes flottes impériales vont les poursuivre, vainement, des années durant. Tous leurs équipages sont systématiquement massacrés. Chang Paou n'est pas près d'oublier ces combats. Les Anglais et les Hollandais n'osaient plus les aborder. La Marine impériale décida de réagir. Début 1808. On envoya le vieil amiral Kwo Lang, également ministre de la Guerre, pour écraser la Confédération. Kwo Lang se battit comme un brave, mais sa flotte fut défaite. Sa honte était grande : il se jeta sur Chang Paou, le prenant par les cheveux, pour que le pirate le massacre.

Chang Paou ne veut pas lui plonger son épée dans le corps, car il a du respect pour ce grand marin, sage au demeurant. C'est alors que Kwo Lang, voyant que la réparation de sa faute ne viendra pas de son ennemi, s'inflige à lui-même la mort. D'un coup violent de sabre, il se décapite et sa tête rejoint la mer déjà rougie du sang de ses centaines de soldats massacrés.

Ils vont rendre en réalité, tous comptes faits, trois cents jonques, plus de quinze mille hommes, cinq mille femmes et plus de mille canons. Les jonques sont magnifiques, de quinze à deux cents tonneaux, portant jusqu'à vingt-cinq canons chacune. Sur les six escadres, trois, seulement, vont se rendre sûrement. Elle sait qu'il leur faudra pourchasser ceux qui hésitent encore, c'est le gouverneur qui le lui a demandé. Elle a bien négocié, cet après-midi, avec lui. Tous les hommes qui le désirent seront amnistiés, ceux qui voudraient travailler la terre le pourront, ceux qui préfèrent rester en mer entreront dans les troupes impériales. Les espions que Mme Ching a placés un peu partout sur les côtes, mais aussi à la Cour, sont formels : l'empereur tiendra sa parole. Un dernier rapport qui donne des éléments sur le mouvement des navires impériaux, les intentions des amiraux vient de lui parvenir et atteste la volonté de tous de respecter la soumission. La pirate a tout lieu de croire ses informateurs : des années durant, ils lui ont permis de se déplacer partout, au bon endroit, au moindre risque. Son réseau de fines oreilles est réputé dans toute la Chine.

C'est à O Po Tae, d'une certaine manière, qu'ils doivent cette reddition pacifique, et cela ne fait guère plaisir à Chang Paou. Pour lui, c'est une reddition, et non une soumission. Que lui importe à lui, Chang Paou, d'être nommé chef d'escadre, comme on le lui promet ? Que lui importe qu'on leur rembourse leur part du butin. Qu'on donne aux milliers d'hommes qui seront amnistiés du porc, du vin et de l'argent, et un métier qui plus est. Pour un peu, il aurait presque de l'admiration pour « Nourriture des grenouilles », le chef d'escadre le plus rebelle, qui a décidé de se réfugier aux Philippines. Tous les honneurs qui lui seront conférés l'indiffèrent : il sait, depuis ce soir, qu'il a perdu Mme Ching et que le gouverneur veut en faire sa maîtresse, plus peut-être. Ils sont faits pour s'entendre : cyniques, froids, des monstres d'égoïsme et de calcul. Cette soumission partagée en est le plus bel exemple ! O Po Tae a trahi, lui, le chef de l'escadre Verte, si jaloux de la relation entre la veuve Ching et Chang Paou. L'empereur lui a accordé son pardon en échange de son escadre et il a respecté sa promesse. Ce jour-là, la veuve Ching a perdu près de dix mille marins, deux cents navires, cinq cents gros canons. Chang Paou déteste O Po Tae, qui lui avait livré un combat un jour, avait tué plus de trois cents soldats et coulé plus de quinze belles jonques. Jalousie. Rivalité. De ce jour, O Po Tae a su qu'il devrait se rendre à la flotte des mandarins, car on ne s'attaque pas au Premier ministre de la Confédération, on ne s'attaque pas à un grand poète, on ne s'attaque surtout pas à l'amant de Ching Yih-sao.

Le jour est près de se lever. Dans sa chambre, la lumière éclaire la feuille sur laquelle le capitaine Glaspool a commencé l'histoire des Ladrones, le grand récit de la Confédération. Il n'a pas cessé d'écrire de toute la nuit, se souvenant des moments passés sur la jonque de Chang Paou. Il a encore en mémoire ces retours d'expéditions, avec les pirates, frappant les prisonniers avec des joncs, des têtes sanglantes accrochées à leurs nattes. Et cette eau, cette eau terrible dans laquelle leurs jonques faisaient leur chemin, cette eau rouge du sang de milliers de corps déchiquetés, coupés en tout petits morceaux : « Trois cents hommes se jetèrent sur la rive, armés de sabres suspendus à des fourreaux sous chaque aisselle. Ils coururent à l'endroit où se trouvaient les jonques ennemies. Ils plongèrent et en approchèrent à la nage. Ce fut comme une invasion de rats. Les marins impériaux, pris de panique, sautèrent par-dessus bord, de l'autre côté, pour tenter de gagner la rive d'en face... Les pirates, tout en se maintenant à la surface, avaient dégainé et sabraient à tour de bras, coupant bras et jambes des fuyards dans l'eau même. »

Dans sa cabine, Ching Yih-saou regarde la statuette qui ne la quitte jamais. Une représentation sommaire en bois de la déesse de la Mer, et une autre statuette qui figure Tin Hau, un génie tutélaire qu'elle consulte dans les moments importants. Le jour s'est complètement levé sur la baie, les jonques de son escadre sont prêtes. Sur les ponts respectifs, les équipages ont déposé le linge, la nourriture, les voilures de nattes, les cordages, tout ce qui pourrait se gâter. Les hommes et les femmes se sont résolus à la soumission. Dans quelques heures, le gouverneur va leur expliquer qu'ils ne sont pas des forbans, Mme Ching leur assurera qu'ils ont bien fait d'être des justiciers et des protecteurs des plus pauvres mais qu'aujourd'hui, il faut, parce que la transaction est bonne, se soumettre aux mandarins, comme l'a fait O Po Tae avec les hommes et les femmes de l'escadre Verte. Elle ne leur dira pas, certes, qu'elle est fatiguée de ces années de piraterie, qu'elle n'a jamais choisi d'être leur chef, ni même d'être mariée au précédent chef de la Confédération. De Ching, son premier mari, qui fut aussi son premier amant, elle a aimé la puissance physique, la sécurité qu'il lui apportait, sans jamais savoir à ce stade qu'il était le plus grand des pirates. Elle a découvert son activité après que leur mariage fut consommé, alors elle s'est adaptée, elle a joué le jeu, l'a accompagné. Une fois mort, elle l'a remplacé. Puis, avec Chang Paou, elle a découvert ce qu'aimer, protéger, voulait dire. Elle l'a pris comme on adopte un enfant. Il est devenu son amant, elle a aimé ses poèmes. Elle s'est lassée. Elle vient de le lui dire. Il a longuement pleuré sur son épaule, dit qu'il allait mourir, elle lui a dit : « Non, ne meurs pas, compose un poème, un poème triste sur la fin de notre amour, la fin de la Confédération, la mort de tout », il a pleuré encore, parlé du gouverneur, elle lui a dit la vérité : « Oui, ne pleure plus, je t'en supplie, oui, cet homme-là me plaît et crois-moi bien, dans quelques heures, je serai sa femme. »

CHAPITRE XII

Scénario idéal pour un film sur la vie de Robert Surcouf

Réponse de Robert Surcouf à un capitaine anglais lui disant « Nous, Monsieur, nous ne combattons pas pour l'argent, mais pour l'honneur » : « Vous avez raison, Monsieur, chacun de nous combat pour ce qui lui manque. »

8 juillet 1827, en route pour Saint-Malo. Un violent orage par une nuit d'été. À la lueur des flambeaux, un étrange convoi tiré par des chevaux apeurés traverse la lande bretonne. Trois hommes grimpés sur l'attelage s'agitent, pressent l'allure, jurant en patois, tutoyant l'Ankou. On atteint enfin une gentilhommière, très basse, avec une haute tourelle, à la fenêtre de laquelle une femme apparaît.

Deux hommes, l'un dans la force de l'âge et athlète, l'autre déjà vieillard – avec un fort accent anglais –, attendent sur le perron. Les palmiers et cèdres qui envahissent le parc font un étrange contraste avec cette malouinière médiévale de Riancourt, à Saint-Servan, toute en corniches et meurtrières... Une meute de chiens accueille à son tour la voiture.

Un homme très corpulent, au visage bouffi, en est

descendu précautionneusement. Robert Surcouf, au seuil de sa vie, ne tient plus debout. Il est en sueur, énorme masse informe de chair et de muscles, mais hilare, comme à son habitude. Deux petits yeux brillants qui émergent d'un visage couvert de taches de rousseur et qui semblent dire, à la veille de la quitter, le goût de la vie. À peine entré, il ordonne qu'on serve à boire à la compagnie dans la grande salle où des tapisseries des Flandres, des miroirs et des glaces biseautés, des pendules en marqueterie, des garnitures en porcelaine de Chine et des meubles en bois de rose et d'acajou disent la richesse de l'armateur. Marie-Catherine, sa femme, le regarde avec l'inquiétude de l'amour qui « sait ». La maladie fait son chemin au creux du ventre, au fond des intestins. Surcouf salue ses deux hôtes, le peintre de marine Louis Garneray et le général anglais Saint-John, puis s'excuse : « Un besoin vraiment urgent, je suis à vous... »

On aperçoit, dans la pièce d'à côté, Surcouf assis sur une grosse pièce de bois plate, imitant un ouvrage relié. À peine relevé, un domestique s'empare du « livre » servant de tinette pour aller le vider au-dehors. Sur la fausse reliure, on peut lire en grosse dorure : « Voyage en Angleterre ». Saint-John, devant la mine amusée de Surcouf, sourit : ce n'est pas la première fois que son vieil ami joue le facétieux. Un dernier clin d'œil ? Oui, un dernier vraiment entre eux, car Surcouf inexorablement pâlit, affreusement livide, chancelle, tombe à terre, évanoui. On se précipite.

Quelques jours plus tard

La lande a séché, soleil magnifique, scintillement de mer. Garneray et Saint-John sont côte à côte sur un petit boutre, le visage recueilli. Marie-Catherine, des enfants, les leurs, sur un autre bateau. Plus d'une cinquantaine d'embarcations forment une imposante escorte. Le cercueil naviculaire, portant le corps de Robert Surcouf, le roi des corsaires, placé dans une longue chaloupe tendue de crêpe, traverse une dernière fois le petit bras de mer qui sépare Saint-Servan et Saint-Malo. Les clergés des deux communes accompagnent le corps en mer. Tous les pavillons sont en berne et au passage du corps, les matelots des autres embarcations font « lève rames » et matent les avirons. Une foule compacte envahit les quais et occupe les remparts. La garde nationale présente les armes, des tambours claquent de partout. De vieux corsaires pleurent, leurs larmes glissent tout au long des cicatrices, témoins de combats héroïques au sabre d'abordage. Puis le silence qui accompagne le cortège ; à peine le tintement du glas et les cris déchirants des mouettes noires devenues veuves. À l'entrée du cimetière de Rocabey, une salve puissante de mousqueterie. Garneray et Saint-John s'éloignent de la foule massée près de la sépulture. On les devine se parler, évoquer les très grandes années, le génie de Surcouf, l'abordage du *Kent*. Il y a plus de vingt ans...

Septembre 1827, Londres

Scènes de joie dans la rue de la capitale anglaise. Des vendeurs de journaux à la criée, devant la Stock Exchange : « Good news : le mortel ennemi de l'Angleterre est mort. » Des gamins courent et hurlent, sans rien comprendre : « He's dead ! he's dead ! »

La rumeur est enfin imprimée. Il est des encres sympathiques pour les Britons. Dans son bureau, lord George Canning, Premier ministre de Sa Majesté, nommé il y a quelques mois, s'est fait servir son déjeuner. Il savoure autant son roast-beef bien saignant baigné dans la sauce à la menthe que la bonne nouvelle de la journée. La seule bonne nouvelle pour le Premier ministre. En une : « Quatre cents sociétés font faillite. L'économie du pays en péril... Les cours des actions s'effondrent... Que fait le gouvernement Canning ? » Rouge cramoisi, hilare et rond, crâne totalement dégarni, Canning étonne son jeune chef de cabinet, un petit personnage à la figure comme poudrée, avec comme du plâtre sur les mains qu'il a fines et manucurées. Viande à la bouche, écumant de bonheur, Canning explique : « Cet homme a empoisonné ma carrière, il a gâché ma vie. Parce qu'en 1800, exactement, j'ai tout perdu en Bourse. Par sa faute. Parce que, quand j'étais ministre des Affaires étrangères, entre 1807 et 1809, ce Surcouf m'a donné des insomnies. On le croyait retiré des affaires, ce chien des mers, et il est revenu, bougre des bougres ! » Sa fourchette en argent brandit un morceau de viande nappé de sauce qui finit par couler sur la main, la manche... Le regard effaré du chef de cabinet interroge la folie de Canning. Surcouf, un nom qu'il s'interdit de prononcer devant lui. Le seul souvenir de cette époque ulcère le Premier ministre, il enrage à la simple évocation du nom du corsaire français. Mais là, ce midi, Canning sait qu'il est enfin vengé.

Et qu'à jamais la guerre de course est terminée. Robert Surcouf, le diable dans son sac, roi des corsaires, dernier d'entre eux, crevé d'entre ces pourris de Gaulois !

1807

À Londres, panique totale chez les armateurs anglais. Les assureurs de la City font, tour à tour, faillite. On ne parle que du *Revenant*, qui porte si bien son nom, tant on croyait que la France, après la terrible expérience de Trafalgar, ne s'aventurerait plus jamais sur la mer. Deux ans après l'apocalypse, Robert Surcouf, qu'on imagine assagi, grand bourgeois de Saint-Malo, tout occupé par sa société d'armement, décide de reprendre du service. William Pitt vient de mourir, mais l'Angleterre est forte. Decrès, le ministre français de la Marine, obéit aveuglément à son empereur.

Surcouf vient de fêter ses trente-quatre ans. Il est aussi célèbre que riche. Marié et père de famille, rien ne devrait le conduire à repartir faire la course. Tous les journaux ont relaté ses exploits : lui, l'allié de l'une des premières familles de Saint-Malo, il vient d'être décoré de la Légion d'honneur, et ce n'est pas rien, à l'époque. Certes, il a grossi, son visage s'est épaissi et son regard, inconstant, trahit une certaine fatigue, en même temps que ses yeux bleus continuent de s'émerveiller de ce qu'ils aperçoivent, lorsqu'il traîne – et il ne peut s'en empêcher – le long des cales et des chantiers Blaize, Surcouf et Cie. Odeurs de poudre, de bois de pin et de bois de chêne. Chaudrons de goudron et de brai. Tas d'étoupes, de cordages, voiles recouvertes de tanin. Il converse alors avec les charpentiers, les cordiers, épissoirs au poing, il s'attarde près des carlingues, des quilles, des étraves, s'arrête devant la cage thoracique d'une coque en construction, tutoie les calfats, participe au placement des accastillages, des bômes. Surcouf se réserve le droit de choisir lui-même les ancres et les chaînes. C'est ici, au sec ou au radoub, avec les ouvriers, les marins, les officiers, aux côtés des bateaux ou sur leurs ponts, qu'il est vraiment heureux. Nulle part ailleurs. Tout baron d'Empire qu'il est, le Gros Robert, comme les Malouins le surnomment parfois, a gardé une âme d'enfant.

Mais les chantiers navals ne sont pas tout à fait la mer... Cela fait plus de six ans qu'il n'a pas navigué, ou si peu, quelques heures pour ne pas tout oublier. Les parties de tric-trac le soir, pendant que les dames de Saint-Malo, frisées et parfumées, se disputent la dernière étoffe des Indes, les mousselines et les tissus de Madras, ont fini par le lasser. Surcouf tourne en rond et pas uniquement dans son corps qui, inexorablement, s'épaissit lorsqu'il reste à terre. Sa situation en vue lui interdit de fréquenter aujourd'hui les cabarets comme *La Licorne* ou *La Crevaille* et il se contente des récits fiévreux de quelques vieux amis célibataires. Dans ce somptueux hôtel particulier où il fait trop bonne chère, Surcouf s'ennuie, s'ennuie à en mourir.

Armateur. Un métier qu'il aime, pourtant, et qu'il sait faire comme il sait faire la course. Un havane aux lèvres, il signe tous les matins des lettres de change pour la société qu'il a fondée avec son beau-père, Louis Blaize de Maisonneuve. Sa face carrée, léonine, son épaisse crinière qui lui mange le front, son front s'épatant en mufle, un nez court et aplati, tout son visage s'éclaire, jour après jour, à la lecture des tableaux, des profits réalisés par la société et à l'annonce de nouvelles prises. Son calme, cette affirmation, cette mine décidée, presque de contentement, cachent, en vérité, une fièvre forte : le besoin de rivaliser, de se mesurer à plus fort que soi, de se battre. Sa richesse est immense, aujourd'hui. Le prospère armateur a rempli d'or ses coffres en attaquant des pavillons ennemis de la France, a fait fortune près de l'île de France, ne dédaignant pas la traite d'esclaves pour le compte des planteurs de l'île Bourbon. Mais la richesse ne l'étonne plus, elle est là, acquise, trop certaine.

Un matin, une lettre lui apprend la mort de son frère Charles, resté à l'île de France, à Port-Louis, alors nommé Port-Napoléon, pour faire fructifier la fortune que Robert y a laissée. Tous les prétextes sont bons pour partir, mais cette disparition agit souverainement. Charles, le frère aîné, le frère aimé : toute l'histoire d'une vie, cette fraternité. Il faut également venger Trafalgar, sauver la marine française de sa faillite et de ses désarrois profonds, retrouver la joie virile de l'abordage, faire, bien entendu, de bonnes affaires en route, gérer ses biens de l'île de France. Et peut-être, certainement, retrouver les filles, les bordels épicés de l'océan Indien, quitter Mme Surcouf, son beau-père, sa famille si présente...

Sur le papier à en-tête de la société, il dessine une figure de proue.

Six mois plus tard, un ébéniste malouin sculpte à la tête de l'étrave d'un magnifique trois-mâts aux lignes élancées, de plus de trente-six mètres, jaugeant trois cents tonneaux, la figure d'un homme qui ressuscite en écartant son linceul. Un revenant. Comme Robert Surcouf sur les mers. Farine, salaisons, vin, viandes salées, huile, draps, toiles, planches et canons montent en quelques jours à bord. Un peintre met la dernière main à l'ouvrage. Il dessine en lettres rouges, bien rouges, à l'avant du navire : *Le Revenant.*

Lord Canning, vingt ans plus tard, se souvient et la parole, étranglée, lui brûle encore la gorge : « Les plus grands banquiers français le soutenaient. » Le jeune chef de cabinet écoute, fasciné, le récit des triomphes du revenant... Robert Surcouf : la prise, à Madère, de l'*Ann*, négrier anglais de Liverpool, la destruction d'un corsaire, la capture de sept navires marchands. Le suicide du capitaine Robson, dont le bateau, le *Trafalgar* – tout un symbole –, chargé de riz et de thé, est arraisonné. Le *Mangles*, capitaine Galloway, l'*Admiral Applin*, capitaine Wattington, le *Hunter,* le *New Endeavour,* le *Colonel Macaulay,* le *Theresa,* le *Sir William Burroughs*, et tant d'autres...

Deux années durant, entre 1807 et 1809, Londres est obsédé par le retour de Surcouf sur les mers. Le Français est l'objet de récits, de contes à dormir debout, de chroniques dans les journaux. Les banquiers s'impatientent, les assureurs refusent désormais de prendre tout vrai risque. Lord Canning, alors aux

Affaires étrangères, est vivement critiqué pour son incapacité à régler ce différend diplomatique. L'Angleterre, devant ses pertes grandissantes, décide d'interdire à ses bâtiments de commercer. Alors que *Le Revenant*, capitaine Surcouf, entre dans l'estuaire de la Rance, chargé de près de huit millions de denrées coloniales, ce 4 février 1809 est à marquer d'une pierre noire pour l'ennemi héréditaire : lord Canning démissionne avec fracas.

Le jeune chef de cabinet s'est retiré. De Canning, il ne tirera rien de plus aujourd'hui. S'il veut savoir qui est ce Français de malheur qui vient de rendre l'âme à Dieu, il devra se renseigner ailleurs.

12 décembre 1773

Un temps de chien, le ciel noir, une pluie serrée, un homme à cheval se hâte de traverser le pont de Rocabey, qui réunit le Sillon au Talard, avant que la marée ne fasse de Saint-Malo une île. Une charrette qui passe à vive allure l'éclabousse. Enfin, le guet apparaît. Un homme en armes l'arrête : « Qui es-tu ? » « Breton, Français, mais d'abord Malouin ! » répond le cavalier. L'homme en faction reconnaît le receveur des douanes, Charles-Joseph Ange Surcouf, sieur de Boisgris. « Je n'ai que trop tardé... Je file, à l'heure qu'il est, sache que les Surcouf sont un de plus... »

La ville, au matin, se découvre lentement comme un mystère incertain. Navire de pierre. Rude navigation. Partout où l'œil se porte, murailles, tours, l'œuvre sublime de Vauban. La porte Saint-Vincent, le château vers le Sillon, ses deux grosses tours, la Générale et la Qui-qu'engrogne. Puis la mer, l'embouchure de la Rance, Saint-Servan, le port, des centaines de bateaux cernés de corderies, de cabarets, de bassins...

Son cheval s'engouffre derrière le rempart nord, entre les rues de la Poudrière et du Chat-qui-danse. Le cavalier, les vêtements trempés et couverts de boue, s'arrête devant un hôtel, y pénètre. Un domestique lui tend un enfant, le petit Robert, qui vient tout juste de naître au monde.

Quelques mois plus tard, à la cathédrale Saint-Sauveur. L'enfant reçoit l'onction de baptême des mains de l'abbé Morin. Rose-Julienne, Truchot de son nom de jeune fille, et Charles-Joseph Ange Surcouf sont des parents comblés. L'assistance écoute le sermon, on y parle de tout, de la vie nouvelle apportée par Dieu à la ville de Saint-Malo, mais également du quotidien de la cité corsaire. « Nous avons beaucoup donné, nous les Malouins. Au royaume de France, au Trésor royal. Nous avons porté notre nom par-delà les mers, un nom qui fait trembler Albion. La populace de Londres a demandé devant les fenêtres de son Parlement la destruction de cette ville dont elle redoute depuis toujours les marins. Saint-Malo, toujours prodigue de son sang et de son or quand la France en a besoin, s'est vaillamment défendu contre l'ennemi. Nos remparts de granit ont résisté aux bombes incendiaires et aux brûlots. Mais aujourd'hui que notre commerce est empêché par la guerre, que nos pêcheurs ne peuvent plus aller à Terre-Neuve, ni nos négociants en Espagne, nous demandons de favoriser ceux d'entre nous qui veulent pratiquer la course. Il faut en simplifier la procédure, en exciter l'émulation, ouvrir nos arsenaux de la marine pour nos corsaires. Faut-il rappeler que le chanoine Porée du Parc, grand chantre de notre cathédrale, a, au mépris des esprits chagrins et trop idéalistes, jugé la prise licite ? Et que notre église a seulement demandé à nos marins de remettre les objets sacrés ou les reliques qu'ils saisiraient en mer à nos sanctuaires... Que les marchands de Londres continuent de redouter notre vaillance. Remplir les caisses de l'État en affaiblissant l'ennemi est un acte éminemment patriotique... »

Nombreux sont les hommes de l'assistance qui manifestent leur contentement à l'écoute de ce sermon en poussant d'aimables petits grognements de bonheur. Seul, devant, Charles-Joseph Surcouf hausse les épaules... Un discours bien incongru, songe-t-il, pour le baptême d'un enfant qu'il destine, c'est assuré, à la prêtrise.

Images d'un enfant qui se promène dans les chemins creux et sur les grèves, près du manoir de la Drouainière, en Terlabouët, à côté de Cancale, où demeure maintenant la famille Surcouf. Cinq enfants, quatre garçons, une fille. Tous les soirs, l'enfant s'endort en rêvant à l'histoire fabuleuse que son frère aîné Charles vient de lui conter : la belle dame de Clisson qui semait la terreur en mer, Philippe Roussel, capitaine malouin de *La Pourrie*, les récits des Frères de la Côte à l'île de la Tortue, ceux d'Anne Dieu-le-Veult, les armateurs d'Éon, le malchanceux Jacques Cassard. Charles Cornic du Chesne, corsaire intrépide et fils de Morlaix, Claude-François Renart, marquis d'Amblimon, qui passera plus tard au service des Espagnols, François Thurot, valeureux corsaire, trop tôt mort sur les côtes d'Irlande. René Madec, nabab au service du Grand Mogol, né et mort à Quimper, Georges-René Pléville Le Pelley, de Granville, capitaine corsaire qui perdit si souvent sa jambe de bois aux Antilles ou aux Indes, après qu'un boulet lui eut arraché l'originale dans un combat sur la Manche. Suffren, certainement, dont les victoires en mer des Indes sont si célèbres. Mais plus que tout, c'est de Duguay-Trouin dont il rêve, ce héros qui lui est affilié, à travers le corsaire Porcon de la Barbinais, affirme son grand frère Charles qui lui ramène tous ses récits de ses voyages aux Antilles.

Robert a onze ans

Le père en a ainsi décidé. Robert est trop turbulent. Un matin, une voiture vient le chercher et le conduit au collège de Dinan. Une maison austère tenue par des prêtres. L'enfant sorcier y fera son apprentissage de l'état ecclésiastique.

Un soir, dans la salle d'études, Robert, tonsuré, organise un chahut collectif. Le père principal décide du châtiment, la peine du fouet, lui ordonne de s'allonger à terre. Robert s'exécute, mais lui mord, jusqu'au sang, rageusement la jambe. Seule la fuite est possible, il enjambe la fenêtre, se jette à terre, escalade le grand mur du collège et disparaît dans la nuit de l'hiver. Avec une seule obsession : rejoindre à pied le manoir de la Drouainière. C'est très loin, il titube dans la neige, s'effondre, glacé, s'endort. Une heure plus tard, des pêcheurs de Dinan le découvrent, inanimé, et le font conduire chez lui. Sa convalescence se passe en lecture des exploits des grands corsaires malouins. À peine guéri, il court à la Houle, le port de Cancale, face au Mont-Saint-Michel. Un soir, à table, son père lui cède tout. Les Surcouf sont des descendants de Vikings et Robert en porte les gènes. Un brick part dans une semaine. Robert sera donc mousse, et volontaire : ce 3 août 1786, il embarque sur *Le Héron* et fait du cabotage. Il n'a pas encore treize ans.

Sa mère, plus dévote que jamais, va ce jour-là brûler un cierge dans la petite chapelle de Notre-Dame-de-Grande-Puissance.

Décembre 1789

En mer. Robert Surcouf porte fièrement ses seize ans : pantalon court, veste bleue ouverte sur un gilet rouge, chemise à col Danton et chapeau à grands bords les jours de fête. Sur *L'Aurore*, cette fois, capitaine Tardinet. Un négrier. Surcouf apprend son métier, tient la barre de ce voilier de sept cents tonneaux, prend les caps, parcourt les cartes. Le lieutenant Saint-Pol se lie d'amitié avec lui, lui raconte la grande époque de la marine, qu'il a bien connue, les prodigieuses intuitions d'un Suffren. Mais la France a renoncé à la mer, à s'équiper, à sa marine, sa gloire maritime, courte, est désormais révolue pour Saint-Pol : « L'Anglais est trop fort... »

À bord, Robert dévore les mémoires du grand Vauban, souligne une phrase : « L'œuvre de la plus habile politique, ce n'est pas le choc brutal, c'est l'ébranlement des arcs-boutants de la Ligue par les coups répétés d'une guerre de mer subtile et dérobée qui, l'atteignant dans son trafic, effriterait sa puissance. » Une nuit, *L'Aurore* franchit le canal de Mozambique. C'est par centaines d'individus qu'on fait monter le bois d'ébène dans les soutes... Les nègres protestent à peine, l'un d'entre eux, en montant à bord, désigne le ciel, obscurci de nuages.

Le lendemain, des trombes de pluie retardent l'avancée du navire. L'ouragan est meurtrier. Le mât de misaine est arraché, le gouvernail cassé. *L'Aurore* achève de se briser contre la côte d'Afrique. L'équipage est sain et sauf. Restent les nègres, toujours enchaînés aux anneaux. Des cadavres par centaines.

La tempête met six jours pour se calmer. C'est alors que, par trois fois, Robert regagne l'épave pour y retirer effets et provisions des marins, un mouchoir imbibé de vinaigre contre le nez, tant la puanteur dégagée par les corps en putréfaction est infernale. En récompense de ce courage, Robert est fait lieutenant et s'exerce sur une palme – une goélette sans hunier – portugaise, le *Saint-Antoine*, avec laquelle l'équipage veut rallier les côtes de l'île de France. Après diverses péripéties, ils y arrivent. À ce moment, une nouvelle les attend : depuis six mois, la France connaît la plus belle et la plus folle de ses révolutions.

1792

Retour au pays malouin. « Père, je suis lieutenant. » Il retrouve également ses frères, Charles, l'aîné, et Nicolas, son cadet, qui lui aussi rêve de prendre la mer. Mais la situation est critique pour la marine française. Charles le lui explique : La Luzerne a rendu son tablier de ministre en justifiant sa démission « par l'esprit d'indiscipline générale ». Bougainville vient, pour les mêmes raisons, de refuser le titre de vice-amiral. Le corps de la marine est supprimé. Quant à Saint-Malo, la ville a beaucoup perdu de sa puissance, à l'image d'un pays qui sombre.

Paris, 27 mai 1792

À l'Assemblée législative, le député Kersaint condamne violemment la pratique de la guerre de course : « À terre, on ne peut dépouiller un voyageur, même s'il appartient à une nation ennemie. Suffit-il de changer d'élément pour que cela devienne licite ? » Quelques bien timides protestations s'élèvent.

Saint-Malo, été 1792

À terre, une fois encore, Surcouf étouffe et les parties de plaisir à *La Licorne* ont cessé de le distraire. Les grands changements politiques de son pays l'affectent peu. La traite est abolie, la Révolution est en marche. Qu'importe ! Il a servi son roi, il servira la République. Sauf si celle-ci persévère dans son désir de lui briser son rêve de courses... Il devient capitaine du brick *La Créole*. Un an plus tard, l'esclavage est aboli dans les colonies françaises.

Paris, janvier 1793

À la tribune de l'Assemblée, la Convention, devant le désastre de la « marine officielle », revient sur sa décision. Un député y déclare qu'après tout « la course n'est défendue par aucune loi et qu'ainsi tout Français n'a qu'à prendre conseil de son patriotisme ». Quelques mois plus tard, un journal s'imprime qui rend public le décret du 3 messidor an III : « Le Comité de salut public pense que les armements en se multipliant ranimeront dans les villes maritimes l'activité dont le commerce ne peut se passer sans danger. Le gouvernement anglais pourra, s'il le veut, se pavaner de ses escadres et les faire promener en ordre tactique ! La France se bornera à l'attaquer dans ce qu'elle a de plus cher, dans ce qui fait son bonheur et son existence, ses richesses [...]. »

À Saint-Malo, la population manifeste sa joie. Le premier informé, l'abbé Morin, se précipite chez les Surcouf, la gazette en main, pour prévenir son protégé, Robert. C'est sa mère, effondrée, qui l'accueille : Robert n'a pas attendu ces messieurs les députés pour prendre le large comme lieutenant sur *Le Navigateur*, avec un cap marqué sur l'île de France. Madame Mère se lamente : les Anglais sont véritablement les plus doués sur la mer, ils sont partout, allant jusqu'à contrôler la sortie de Brest. Sans parler de ces fameux pontons dont Charles, son fils, lui a longuement parlé...

Londres, 1793

L'Angleterre est irritée, le mot est faible. L'offensive lancée par le Comité de salut public ne peut rester sans réponse ni punition. Un député, ultraconservateur, âgé d'à peine vingt-trois ans et récemment élu, propose un châtiment exemplaire : « Punissons nos ennemis quand ils seront entre nos mains ! Réduisons-les à la famine en les enfermant sur nos vieux navires désaffectés. Il existe de semblables pontons sur la rivière Chatham à Portsmouth [...]. » Sa proposition est saluée par des applaudissements nourris. Celui qui vient de formuler ce qui tranchait si fort avec les atrocités de l'époque, celui-là qui vient d'inventer le concept de l'horreur concentrationnaire s'appelle... George Canning.

Portsmouth, 1794

Un vieux vaisseau démâté, retenu par des amarres, ancré à la file de huit autres prisons flottantes, à l'entrée de la rivière de Porchester. Des centaines de marins français, à peine recouverts de haillons en lambeaux, attendant d'être embarqués, chaînes aux pieds. Alors qu'on tente de les faire monter à bord, un médecin anglais s'interpose : « Ces hommes ont la fièvre, ils ne résisteront pas. » Ils monteront tout de même. Certains, sans connaissance, sont hissés. Puis déshabillés et plongés, à plusieurs reprises, dans des tonnes remplies d'eau glacée.

Ce sont les rescapés de la flotte française, celle

commandée par Villaret-Joyeuse, celle qui vient d'être écrasée par lord Howe. Il n'y a plus de marine française.

La fièvre putride est à bord. Les Anglais le savent.

Un homme nu, ruisselant et grelottant, reprend ses vêtements après ce bain forcé et s'avance vers un autre marin français, arrivé là il y a quelques semaines.

Ce dernier est venu lors d'une première fournée et est chargé d'inscrire et d'enregistrer sur le livre d'entrée le nom, l'âge, le grade des nouveaux arrivés. « Ton nom, camarade, et sèche-toi ! »

« Surcouf, répond l'autre, Charles Surcouf. » « Pas possible ! Mais ton frère... » Le lieutenant Saint-Pol ne peut retenir sa joie.

Charles Surcouf est habillé d'office. Chemise, pantalon et gilet jaunes. Au dos, deux lettres noires : T. O., comme Transport Office.

Port-Louis, île de France, fin 1794

Arrivé sur l'île en mars 1793, Robert Surcouf connaît les moindres recoins de cette terre peuplée par quelque cinquante mille habitants, dont près de quarante-cinq mille Noirs. De l'île, il ne connaissait que ce qu'un certain Bernardin de Saint-Pierre en disait dans un livre à succès qui vient de sortir en librairie et fait grand bruit. Entre deux passages de *Paul et Virginie*, c'est la guerre, la guerre aujourd'hui déclarée contre les Anglais, qui occupe ce jeune homme déjà un peu endurci, déjà un peu fort, les cheveux en broussaille. Surcouf est célèbre dans toute l'île : on lui doit d'avoir rompu le blocus que les Anglais exerçaient autour de ses côtes. Mais Londres et les Indes formant les deux extrémités d'une artère vitale de l'économie anglaise, Robert s'est également fait, en bon corsaire, un immense plaisir en « tâtant » des navires marchands de la Compagnie anglaise des Indes orientales.

Un matin d'octobre 1794, une frégate française, *La Prudente*, réussit à déjouer la surveillance anglaise et arrive à Port-Louis. Son capitaine confirme une nouvelle déjà connue, la chute de Robespierre en juillet de cette année, et une autre rumeur alarmante : les Anglais s'apprêtent à attaquer.

Dans la grande salle du conseil de l'Assemblée coloniale, le gouverneur Malartic convoque commandants de navires, officiers et armateurs. Il est décidé que cinq frégates françaises se porteront à l'attaque. Surcouf, présent, embarque comme second sur la *Cybèle*. C'est folie quand on compare les armements respectifs. Trois contre un pour les Anglais, commandés par le redoutable sir Samuel Osborn.

Portsmouth, début 1795

Charles Surcouf et Jean de Saint-Pol, au fond d'une batterie du ponton, leurs visages cadavériques à peine éclairés par un rai de lumière, mangent des oignons. Charles écrit : « Mon cher Robert, quelle ne fut pas notre joie quand nous apprîmes ton comportement, qui nous fut rapporté ici par un camarade malchanceux qui vient de nous rejoindre ce matin. Les English n'en sont pas revenus de la raclée infligée par nos corsaires à l'entrée de Port-Louis. Comme tu fus parmi ces valeureux, encore bravo... Sache, pour te réjouir encore plus, qu'ici on ne parle que du très pauvre sir Samuel Osborn qui vient d'être pendu pour avoir été responsable d'une défaite aussi pitoyable. Ce que tu ignores peut-être, c'est que dans ma mésaventure, j'ai retrouvé ton ami Saint-Pol et que nous évoquons souvent notre cher Robert. Nous te passons l'horreur quotidienne de notre vie, les aspersions forcées de nos geôliers à l'aide de pompes à incendie, le scorbut et le typhus. Quant à notre carré, il est garni d'une grande quantité de clous à têtes larges, serrés les uns contre les autres, ce qui constitue une muraille de fer. Des meurtrières pratiquées de distance en distance permettent aux Anglais, en cas de révolte de notre part, de tirer sur nous à bout portant. »

Un factionnaire anglais, l'air méchamment ivre, fait la sentinelle, ouvre soudainement le sabord et les panneaux de la batterie où se trouvent les deux hommes, regarde à travers la grille, puis s'éloigne. On entend au loin : « All is well... » C'est Saint-Pol, maintenant, qui reprend la plume tandis que Charles lui dicte : « Nous sommes entassés par soixante-douze de front sur dix de hauteur dans des cachots étroits, sans air, et où filtre sans cesse une eau fétide. La paille qui nous sert de lit n'a jamais été renouvelée, ce n'est plus qu'un fumier humide. Tout dernièrement, un prisonnier, ajusté par un soldat... »

Port-Louis, août 1795, dans l'antichambre du bureau du gouverneur Malartic

Robert Surcouf trépigne, en attendant d'être reçu. Il lit une lettre arrivée au courrier de ce jour : « ... Un prisonnier, ajusté par un soldat, a été tué. Le commissaire anglais est venu, et sans égard pour la mort, foulant insolemment aux pieds le cadavre de notre camarade, a dit d'un ton froidement moqueur : "Ce n'est rien, ce n'est qu'un Français." »

Malartic sort enfin de son bureau. Mielleux. Il explique à Surcouf qu'il ne pourra pas lui accorder sa lettre de marque – la première ! – pour partir, comme il le souhaite, faire la course sur l'*Émilie*, un fin voilier de cent quatre-vingts tonneaux, armé par des notables de l'île. « C'est trop dangereux... Si les Anglais savent que nous rapportons des richesses dans l'île, ils nous attaqueront... Vous aurez un congé de navigation, qui vous permettra seulement de vous défendre. » Surcouf bouillonne. Tend la lettre de Charles : « Et cela, lisez, vous croyez peut-être que vos amis anglais ont tant d'égards ? » Malartic lit, puis calme Surcouf : « La colonie a besoin de vivres. Vous irez acheter des tortues et du maïs... » Stupeur du Malouin. Lui qui rêve d'être le nouveau Duguay-Trouin, le voilà négociant en tortues !

Port-Louis, dans une des cales, le 3 septembre 1795

L'*Émilie* s'apprête à prendre le large pour s'en aller chercher des tortues... Sur le pont, le regard noyé de malice, Robert Surcouf voit s'éloigner le rivage. Il est enfin son propre capitaine. Autour de lui, trente gaillards, frères de la Côte, recrutés dans des tripots, s'affairent aux voiles. Une bouteille de tafia à la main, dont il avale une bonne gorgée, il trinque à la santé du gouverneur : « À bientôt, Malartic... Et c'est juré, l'*Émilie* est armée “en temps de guerre” et non “pour la guerre”. » Il lui suffira, songe-t-il, de prendre un navire marchand anglais pour un bateau de guerre de Sa Gracieuse Majesté... À peine sorti de la rade, il fait monter en batterie les douze canons dissimulés en soute. Au premier coup de semonce envoyé par un Anglais, il saura répondre. Reste à provoquer le contact.

Londres, février 1796, dans le cabinet du Premier ministre, William Pitt

Le représentant désigné des compagnies d'assurances de la City a demandé audience de toute urgence. C'est la stupeur à Londres. Depuis plus de trois mois, un corsaire français sème la terreur auprès des Indianmans et des Extraships. Les vaisseaux de guerre n'arrivent pas à s'en emparer. *Le Pingouin* a été pris par lui, mais à leur tour le *Russel,* le *Sambolasse,* le *Cartier,* la *Diana*... Les assureurs annoncent à Pitt qu'ils n'indemniseront plus les navires anglais arraisonnés.

Dans la salle de rédaction du Courrier de Madras, *à la même époque*

Un journaliste anglais dicte un article à un rédacteur : « Nous apprenons par le schooner *L'Espion* que l'*Émilie* croise à la hauteur de la pointe des Palmiers. Par ailleurs, le *Glasgow* arrivant de Calcutta a rencontré par le travers de la pointe des Palmiers un navire qui l'observait. Le corps et le gréement de ce bâtiment correspondent exactement au signalement de l'*Émilie*, commandé par le capitaine Robert Surcouf. Des lettres du Bengale, en date du 27 du mois dernier, signalent que le *Woodscote*, vaisseau de l'honorable Compagnie des Indes, ayant reçu un renfort de cent matelots, allait partir tout de suite, avec la corvette le *Sea Horse*, en croisière sur les brasses du Bengale à la recherche du corsaire français. »

Arrive alors dans la salle de rédaction du *Courrier de Madras* un coursier, dépêche en main. Le journaliste la parcourt et poursuit son papier : « On nous rapporte à l'instant que le corsaire français, décidément en verve, vient de s'emparer, avec une petite vingtaine d'hommes et quatre canons, d'un des plus beaux trois-mâts de la Compagnie des Indes, *Le Triton*, trente canons, cent hommes... Le capitaine corsaire a, rapporte-t-on, traité ses prisonniers avec beaucoup de politesse et d'humanité, leur a rendu leurs propriétés personnelles, argenteries... Les Français se sont comportés *with great politness and the most human attention* avec Mrs Wanda et Miss Caruthers, passagères à bord... » Le journaliste s'interrompt un temps, son flegme devant l'événement laisse place à une rêverie admirative qui s'adresse au héros de son papier. Il ferme les yeux, imagine.

Images rapides de la coque d'un magnifique East Indiaman, avec une longue carène noire, possédant pour unique ornement une bande jaune, signe de la Compagnie des Indes. Des grappins réunissent *Le Triton* et l'*Émilie* de Surcouf. Le pavillon tricolore figure à la vergue de grand-voile du *Triton*... Sur le pont du navire anglais, dévasté, des voiles déchirées, des corps sans vie... À l'étage inférieur, dans la chambre du défunt capitaine anglais, des rires étouffés. Un verre de brandy à la main, Robert Surcouf, le bougre des bougres français... La tête posée sur les genoux de Miss Caruthers...

Île de France, dans le bureau du gouverneur Malartic

Malartic, dans l'attente du retour de ce satané Surcouf, vient de convoquer les deux armateurs de l'*Émilie*, Malroux et Levaillant, notables bien connus de l'île. Un exemplaire du dernier *Courrier de Madras* traîne sur la grande table en ivoire. « Votre capitaine abuse, ce me semble, des nuances... Il a tout fait pour être provoqué par nos ennemis et s'est fait un plaisir de se défendre en attaquant. Je ne suis pas fâché que les armateurs de la City enragent, mais tout de même... » Malroux, sentant le vent tourner, intervient : « Le Directoire sera heureux de savoir qu'en pleine guerre contre l'Anglais, l'Union Jack a été descendu à la drisse d'artimon du premier navire jamais enlevé dans le golfe du Bengale à la fameuse Compagnie des Indes. » Les armateurs savent qu'ils viennent de gagner, avec Surcouf, un véritable pactole. Mais ils n'ignorent pas non plus que Malartic, ulcéré que le corsaire ait pu le tromper, saura se venger.

Londres, dans le même temps

Le député Canning a pris fait et cause pour les armateurs anglais. À la nouvelle de la prise du *Triton*, ils refusent maintenant d'investir dans de nouvelles traversées entre Madagascar et les Indes. Le commerce de Sa Gracieuse Majesté est totalement entravé, en même temps que les frasques de Surcouf et de ses amis ont contraint la marine anglaise à disperser ses forces sur plusieurs océans et mers. La City en retire de graves préjudices, les taux d'assurances deviennent dissuasifs pour qui veut armer. Quant à la Compagnie anglaise des Indes orientales, elle voit baisser ses actions de jour en jour. Des émeutes viennent de se produire à Portsmouth, sur les pontons : la population a cherché à s'en prendre aux marins français prisonniers. Si le capitaine Revington, le chef des pontons, avait laissé parler sa nature, il aurait ouvert les portes en grand.

On voit Canning, dans un pub de Londres, en grande conversation avec Revington, qu'il semble chaleureusement féliciter. Revington, petit bonhomme taillé comme un ours, cheveux rouges, la bouche agitée par un vilain tic, révèle au député conservateur qu'il dispose d'une arme secrète pour faire taire Robert Surcouf : « Son frère, un certain Charles, est notre prisonnier... »

Port-Louis, le 10 mars 1796

La vigie du port vient de signaler un grand navire, toutes voiles dehors. On arme les canons sur les remparts. Malroux et Levaillant scrutent l'horizon à la jumelle. La coque, de par sa couleur noire et sa forme, est assurément anglaise. Soudain, un pavillon tricolore est hissé à la corne d'artimon, tandis que l'emblème britannique est attaché à un manche à balai. Aussitôt, du port, des bravos s'élèvent. Des centaines de curieux sont là, tout comme quelques armateurs jaloux. Officiers, notables, fonctionnaires se mêlent aux Noirs, c'est la liesse dans les rues de Port-Louis. L'arrivée du corsaire sonne le glas de la disette qui s'est emparée de l'île depuis plusieurs mois.

Une chaloupe se détache du *Triton*. Robert Surcouf débarque à terre, son éternel foulard rouge autour du cou. L'homme – il vient d'avoir vingt-trois ans – est heureux.

Brusquement, fendant la foule, un cortège de militaires, escortant le gouverneur Malartic, s'interpose. Un juge du tribunal de commerce les accompagne. l'*Émilie* n'ayant pas été munie de lettres de marque, Malartic fait savoir que le gouvernement colonial s'apprête à confisquer les quatre prises. Surcouf blêmit, tempête, fait scandale en hurlant et en frappant du poing. Tandis que le gouverneur s'éclipse, sous bonne escorte et sous les lazzis de la foule, Surcouf, poing levé, crie : « Sale pisseur d'encre ! »

Deux semaines plus tard, au tribunal de commerce

Surcouf, présent dans la salle d'audience, entend le verdict : « Considérant que la bravoure des capteurs ne peut être balancée avec les rigueurs de la loi, dont le tribunal ne peut que faire l'application, confisque au profit de la République *Le Pingouin,* le *Russel,* le *Sambolasse* et *Le Triton*, ensemble, ce qui en dépend et leurs chargements. »

Surcouf et ses armateurs associés sont totalement

spoliés. Le sang du Malouin ne fait qu'un tour : « On verra ce que la République répondra à un corsaire ! »

Septembre 1796, Paris

Sur les conseils de Malroux et de Levaillant, Surcouf est allé consulter maître Pérignon, avocat des armateurs. D'audience en audience, Pérignon plaide la cause du corsaire auprès des administrations et des hommes politiques. Le 17 fructidor, an V de la République, le Conseil des Anciens approuve un décret des Cinq-Cents. « Article 1er. Les prises faites dans les mers de l'Inde par l'équipage du navire l'*Émilie* et adjugées à la République par le jugement rendu à l'île de France les 9 floréal et 5 fructidor seront à titre de récompense restituées aux armateurs et équipages [...]. » Robert Surcouf est désormais riche. Il habite près du Palais-Royal, partage son temps entre la rue Vivienne, quartier des boursiers et des affairistes, et des quartiers plus propices aux plaisirs dont peuvent être privés des marins au long cours. Certes, à Saint-Malo, il vient de rencontrer une certaine Marie-Catherine, fille du très riche armateur Louis Blaize de Maisonneuve. Et de trouver un bateau avec lequel il rêve de repartir à la chasse. Mais Paris, qui le célèbre, le séduit également. Tout comme une jeune femme, un peu dissolue, Angélique Panel, à qui il laissera un enfant...

1797

Année noire pour l'Angleterre. Même si Surcouf reste à terre, le récit de ses exploits et ceux des corsaires français continuent à faire de sérieux dégâts, une guerre psychologique qui coûte cher aux financiers de la City... La Bourse ne va guère mieux en France, il est vrai : soucieux de terrasser l'agiotage, les hommes de la Révolution viennent d'abolir la profession d'agent de change, le marché est totalement libre, probablement trop, la Bourse est partout, dans la rue... De nombreux spéculateurs poussent Surcouf à reprendre la mer, tandis que la crise s'amplifie de manière dramatique en Angleterre, où la banque nationale suspend tout paiement. Les succès de Bonaparte font du tort à la politique du ministère dirigé par Pitt, sans parler de la lancinante question irlandaise. Alors que les Anglais redoutent de plus en plus un débarquement sur leurs côtes, c'est leur marine qui se mutine, le 14 avril 1797. Lord Howe est conduit à la démission.

Robert apprend la nouvelle dans un courrier clandestin de son frère Charles, toujours prisonnier des pontons, avec un régime qui s'est beaucoup durci ces derniers mois. Le temps des représailles est largement venu : il est plus que temps pour le grand Surcouf de reprendre le chemin des océans. Bien que de taille élevée, il se trouve aujourd'hui replet et de forte corpulence.

Juillet 1798, Saint-Malo, dans la maison des Surcouf

Robert a enfin retrouvé sa Bretagne et les siens à l'hôtel de la Bertaudière, adossé au rempart nord de la cité, non loin de la cathédrale, entre les rues de la Poudrière et du Chat-qui-danse. Son frère Nicolas est à ses côtés, qui lui lit la lettre de marque que la République vient, une fois encore, d'accorder au corsaire. La course est organisée selon des principes imparables : la nation fait l'économie d'une armée et sait que l'ennemi sera harcelé. Un amiral anglais, cité dans les journaux, ne vient-il pas de déclarer : « Pendant que notre empire paraît absolu sur les mers, c'est sur ces mêmes mers que nos négociants subissent les plus grandes pertes. »

Sur une grande carte posée au mur, Nicolas fiche des épingles : du cap Clear au Tage et au détroit de Gibraltar, de la Jamaïque et du Groenland jusqu'aux côtes de Guinée, la carte est transpercée. Robert, à quelques mètres, vise avec une fléchette l'espace réservé à l'océan Indien. Et atteint l'île de France.

C'est Nicolas qui sera son second : le cadet ne rêve que d'accompagner son frère. À eux deux, avec la force que donne le nom de Surcouf, ils arriveront bien à venger le pauvre Charles, otage des infâmes pontons anglais.

Mi-juillet 1798, Paris

Alors qu'il arme leur future frégate, Robert a envoyé Nicolas traiter avec Henri Swinburne, agent anglais dûment accrédité par le gouvernement français pour l'échange des prisonniers de guerre. Swinburne, sur la demande de Nicolas, écrit à son homologue anglais installé à Londres. « Le corsaire Robert Surcouf possède non seulement des lettres de marque, mais aussi des lettres de commission, des billets d'échange et de libération d'un captif français à Londres... » Charles ne pourrait être libéré qu'après la relaxe d'un prisonnier du même rang, précise Swinburne. « Mais c'est très facile, alors, mon frère n'est que lieutenant, il doit bien y avoir dans nos prisons de Brest ou de Nantes un lieutenant anglais qui aspire à retrouver sa famille... » Robert n'a guère le temps de se réjouir : « Vous m'avez mal compris, Monsieur, un prisonnier du même rang, c'est-à-dire de la même qualité. On n'échange pas le frère d'un des corsaires les plus détestés du gouvernement de Sa Gracieuse Majesté contre le premier officier anglais venu. S'appeler Surcouf, même Charles, coûte cher, très cher... »

Août 1798, Nantes

Robert a bien compris que les Anglais ne libéreront Charles que contre une très grosse proie et que la République française ne consentira pas facilement à l'échange entre un amiral et un lieutenant. Il revient donc à eux, Robert et Nicolas, d'aller à la pêche et de ramener la liberté de leur frère. Où trouver un amiral ? Sur mer, pardi !

S'il faut donc partir tout de suite, la chose n'est pas simple : une terrible épidémie de scorbut, partie des navires américains, décime les contingents des marins, du moins parmi ceux qui restent, car Bonaparte a enrôlé de force une grande quantité d'hommes pour une destination inconnue. La *Clarisse*, une belle frégate, attend son lot d'équipiers, que Nicolas trouve dans les tavernes : vieux marins endurcis et jeunes aventuriers, ayant tous un peu le vent sous vergue, se réveillent au nom de Surcouf et à la perspective de bonnes parts dans les prises, à l'idée de beaucoup d'or, autant de vin et de créatures dans les escales... Le capitaine du port, devant les risques de contagion, impose à la *Clarisse* de prendre à bord du vinaigre et des oignons en très grande quantité, ainsi que des centaines de pots de grès hermétiquement fermés et contenant des sangsues pour les saignées.

Le 18 août, la *Clarisse* embarque, avec à son commandement deux frères survoltés, une quarantaine de lascars et douze canons. De quoi écumer les mers et montrer à Swinburne qu'impossible n'est pas corsaire. Une seule chose préoccupe Robert Surcouf : il vient d'apprendre que cette fameuse expédition de Bonaparte a conduit la France en Égypte et que la marine française, commandée par cet imbécile de Bruyas d'Agaillers, a relâché à Aboukir. C'est folie, quand on sait que l'amiral Nelson est dans les parages. Mais il est bien le seul à s'en soucier : à Paris, à Nantes, on ne parle que de l'éclatante victoire de Bonaparte devant les Pyramides et des mamelouks écrasés... Si les courriers d'Égypte ont du retard, Robert n'a pas tort de s'inquiéter : depuis le 1er août, la flotte française a été décimée à Aboukir.

Ce 18 août, le ciel est magnifique, constellé d'étoiles. Afin d'échapper à la vigilance des Anglais qui bloquent l'embouchure de la Loire et le port de Nantes, ils sont partis de nuit de la rade de Paimbœuf. Et sur le tillac, sous la lune, Robert regarde briller ses deux inséparables fusils, *Foudroyant* et *Badin*, cadeaux de son frère Charles lorsqu'il était parti la première fois, à seize ans, sur *L'Aurore*.

En mer, 1798-1799

Nicolas et Robert traquent « l'amiral », le gros poisson, à la lunette. Des semaines durant, la *Clarisse* erre, les marins, las, une chique entre les dents, envoient des jets de salive du haut de leur hamac. Les barils de sardines sont avariés par tant de chaleur. Reste le biscuit sec sur fond d'une navigation grise et déprimante. On longe les côtes d'Afrique à la recherche d'une capture qui s'offrirait. Les Anglais se méfieraient-ils ? On passe enfin la Ligne. Une nuit durant, c'est la fête rituelle, on double la ration de tafia. Au petit matin, alors que les vapeurs d'alcool sont encore présentes dans le crâne des équipiers des deux frères, la vigie crie : « Navire ! Navire en vue ! »

C'est un très gros navire, en vérité. Robert et Nicolas espèrent de nouveau. Un amiral à bord ? Le tambour du branle-bas de combat réveille la compagnie. Le brick s'est aperçu qu'il va être attaqué, hisse l'Union Jack. Immédiatement, le pavillon tricolore lui répond, suivi d'un boulet qui fait mouche. Dès lors, la canonnade ne cesse plus. Blessés de part et d'autre. Le capitaine anglais du navire – un bateau négrier – vise Robert Surcouf, à qui un assistant vient de donner, rechargé, le fameux *Badin*. Les deux hommes ajustent, les deux balles partent au même moment. Surcouf a l'épaule éraflée, le capitaine anglais s'effondre. Mort. « Bon Dieu ! jure Surcouf. Après tout, ce n'était pas un amiral... » Une clameur de victoire s'élève de la *Clarisse*, tandis que Surcouf lance l'ordre d'abordage du plus profond de son porte-voix en cuivre. Sabres, haches, grappins, fusils chargés, boulets, tout s'active. « Cap sur l'Anglais, faites forcer la toile... Sus à l'ennemi ! » La malchance semble au rendez-vous, cependant. Alors que les Français ont pris le dessus et que les vergues sont disposées pour l'accostage, l'Anglais, qui paraît désemparé, envoie un boulet ramé. Le mât de misaine de la *Clarisse* s'écroule sur le pont, vergues et voiles pêle-mêle. L'Anglais en profite pour prendre le large de manière inespérée. Surcouf enrage, l'image de son frère moisissant sur son ponton lui donne la force de ne pas pleurer de rage. Il faut sauver Charles.

Triste traversée. La *Clarisse* prend cependant, sans grande résistance, l'*Eliza*, qui a amené dès qu'il a identifié le bateau corsaire. Une belle prise, une cargaison qui rapportera quatre cent mille francs et que le lieutenant Dujardin est chargé de ramener à l'île Bourbon. Mais pas la moindre trace d'amiral à bord... Ce même jour, au grand désespoir de Robert, le lieutenant Garnier des Moriers meurt des blessures reçues pendant le combat avec le négrier anglais. Il est l'un des plus fidèles officiers de Surcouf et sa disparition isole un peu plus encore le capitaine. Son corps est descendu à la mer, cousu dans une belle toile de drap, lesté de fonte. Robert n'assiste pas à la cérémonie. Il se terre dans sa cabine.

C'est Nicolas qui s'emparera, peu après, de l'Anglais *Ely* et de deux bricks portugais qui traînent sur leur route. Bonnes prises, mais Robert ne se déplace même plus pour l'assaut final... C'est le cadet qui le remplace, très bien, tandis que lui, l'aîné, cède à la mélancolie, songe à Charles, qui lui manque, n'a plus d'intérêt pour les richesses, ni pour l'affrontement. Dans cette navigation à la recherche d'un ennemi de taille sur des mers étonnamment calmes, pendant ces longues journées sur l'Océan désert, seule la cloche ponctue le temps en annonçant les quarts et les repas.

Le scorbut est monté à bord. Vingt marins en sont déjà atteints : visages horriblement gonflés, lèvres énormes, gencives noires, tuméfiées, qui laissent passer une salivation continuelle, corps marbrés de taches livides et bleuâtres. Robert visite les marins, maigres comme des squelettes. Les rats ont percé les pièces d'eau, il n'y a plus rien à boire. Dans une seule journée, le scorbut a déjà fait trois morts : le gonflement, comme c'est l'usage, est monté jusqu'au cœur.

Surcouf a pris sa décision : il faut savoir se rendre à l'évidence, abdiquer devant le mal absolu. On met le cap sur l'île de France pour une escale.

Un bal chez le gouverneur de l'île de France, dans sa propriété de Pamplemousses

La colonie, au grand complet, fête la victoire de Bonaparte sur Suez et sa marche vers Jaffa. Surcouf danse avec une jeune femme à la robe très échancrée et semble vouloir la voler à un officier en grande tenue.

La dame est prête à céder et à livrer un baiser quand, soudainement, Robert l'abandonne au beau milieu de la piste, extrait Nicolas d'une conversation avec le gouverneur et le conduit jusqu'à l'entrée de la salle de bal : « Tout est prêt. » « Oui, tout. Et il faut partir tout de suite, si l'on veut échapper au blocus anglais... »

De nouveau, la Clarisse, *janvier 1800*

Au large de l'île des Sables, une route très peu fréquentée. Sur une plage, une frégate française qui s'est échouée là il y a plus de vingt ans. Des lambeaux de toile. Puis la mer, infinie, des journées entières, Sumatra, deux bricks anglais, l'*Anna* et le *Coturbok*, dont les Surcouf s'emparent aisément, avant de s'attaquer à *Notre-Dame du Bon Succès*, un bateau portugais. L'ennui est tel qu'ils prennent, par mégarde, un bâtiment neutre, le *Rudenmark*, ce qui provoque une vive protestation à Copenhague auprès du gouvernement français. À Java, sur la côte, un moment de relâche manque de leur coûter cher : les Français, arrêtés quelques heures sur une plage, sont cernés par une compagnie d'indigènes armés jusqu'aux dents. Le sang-froid de Robert lui permet de contenter le présumé chef des Javanais en lui faisant présent de son fameux foulard rouge.

La navigation continue, fructueuse, presque banale. Sont successivement arraisonnés la *Nostra Signora de la Conceçao*, puis l'*Auspicious* : du riz, du sucre, des soieries, de l'or, plein les cales de la *Clarisse*... Le capitaine anglais de l'*Auspicious* croit devoir mépriser ce corsaire qui le dépouille : « Nous, Monsieur, nous ne combattons pas pour l'argent, mais pour l'honneur. » Surcouf le fusille du regard : « Vous avez raison, Monsieur, chacun de nous combat pour ce qui lui manque. »

Janvier 1800, à l'imprimerie du Courrier de Bombay

Un journal s'imprime et est aussitôt distribué : « Le fameux capitaine Surcouf, commandant le corsaire la *Clarisse*, de dix-huit canons, après avoir été vainement chassé par la frégate *Sybille*, qui crut un moment pouvoir réaliser le rêve de tout Anglais respectable, le conduit définitivement à s'emparer du plus dangereux des ennemis et réussit à attaquer le *Manship* et le *Landsdown*, vaisseaux de la Compagnie des Indes, ainsi que la *Jane*, capitaine Stewart. L'équipage du capitaine Surcouf était composé de son frère, de cinq officiers, y compris le chirurgien, de soixante Européens, de différentes nations, de dix Cafres, onze Lascars et un Syrien pris à bord de l'*Albion*, et de quelques Malais... »

Février 1800, Londres, dans le cabinet de Pitt

De nouveau, les assureurs s'exclament, un exemplaire du *Courrier de Bombay* à la main : « Nous sommes ruinés par la perte de ces quatre bateaux ! » Pitt se veut rassurant : « Les dernières nouvelles sont engageantes. Surcouf a relâché à l'île de France. Nous sommes tranquilles pour un temps. Et la *Sybille*, qui l'a manqué de peu, a pour ordre de ne pas le lâcher, s'il ressort. Nous avons porté la récompense pour sa capture à cent mille livres... De quoi susciter des vocations de contre-corsaires ! »

Printemps 1800, au large du golfe du Bengale

« Voile à bâbord ! » On s'apprête à attaquer. Le pavillon tricolore apparaît à la corne d'artimon de l'inconnu. Surcouf reconnaît le *Malartic*, bateau du corsaire Jean Dutertre, de Lorient. Un héros de la guerre de course, assez fier-à-bras. Les bateaux se mettent à portée de voix. Dutertre arrive de l'île de France, où la colonie ne parle que des exploits du capitaine Surcouf. Le capitaine du *Malartic*, en guenilles comme tout l'équipage, invite Surcouf à son bord. Le Malouin lui dit qu'une table est déjà dressée pour lui à bord de la *Clarisse*, une table digne d'un ministre pour trinquer à leurs prises respectives. Volailles en sauce, bons vins. Dans la compagnie de Dutertre, un très jeune lieutenant d'à peine dix-sept ans se distingue : Louis Garneray veut faire le portrait de Surcouf. Peintre de marine, il a embarqué avec Dutertre pour gagner quelques sous, mais il admire Surcouf plus que tout et rêve depuis longtemps de faire son portrait. Dutertre, que son peintre n'a jamais sollicité pour poser, prend la mouche. Le contraste entre les deux corsaires est saisissant : l'un dépenaillé, l'autre superbe, pantalon ajusté en nankin que vient serrer une belle paire de bottes en cuir fin, gilet de soie, foulard éclatant. Dutertre, déjà très éméché, poursuit la beuverie et se noie dans le tafia qu'il fait venir en grande quantité des cales du *Malartic*. Quand il retourne sur son bateau, il s'aperçoit que Robert a fait livrer des colis de vêtements neufs. Fureur de Dutertre devant cette provocation, les deux navires s'éloignent, jetant respectivement à la mer tafia et habits neufs. « Nous nous reverrons ! » hurle Dutertre. « Certainement, et à terre », lui répond Surcouf.

À l'île de France, une belle maison blanche, au péristyle orné de colonnes

Robert et Nicolas en grande discussion. Si la fortune de la famille est assurée, l'honneur est bafoué aussi longtemps qu'on sera sans nouvelles de Charles. La fête qui est donnée ce soir par les négociants, les armateurs et les colons en l'honneur de Surcouf se tient dans une dépendance de la loge de la Triple Espérance, à Port-Louis, signe d'un attachement de Robert Surcouf à la franc-maçonnerie, à laquelle il a été initié quatre ans plus tôt. Un employé du consulat du Danemark s'approche de lui : contre rétribution, il tient le corsaire au courant des mouvements des bateaux anglais et de leurs alliés et lui annonce, ce soir, que la *Sybille*, bateau très bien armé, est sur leurs traces, déguisé en simple navire de commerce. Surcouf est très courtisé ce soir. Deux armateurs bordelais, Dubois et Tabois, lui proposent le commandement d'une très belle frégate, *La Confiance*. À ce moment précis, un jeune homme se présente de nouveau à Surcouf : c'est Louis Garneray. « Laissez tomber la peinture et je vous fais enseigne sur *La Confiance.* » Garneray est ému jusqu'aux larmes. Surcouf ne le lâche pas : « J'ai besoin de deux témoins pour demain... J'ai pris Nicolas, mon frère, et je vous enrôle... » Surcouf vient en effet de provoquer Dutertre en duel, quand il a appris que le marin lorientais, pour l'empêcher de repartir, avait enrôlé, avec force promesses d'or, presque tous les marins disponibles à Port-Louis.

Le lendemain, à cinq heures du matin, dans la brume, sur une vaste esplanade déserte

Surcouf, Nicolas et Garneray. Dutertre et deux témoins. Quelques pas en arrière, les armes vérifiées. Bruits de sabots : Malartic, le gouverneur et sa troupe interviennent. Avec moult suppliques, Malartic leur explique que la colonie a besoin d'eux. On les pousse à se serrer la main. Le lendemain, on les retrouve ensemble auprès du *Grand Café* de Port-Louis, rendez-vous de tous les écumeurs, flibustiers et autres corsaires.

Avril 1800, à bord de La Confiance

Deux mois qu'ils sont partis, lui, son frère et ses cent quarante hommes. Quatre trois-mâts ennemis sont déjà tombés dans leur sillage. Une goélette danoise avec pavillon jaune au mât de misaine apparaît à l'horizon. Un neutre ! Garneray et Nicolas sont déçus, tandis que Robert donne l'ordre de s'approcher. Une chaloupe se détache, un homme monte à bord, s'incline profondément devant Robert et va le rejoindre dans sa cabine. Nicolas et Garneray ont compris : le capitaine danois est l'employé du consulat du Danemark qui espionne pour le compte de Robert Surcouf.

Il a certainement quelque chose d'important à leur apprendre.

Mai 1800, à bord du navire anglais la Sybille

Le capitaine Temple a reçu l'ordre de maquiller son navire en un inoffensif navire de la Compagnie des Indes. Il doit attirer Surcouf dans un guet-apens, l'écraser sous le feu et le ramener, vivant, à Londres, d'où il sera transféré aussitôt à Portsmouth pour y rejoindre son frère Charles dans sa prison humide. Cent mille livres à la clé pour qui accomplira l'exploit et débarrassera l'Angleterre de ce fléau.

Deux cents hommes en armes savent que leur capitaine traque Surcouf. Ambiance tendue depuis le départ, les punitions, au premier rang desquelles le fouet, le chat à neuf queues, pleuvent. Le maître de manœuvres ne se déplace jamais sans sa canne plombée, dont il fait un usage immodéré.

Une voile apparaît au loin. Temple se précipite, ne reconnaît pas la *Clarisse*, sur laquelle, croit-il, Surcouf navigue toujours. Il s'approche tout de même de ce bateau qui a l'air fort mal en point, criblé d'impacts de boulets, à la voilure déchirée et dont le mât d'artimon exhibe un pavillon anglais. Temple, lunette en main, découvre sur le pont des blessés, des matelots bandés avec de la charpie, tandis que le reste de l'équipage est habillé dans l'uniforme des fusiliers de la Royal Navy. Du bord de cet intrigant navire, une chaloupe se détache et se dirige vers la *Sybille*. Temple déchiffre au loin le nom de *Hunter* sur la coque et, avec un porte-voix, s'adresse à son capitaine, un grand gaillard à côté duquel se tient un matelot trapu, ébouriffé. « Si vous voulez vous faire reconnaître, pourquoi toute cette toile ? » hurle Temple. « J'avais hâte de vous retrouver. Une bonne nouvelle : l'Amirauté a décidé de vous élever en grade ! » s'entend-il répondre.

Aucun doute possible. Le capitaine du *Hunter* est bien anglais. Temple aurait préféré empocher cent mille livres. Mais apprendre une promotion en mer ! Quant à la chaloupe envoyée par le *Hunter*, elle vient de se renverser à quelques mètres de son but. Temple met en panne et jette à son tour deux chaloupes pour sauver les marins, tout en continuant, de bord à bord, sa conversation avec le capitaine du *Hunter*, qui lui apprend que Surcouf vient d'être pris, quelques semaines plus tôt, et qu'il est en prison à Madras. Temple est catastrophé, ses rêves de fortune s'évanouissent. Tandis que les marins de la *Sybille* viennent en aide à ceux du *Hunter*, ce dernier dépasse légèrement le navire de Temple, se dégage du feu possible de son artillerie, se couvre brusquement de voiles et file, hors de portée.

Une heure plus tard, à bord de La Confiance

Hilare, Surcouf trinque avec Garneray et Nicolas, tous habillés en uniformes anglais. Une planche de bois traîne sur le pont : *Hunter*. Tout le navire est en liesse. Le faux capitaine du faux *Hunter* est vivement félicité : c'est l'interprète de Surcouf, un opposant acharné à la domination anglaise du monde. Quant aux vêtements anglais, c'était un souvenir de la dernière prise. Certes, il a fallu sacrifier une chaloupe et quelques hommes pour imaginer ce stratagème et éviter d'être capturé. Mais la gifle infligée à l'Angleterre est considérable : non seulement Surcouf n'est pas tombé dans le piège du navire déguisé en brick innocent, mais c'est lui qui a roulé la Navy dans la farine.

Novembre 1800, sur les quais du port de Londres

Deux armateurs anglais conversent : la récompense pour la capture de Surcouf est passée à cent cinquante mille livres. Le capitaine Temple sera jugé en cour martiale. L'histoire n'a pas fini de faire le tour des pubs de la capitale. Pendant ce temps-là, des escortes de navires sillonnent la mer à la recherche du corsaire breton. Pitt, de plus en plus contesté, est sur le point de démissionner. Pour tout arranger, Surcouf vient de prendre un trois-mâts et un nouvel East Indiaman.

Sur le quai, un homme passe, que saluent les deux armateurs. C'est le député Canning, qui apporte, la mine grise, des nouvelles : « Ce chien de Surcouf vient de prendre à l'abordage le *Kent* ! Vingt-six canons de dix-huit, douze pièces de neuf, quatre cent trente-sept combattants ! Surcouf vient de prendre le *Kent* ! » Et Canning ne dit pas tout : il a placé beaucoup d'argent dans l'armement de ce bateau, il est donc ruiné, largement ruiné.

1827, dans une taverne enfumée de Saint-Malo

Louis Garneray et le général Saint-John en grande conversation. Malgré leurs habits sombres, une certaine gaieté se lit sur leurs visages. Au sortir de la cérémonie d'enterrement de leur ami, ils se sont arrêtés là. Vingt-sept ans plus tôt, ils se rencontraient pour la première fois. De bien étranges circonstances qu'ils évoquent en cette fin d'après-midi.

C'était lors de la prise du *Kent*. Garneray se souvient de chaque instant, chaque image. Il avait embarqué comme enseigne sur le navire, léger et rapide, du corsaire.

Le 7 octobre 1800. Surcouf réveillé par la vigie. Lunette en bandoulière, il aperçoit un énorme navire. Fait monter et se préparer tout l'équipage. Un bateau de la Compagnie des Indes, un vaisseau de guerre allant de Londres au Bengale, c'est quelque chose : la fortune ou la mort. Le café, le rhum, le *bishop*, mélange de rhum, d'eau bouillante et de piment, aident les hommes à sortir de la torpeur de la nuit. L'excitation vient tandis que l'ennemi se rapproche et paraît de plus en plus grand, tellement plus grand qu'eux ! Les parts de prises n'en seront que plus fortes ou la mort plus soudaine. Tous les regards se portent sur le corsaire, imperturbable. Mais il sait déjà, à cette heure, qu'on ne peut réduire au canon une première prise et qu'il faudra passer à l'abordage. Branle-bas général de combat !

Saint-John, à son tour, se souvient.

Il est à bord du *Kent*, avec plus de quatre cents hommes. Le capitaine de ce navire, Revington, les a recueillis après l'incendie, au Brésil, de leur bateau, le *Queen*. Après avoir été chef des pontons de Portsmouth, Revington a décidé de s'attaquer à l'autre frère Surcouf, le plus dangereux. Outre les hommes de troupe de Saint-John, ce corps de Royal Fusiliers marins très renommé, Revington avait pris à bord cinq ladies. Le *Kent* jauge mille deux cents tonneaux et compte un équipage permanent de deux cents marins chevronnés. Les quarante canons sont prêts à tirer dans la minute. Revington, sûr de son coup, convie les dames à venir assister, sous leurs ombrelles, à la capture rapide ou à la destruction totale du corsaire français le plus haï et admiré de l'histoire de la course. On distribue du thé, des gâteaux secs et des lorgnettes aux ladies. Revington explique sa tactique, un véritable jeu d'enfants. On applaudit, car le spectacle sera de qualité, tandis que Revington, capitaine gentleman, se propose de commenter chaque manœuvre à ses invités de marque. On s'étonne de la hardiesse de ce petit corsaire qui se jette dans la gueule du loup. Intrépide Surcouf ! Avec tout juste un petit cent d'hommes.

Garneray poursuit. Sur *La Confiance*, l'euphorie est extrême. Les harangues de Surcouf sont réputées et font mouche : « Cassons les écrevisses bouillies », du surnom donné aux équipiers anglais. Et puis, Robert promet deux heures de pillage, en cas de victoire, en sus de la cargaison, la fameuse part du diable, on ressert du bishop. L'abordage est imminent : haches, sabres, pistolets et crochets, poignards toujours utiles dans les corps à corps. Quelques gourdins s'ajoutent à la panoplie du corsaire breton. Les huniers se garnissent de tireurs d'élite, de lanceurs de grenades et de chausse-trapes. « Les coffres d'armes sont ouverts, les fanaux sourds éclairent de leurs lugubres rayons les soutes aux poudres ; les non-combattants, c'est-à-dire les interprètes, les médecins, les commissaires aux vivres, les domestiques, etc., se préparent à descendre pour approvisionner le tillac de poudre et de boulets, et à recevoir les blessés ; le chirurgien découvre, affreux cauchemar du marin, les instruments d'acier poli ; les panneaux se ferment ; les garde-feu, remplis de gargousses, arrivent à leurs pièces ; les écouvillons et les refouloirs se rangent aux pieds des servants, les bailles de combat s'emplissent d'eau, les boutefeux fument. Enfin, toutes les chiques sont renouvelées, chacun est à son poste de combat », écrira plus tard Garneray. Nicolas a annoncé, pour rire, qu'on prendra aussi quelques femmes. Robert le tance : « Ennuyeux... J'entends qu'elles soient respectées absolument quand elles seront en notre pouvoir. » Déjà, les Anglais canonnent. Le premier tir passe à côté : « Maladroit ! » jure Surcouf. D'autres boulets se perdent. *La Confiance* ne répond pas. Une heure durant, le petit corsaire français tourne autour de l'effrayante machine de guerre anglaise. Revington ne comprend pas ces manœuvres et, par précaution, fait descendre les dames dans les cabines. Sur *La Confiance*, Surcouf trouve les mots justes pour haranguer ses hommes : « Il est plus fort que nous, j'en conviens ; je vais même plus loin, j'avoue qu'il y aura du poil à haler pour l'amariner. Oui, mais quelle joie quand, après un peu de travail, nous nous partagerons des millions ! Quel retour pour vous à l'île de France ! Les femmes vous accableront tellement d'œillades, d'amour et d'admiration que vous ne saurez plus à qui répondre... Et quelles bombances ! »

Saint-John témoigne : nous sommes descendus, avec mon épouse, quand nous avons entendu un terrible craquement au-dessus de nous. Contre toute attente, Surcouf s'est rivé à nous. Les tambours français de charge ont roulé.

La bataille est très âpre. Une grenade fait tomber mortellement Revington. Dès lors, les Français redoublent leurs assauts. Quatre contre un. Rien ne leur fait peur. Leur courage supplée au petit nombre : ils massacrent, animés par une folle énergie, les Anglais, qui se rendent trois heures plus tard.

Garneray revoit la bataille, qu'il raconte par le détail. Une heure plus tard et une bouteille de vin plus loin, ils en sont encore à s'en raconter le plan. « Surcouf, plus que tout, fut aux anges de savoir que malgré la mort de Revington, il tenait en vous un prisonnier qu'il pourrait échanger contre son frère Charles ». Saint-John ajoute : « Notre amitié est née à ce moment. J'ai trouvé en lui un magnifique gentleman qui a su prendre toutes les dispositions pour mettre nos dames en sécurité et qui m'a traité avec les plus grands égards. Il me laissa ma liberté contre parole. À peine de retour dans mon pays, je sus convaincre les autorités de relâcher son frère. Son frère, qui m'avait dit croire en ma parole, m'en fut, toute sa vie, reconnaissant. Après que la paix d'Amiens fut signée, nous nous revîmes régulièrement. Toujours en France. Il refusait de traverser la Manche, de peur que, vingt ans plus tard, on le fasse prisonnier ! C'est pourquoi, il y a trois mois, quand j'ai reçu son courrier, je me suis empressé de le rejoindre... » Et Garneray ajoute : « Notre retour à l'île de France fut triomphal ! »

1800-1801

L'enthousiasme est au rendez-vous de la colonie de Port-Louis quand la silhouette du *Kent*, immense, apparaît, suivie de près par la petite *Confiance*. On s'empresse de serrer la main aux héros, de les prier à souper. Surcouf se réjouit de savoir que la prime offerte par Londres pour sa capture a triplé : « Ils me prisent bien haut, mais ils ne me tiennent pas encore. » La fortune de Surcouf, accrue par l'or et les pierres précieuses du *Kent*, est considérable. À Londres, les assurances demandent désormais des primes exorbitantes pour les bateaux qui s'aventurent dans l'océan Indien. Le commerce est pratiquement paralysé, la vie devient chère, la rue s'enflamme : le pays vit une grave crise, à laquelle Surcouf n'est pas étranger. C'est avec satisfaction qu'il lit un article du *Morning Chronicle*, daté du 26 août 1801 : « Tous les bâtiments de la Compagnie des Indes devront être pourvus de filets d'abordage pour essayer d'éviter le triste sort du *Kent*, capturé par le capitaine Surcouf dans la baie du Bengale. »

1828, dans l'hôtel particulier
de Marie-Catherine Surcouf, à Saint-Malo

Un grand dîner, joyeux, est organisé dans la salle à manger. Marie-Catherine ne porte plus le deuil. Malgré son âge, sa beauté impressionne. Une vingtaine d'amis du corsaire malouin, d'anciens marins, des armateurs, leurs épouses, se sont retrouvés autour d'une table chargée de plats et de vins fins. Nicolas Surcouf conduit les invités au salon pour prendre le café.

Saint-John et Garneray se retirent et rejoignent le bureau, laissé dans l'état, de l'armateur, une vaste pièce dont les murs sont recouverts de cartes, avec de grands registres posés sur les tables. C'est maintenant Garneray, peintre de marine retiré à Saint-Malo, qui raconte les vingt dernières années de la vie de son ami. Un Garneray qui, après avoir servi un temps sous Surcouf, avoir été négrier, puis capturé par les Anglais au large de l'Afrique de l'Ouest, avoir passé neuf années sur les pontons barbares de Portsmouth, peint, été un temps conservateur du musée des Beaux-Arts de Rouen, vit aujourd'hui dans l'ombre de la vie magnifique du corsaire.

Les vingt dernières années de Surcouf... Son retour à Saint-Malo, les tracasseries de l'administration de l'île de France, le guet-apens tendu par les Anglais tout au long de sa route, les ruses employées pour passer à travers les mailles d'un filet tendu sur tout l'Atlantique Nord. Partout on le signale, lui, Surcouf, partout il leur échappe. Puis son mariage avec Marie-Catherine Blaize, à Saint-Malo, le 28 mai 1801, la vie luxueuse à Paris. La paix d'Amiens a été signée. Les corsaires sont au chômage, ils prennent du ventre.

Pas pour longtemps. En témoigne cette Légion d'honneur qui est posée sur son bureau. À la veille de déclarer la guerre à l'Angleterre, le Premier consul a convoqué Surcouf pour lui proposer d'entrer dans la marine de l'État avec le grade de capitaine de vaisseau et le commandement de deux frégates destinées à croiser dans les mers de l'Inde, où son nom sème la terreur. Flatté, Surcouf refuse : il ne veut pas de commandement au-dessus de lui. C'est impossible. En partant, Surcouf explique à son interlocuteur : « De 1793 à 1797, l'Angleterre a perdu dix-huit cents navires de plus que nous. J'en conclus, puisque nos flottes ont subi des désastres, que nos corsaires ont bien travaillé et qu'Aboukir est vengé. » Bonaparte sort ébranlé de cette entrevue avec un homme qui lui a déconseillé de livrer des combats aux flottes et aux escadres britanniques. Et lui parle d'anéantir le commerce de l'ennemi par la guerre de course... « Quelques mois avant d'être sacré empereur des Français, Napoléon Bonaparte le fit membre de la Légion d'honneur, l'un des premiers... », dit Garneray en regardant la décoration. Puis Surcouf devient gros, riche et puissant : colonel de la garde nationale de l'arrondissement de Saint-Malo, chef de Légion en 1815, armateur de dix-neuf navires, au commerce, à la pêche à la baleine et à la grande pêche, riche à flots... Et élégant : ses gilets, ses draps bleus et noirs, ses redingotes, ses cravates en soie, ses hauts-de-forme, ses comptes ouverts chez le joaillier Mellerio, rue de la Paix, à Paris.

Les deux hommes découvrent les gravures qui ornent le bureau. L'une d'entre elles représente la bataille de Trafalgar : « Que la France gagne Austerlitz ne la console pas de la perte de notre marine. » Souvent très amer, notre ami disait : « Ce Corse s'y entend sur terre, et rien de plus. » Deux portraits de Jean Bart et de Duguay-Trouin font l'admiration du général Saint-John : « Surcouf a été le dernier d'entre eux. Après lui, la course est bel et bien morte ! »

En feuilletant les registres de la compagnie d'armement Blaize, Surcouf et Cie, les deux hommes découvrent la longue liste des bateaux armés par le corsaire, commandés par Nicolas ou de très nombreux capitaines. En face de chaque nom, la prise rapportée. Plus de trente navires interceptés en vingt ans, le plus souvent aux Anglais. Les registres montrent que même à terre, Surcouf fait des ravages, qu'il est un homme d'affaires redoutable, sanglé dans une redingote bleu de roi dont les boutons sont des doublons espagnols. Garneray et Saint-John feuillettent un fatras de vieux papiers : prospectus d'armement pour le recrutement d'actionnaires, contrats d'engagement, inventaires, instructions sur la validité des primes, jugements, ventes des cargaisons et des navires, règlements des parts et distribution des dividendes. « Il en eut assez de cette paperasse un jour, même s'il s'y entendait à merveille... », rappelle Garneray. Et de montrer une huile, peinte par lui, représentant le fameux *Revenant* dont Surcouf avait pris le commandement.

« Ce fut l'un de ses derniers moments vraiment heureux. Rien ne lui plaisait plus que de voir sa cote monter auprès des Anglais... Les bateaux de commerce anglais furent obligés de naviguer en convoi. L'Asiatic Annual Register annoncera que la valeur des vaisseaux anglais capturés pendant cette période s'élevait à 7 500 000 francs. C'était bien peu de chose que de donner une somme de 250 000 francs-or à qui livrerait le corsaire mort ou vif. Chaque jour, à Londres, une caricature le représentait dans les journaux avec des légendes de ce genre : “Surcouf pris par nos croiseurs. Le sale pirate, mis dans une cage et exposé aux crachats du peuple.” »

Saint-John se tait et fixe l’un des derniers portraits de Surcouf, en pied : un homme obèse, les traits bouffis, les joues couperosées, un double menton caché sous une ample cravate de soie blanche. C’est alors que Nicolas fait irruption dans le bureau et invite les deux hommes à rejoindre la compagnie au salon. Tous trinquent, sans cacher leur joie. On sert un verre de vin de Champagne au vieux Saint-John, qui le lève à son tour : « Au fait, à quoi trinquez-vous ce soir ? » Nicolas Surcouf s’écrie : « Quoi, vous ne saviez pas la nouvelle ! Pardon, alors, de bouffer ensemble de l’Anglais ! Une grande nouvelle : lord George Canning vient enfin de mourir ! »

La chanson de Surcouf

Au trente et un du mois d’août,
Nous vîmes venir sous le vent à nous
Une frégate d’Angleterre
Qui fendait la mer z’et les flots.
C’était pour aller à Bordeaux (ou Breslau) !

Le capitaine au même instant
Fit appeler son lieutenant :
« Lieutenant, te sens-tu capable,
Dis-moi, te sens-tu z’assez fort
Pour aller attaquer son bord ? »

Le lieutenant, fier z’et hardi,
Lui répondit : « Capitaine, oui.

Faites monter tout l'équipage,
Vaillants soldats, fiers matelots,
Faites monter tout le monde z'en haut.

Le Maître donne un coup de sifflet,
Larguez les ris dans le perroquet ;
File l'écoute et vent arrière,
Laisse porter jusqu'à son bord
Pour voir qui sera le plus fort.

Vire lof pour lof ; en arrivant
Nous l'attaquâmes par son avant ;
À coups de haches d'abordage,
De piques et de mousquetons,
Nous le foutîmes à la raison.

Que dira-t-on de lui tantôt
En Angleterre et à Breslau
De s'être laissé ainsi abattre
Par un lougre de six canons
Lui qu'en comptait trente et six bons ?

Buvons un coup, mesdames, buvons-en
deux, messieurs,
À la santé des amoureux,
À la santé du roi de France,
Et merde pour la reine d'Angleterre
Qui nous a déclaré la guerre.

CHAPITRE XIII

À un corsaire anonyme

Nul n'est censé retenir mon nom. Et nul ne le retiendra. Parce que n'étant ni Barberousse ni Duguay-Trouin, je suis un corsaire anonyme. Comme des milliers d'autres dans l'histoire de la course. Je ne sais pas écrire et ne publierai jamais mes mémoires. Je suis ici pour dire qu'à la mort de Surcouf, nous, corsaires, avons vu venir notre fin. Et que la paix nous a définitivement privés de notre travail. C'est ainsi fait et bien connu. Un corsaire n'est véritablement heureux qu'en temps de guerre.

Certains d'entre nous ont mal fini, tout simplement. Se sont faits pirates, sont partis sur une mer lointaine commettre leurs forfaits. D'autres se sont retirés. Mais c'était comme mourir que de ne plus courir !

Combien nous avons souffert pourtant ! Cette cale puante, sans lumière et sans air où pourrissaient, au milieu des rechanges, des voiles et des câbles, nos malheureux vivres, tonneaux d'eau et de vin arrimés solidement ! Parmi nous, toutes sortes de gens. Officiers, seconds capitaines, premiers et seconds lieutenants, enseignes, matelots, volontaires, novices, mousses, surnuméraires. Des écrivains, des prêtres aussi : ces derniers sont devenus obligatoires, une bouche de plus à nourrir, mais la garantie de bons *Te Deum* et de bénédicités à table.

Je vais regretter nos bateaux, bricks, brigantins, goélettes, nos corvettes, nos dogres à voiles carrées et auriques, nos frégates à trois mâts, nos flûtes, nos vaisseaux, même si c'était plus rare. Avec leurs canons de bronze, leurs proues, Neptune, dieux et déesses sculptés. Tous ceux-là, de dix à mille tonneaux, qui nous ont portés sur toutes les mers du monde.

Et tous ceux qui travaillent sur nos bateaux, les charpentiers, maîtres voiliers, plombiers, chaudronniers, tonneliers, goudronneurs, forgerons, cordiers. Nos armateurs, bien sûr. Qui passent des semaines à chercher des actionnaires.

Et nous, l'équipage : recrutés dans les tavernes, enivrés pour signer l'engagement, bons corsaires, mais aussi, soyons francs, mauvais sujets, anciens prisonniers intéressés à l'idée du droit de pluntrage, cette possibilité après la victoire sur l'adversaire de piller le navire, un temps réservé et très court entre deux coups de cloche.

Nous mangions mal, certes : anchois ou harengs très salés, poissons conservés dans l'huile, le vinaigre et l'oignon, farine bourrée de charançons, l'odeur rance d'une soupe à se trouer le foie, le lard pourri, le biscuit riche en vers, les haricots secs comme du bois. Les volailles, les cochons, les moutons et même les bœufs qui sont parmi nous sur le pont et dont les déjections sont d'horribles sources de maladies. L'eau pleine de vers, la vermine sur les plaies infectées. Scorbut ou variole ? Dysenterie ou typhus ? Choisissez ! Tout fermente à bord. Crasse, ordures. Gencives pourries.

On a tout vu quand on a été corsaire. La bouline : le condamné, mains liées, qu'on fait passer tout le long du bateau devant une haie de matelots qui le frappent à coups de corde... Le supplice de la cale : on le jette, attaché, par-dessus bord et on le remonte de l'autre bord. Nous avons aussi connu l'horreur des pontons anglais. À Plymouth, bien souvent. À Portsmouth et à Chatham, également. De véritables tombeaux mouillés dans des baies de vase liquide. Qui s'échappe meurt enlisé. Au loin, sortant de cette boue, quelques squelettes sont là, comme des mises en garde. À la marée haute, des embarcations ne cessent de faire le guet. Sur le pont, tout a été rasé : de cinq cents à mille hommes vivent dans l'entrepont, dans le noir, l'humidité, les odeurs pestilentielles. Rien à manger : du pain gluant et noir, des pommes de terre. Une tenue de forçat, pantalon et gilet orange. Le froid, la nuit, l'hiver surtout, quand on a joué sa chemise et qu'on est absolument nu.

Mais que de bonheurs également ! Appareiller la nuit ! Faire le guet des jours entiers sur une ligne, sachant que, là, croisent de nombreux navires marchands, éviter ceux de guerre ! Ruser ! Tricher avec son pavillon ! Se faire passer pour qui l'on n'est pas ! Parfois, ridicules, se tromper : ainsi, cette fois où deux navires corsaires français se croisent et tentent de se faire prendre chacun pour des Anglais... Se battre ! Envoyer nos canons ! Dématons l'ennemi, rasons leurs ponts, nettoyons-les à la grenade. Les éclats de bois qui volent de toutes parts quand les boulets ont touché leur but et qui sont comme des flèches meurtrières.

Manœuvrer au beaupré, carguer les voiles en prenant des paquets de mer en pleine figure.

On ne gagne pas si bien sa vie en étant corsaire. À tel point que nous comptions essentiellement sur l'avance que nous recevions au départ, sachant combien il était difficile, après, de récupérer la part qui nous était due. Les gens à perruques des administrations ne sont jamais pressés de payer des bougres plus ou moins bien rasés comme nous : une fois déduits le coût des commissions en guerre, celui du pilotage – une escorte pour nous aider à sortir du port et à y rentrer ! –, les frais d'amarinage, de déchargement, de magasinage, de désarmement, la nourriture des prisonniers, l'armement du navire, bien entendu, l'avitaillement, la solde de tout l'équipage, les taxes pour les Invalides de la marine, pour la subsistance des éclopés... il ne reste plus grand-chose. Deux tiers des parts vont à l'armateur, un tiers à l'équipage. Le capitaine prend facilement vingt-quatre parts, un matelot tout simple en aura deux... Mais dans combien de temps !

Depuis ce jour d'octobre 1805, un 21, où l'escadre franco-espagnole de l'amiral Villeneuve a été saccagée par le génie de Nelson, dans les eaux de Trafalgar, nous portons tous, nous, les officiers de la marine, une cravate noire. Je vais y ajouter une redingote et un pantalon de la même couleur depuis que j'ai quitté la course. Je me suis retiré dans mes campagnes et je lis des livres qui racontent les exploits de mes contemporains ou de ceux qui m'ont précédé en mer. On ne parle que des « grands ». Je voudrais rectifier cette injustice. Il en est des plus « petits » dont les mérites justifieraient d'être connus. Qui se souviendra, ainsi, du beau François Thurot, qui fut la coqueluche de Versailles comme une vraie terreur des mers ? Né en 1727 et mort à trente-quatre ans ! Il était officier bleu, c'est-à-dire non noble, ce qui est rare. Se prétendit chirurgien, ce qui lui permit d'embarquer, lui, le Bourguignon, de Boulogne à bord d'un petit navire corsaire. Ce protégé du maréchal de Belle-Isle eut une carrière admirable, dont on ne connaît rien aujourd'hui. Qui témoignera un jour de Jean-Baptiste Royer, fils de Dunkerque et de menuisier, qui se croit un nouveau Jean Bart et qui mourra, corsaire, à trente-quatre ans également ? Je parie qu'on retiendra de Jean d'Albarade qu'il a été ministre de la Marine sous la Convention, lui, le Basque de Biarritz qui, à mes yeux, a surtout brillé comme corsaire et qui mourut ayant avalé sa croix de Saint-Louis ! Et Paul Jones, aussi écossais qu'américain et français, laquelle de ces trois nations le revendique comme grand corsaire ? Né en Écosse, installé en Amérique, il va servir en France, faisant de Brest son port d'attache. Et René Madec, cet excentrique de Quimper qui part pour les Indes et dont les aventures là-bas, sans être celles d'un corsaire ou d'un pirate, valent bien le récit ! Et Jean de Crabosse, de Saint-Médard de Gascogne, marié à une Nantaise, mort à quarante-six ans, après de si beaux abordages ! Et Jean Vié, qui enlève de nombreux navires anglais, passe au service de Venise et finit sa carrière, d'un coup de boulet en plein cœur, alors qu'il était devenu commandant du vaisseau amiral de la Sérénissime ! Et le capitaine Joseph Pradère-Niquet, que beaucoup tiennent pour un de nos grands héros des mers, mais auquel aucun ouvrage ou même article n'est jamais consacré ! Un grand Malouin ! Comme

François-Thomas Lemême, qui est mort quelques mois avant Trafalgar, a souvent armé dans le golfe Persique et dans l'océan Indien, et qui s'attaque, comme corsaire, à de nombreuses unités anglaises, hollandaises ou portugaises. Il est mort, si je ne me trompe pas, à bord du *Walterstow*, un bateau anglais qui le conduisait, comme prisonnier, à Bombay.

Ainsi va l'Histoire, qui toujours choisit. À tous mes camarades de course, mes frères de mer, à mes cousins pirates que je me garderai bien de critiquer car je sais que les temps sont parfois durs, je dis un au revoir simple qui n'est pas dénué d'émotion. Anonyme, je pense à tous ceux qui le sont restés. Au fond des mers, tués au combat, noyés ; au fond de leurs campagnes, une fois retirés. Et j'avoue, ce qui ne se dit guère dans notre milieu, que ce que j'ai préféré dans mon métier, ce n'est pas nécessairement de servir mon pays et de ramener au roi ou à un armateur un bon butin dont il prendra les deux tiers de prise, non, ce n'est pas ce patriotisme-là, ni même de défaire les ennemis de ma nation. Non, c'est tout à fait autre chose, quelque chose de bien plus intime, ce moment de silence absolu pendant lequel deux navires qui ne savent pas qui ils sont, ni d'où ils viennent, s'approchent l'un de l'autre en s'observant à la lunette, s'envoient brutalement tout le feu de la terre en pleine gueule, préparent leurs lames et leurs fusils, ce moment pendant lequel un terrible craquement signale que les deux coques se sont fracassées l'une contre l'autre et que les grappins sont abattus, ce moment précis où, tout en sachant que le sang va couler, la mort va être donnée, un homme trouve en lui la force inhumaine de se lever comme un diable, de monter à l'abordage, de mettre le pied sur le pont inconnu et de joindre sa folie à celle des siens et de ses supposés adversaires. Après, ce ne sont plus que boucherie sanglante, litres de sang qui s'échappent par les sabords, viande découpée, tranchée, tête, membres et troncs, mais je te demande toute ton indulgence, mon ami, toi qui n'as pas connu cette seconde pendant laquelle tous tes nerfs sont agacés, tes muscles tendus comme des cordes, ton poing prolongé d'un sabre, tes yeux exorbités, tes os saillants, cette seconde durant laquelle toute ta vie, misérable ou belle, repasse en toi et durant laquelle elle te dit, cette chienne de vie, que si tu tiens vraiment à elle, il va falloir te battre comme un dément, comme un forcené, là, maintenant, devant, comme ça, seul, au milieu de ces lames, de cette poudre, de cette haine adverse, de cette même volonté de ne pas crever tout de suite. Toi l'ami qui n'as pas vécu cette folie, toi l'ami qui n'as pas été corsaire, pirate, forban ou flibustier tout simplement, je te remercie de ne pas nous condamner, nous, les derniers écumeurs des mers. Et merci de réciter avec nous ces quelques vers du poète que j'aime tant et que je voudrais tant voir écrits sur ma tombe, si ma retraite me permet d'en financer une : « Accourez au secours de ma mort violente,/Amants, nochers experts en la peine où je suis./Vous qui avez suivi la route que je suis/Et d'amour éprouvé les flots et la tourmente. »

Chapitre XIV

Tombeau pour pirates et corsaires

Faut-il se réjouir ?

Crépuscule, puis requiem pour les corsaires.

S'accrochant à l'Histoire, à ses versants les plus sombres, les pirates, eux, survivent, s'inventent de nouvelles formes de terreur.

En cette matinée de 1856, un 30 mars, l'Europe entière célèbre la fin d'une guerre, celle de Crimée. Et l'annonce de ce qui semble être une bonne nouvelle, portée par les Anglais et les Français, enfin alliés après tant de déchirements, de guerres, d'escarmouches, d'abordages et de prises. La Déclaration de Paris porte sur l'abolition de la course et les ministres plénipotentiaires de tous les pays, réunis dans la capitale française et assis autour de la table de négociations, votent en sa faveur, excepté les représentants du Mexique, de l'Espagne et des États-Unis. Les alliés craignent, entre autres, la participation des corsaires américains auprès de la Russie. La cessation de la guerre est à ce prix pour les Européens. Le secrétaire d'État Marcy commente sobrement la position américaine et le refus de signer : « Le gouvernement américain craint que l'abolition de la course ne livre l'empire des mers aux puissances qui ont les moyens et la politique d'entretenir de grandes flottes de guerre. » La Déclaration de Paris est tout à fait explicite :

I. La course est et demeure abolie.

II. Le pavillon neutre couvre la marchandise ennemie, à l'exception de la contrebande de guerre.

III. La marchandise neutre, à l'exception de la contrebande de guerre, n'est pas saisissable sous pavillon ennemi.

IV. Les blocus, pour être obligatoires, doivent être effectifs, c'est-à-dire maintenus par une force suffisante pour interdire réellement l'accès du littoral ennemi.

En 1856, le bon peuple de France de Napoléon III, deuxième pavillon marchand au monde, réagit à peine à l'annonce de la Déclaration de Paris. Un homme lit le journal, quelque part dans le Pays basque, et sursaute. « Foutaise ! » Deux jours après cette nouvelle, le 2 avril 1856, ce très vieil homme meurt. Étienne Pellot, âgé de quatre-vingt-onze ans, décède dans sa propriété de Priorétéguy, quartier Soubernoa, dans le Pays basque. C'est un fils d'Hendaye, un port spécialisé dans la pêche et la chasse à la baleine, mais aussi dans la guerre de course, qui s'éteint ce matin-là : Croisic, Jacobé, Larroche, Dalbarade précèdent glorieusement Pellot dans cette passion basque de la course. Une dynastie de marins que les Pellot, au demeurant : on en compte une bonne dizaine qui se sont illustrés sur mer. Né le 2 septembre 1765, mousse à treize ans, puis matelot, Étienne embarque sur de nombreux corsaires, fait des campagnes au long cours. Très actif pendant les guerres de la période révolutionnaire, Pellot prend plusieurs vaisseaux anglais, est gravement blessé, est fait prisonnier et conduit à Portsmouth. D'évasion en prison, de capture en prise, le Basque fait son chemin sur la mer. De Bordeaux, de Saint-Jean-de-Luz, de Bayonne, il ne cesse d'embarquer pour des traversées et des courses, passe d'un ponton anglais à une prison, d'une corvette de l'État à un navire corsaire et, vingt années durant, conduit magnifiquement des expéditions qui lui vaudront, dix ans avant de mourir, la Légion d'honneur. Bayonne, au confluent de la Nive et de l'Adour, est alors un port en pleine activité, tourné vers l'Espagne, avec une compagnie d'armateurs et de négociants fort dynamiques. Pellot y triomphe, comme il se taille une incroyable réputation d'amuseur public dans tous les ports, sur tous les bateaux et dans toutes les prisons qu'il fréquente pendant sa carrière de marin. Avec la mort de Pellot, deux jours après que la diplomatie internationale s'est prononcée pour l'abolition de la course, ce 30 mars 1856, c'est toute une scène qui est désertée : celle des corsaires, acteurs magnifiques de la société, des sociétés et héros de littérature et de cinéma.

1854, 5 mai, Alton, États-Unis. Un bled, sur la rive gauche du Mississippi, non loin de Saint Louis, un homme meurt. Il a soixante-douze ans, se nomme Jean Laffite. L'homme est un mystère et personne ne sait, à ce jour, si Laffite le pirate est né à Bayonne, Biarritz, Bordeaux ou Saint-Malo, ou encore à Saint-Domingue. Port-au-Prince est une autre hypothèse. Père protestant français ? Mère espagnole juive ? Aux environs de 1780. Tout est à raconter en pointillé, la mort elle-même, car un Laffite semble en cacher d'autres. Laffite serait mort depuis longtemps, un livre paru en 1830, racontant déjà sa vie et sa disparition. Laffite ou Lafitte ? Deux frères, cela est sûr : Jean et Pierre. On trouve Jean vers 1813 à La Nouvelle-Orléans. La Louisiane vient d'être cédée aux Américains par Napoléon. Jean prête main-forte, avec son frère, au général Andrew Jackson et défend la ville contre les troupes britanniques. La « bande » des Laffite, une bande pirate, est installée entre les petites îles de la baie de Barataria et le lac du même nom, en plein milieu des bayous et autres marécages. Alligators, oiseaux des tropiques et palétuviers constituent un décor exotique pour nos forbans. Dans la journée, la façade est respectable : forgerons. Grands contrebandiers, vêtus avec élégance, la nuit, les Baratarians sont redoutés. Leur participation à la bataille de La Nouvelle-Orléans, en 1815, leur procure l'amnistie. Les bandits sautent sur l'occasion pour poursuivre leurs forfaits un peu plus loin. Ils se déplacent sur l'île de Galveston, à quelque 600 kilomètres de là, au Texas. Travaillent pour les services de renseignements espagnols de La Havane et, selon l'humeur, hissent le pavillon espagnol ou mexicain pour conduire leurs navires à l'abordage. En 1818, un raz-de-marée les conduit à bouger encore. Laffite et son frère disparaissent. On assure que Jean Laffite finance, avant de mourir, la publication du *Manifeste du parti communiste* de Karl Marx...

1861. Louise Antonini meurt le 26 juin, à l'Hôtel-Dieu de Nantes. Moitié bretonne, moitié corse, née à Ajaccio, orpheline à dix ans, elle gagne, vêtue en homme, Lorient et la Bretagne, terre de sa famille maternelle. Elle embarque très tôt comme mousse sur la *Cornélie*, passe des années en mer, près de deux ans sur un ponton anglais, s'engage dans l'armée, est faite caporal, sergent, sans que son sexe ne soit jamais révélé. Au Portugal, une blessure la trahit, elle est expulsée de l'armée.

Même lieu, un 26 janvier 1843. À l'Hôtel-Dieu de Nantes, une autre femme, dite Jacquot, le roulier Jacquot, garçon d'écurie chez Dardare, loueur de fiacres, meurt également. Âgée de soixante-dix ans. Julienne David, née en 1773, embarque très jeune, déguisée en homme, sous le nom de Jacques David, est découverte, quitte l'armée, puis est enrôlée de nouveau à Paimbœuf, en 1804, sur un corsaire. Quelque temps après, arrêtée, elle séjourne sur un ponton, emprisonnée dans des conditions épouvantables, veut mourir, manque son suicide, finit dans un cachot, y passe plus de huit ans, avant d'abandonner Portsmouth pour Nantes, où elle finira misérablement. On lui offre le cercueil réservé aux indigents.

26 octobre 1849. C'est à Saint-Servan qu'Auguste Bernard Duhaut-Cilly meurt, commune dont il a été successivement maire puis conseiller municipal. Issu de la petite noblesse picarde, mais né à Saint-Malo le 26 mars 1790, Duhaut-Cilly, comme trois de ses quatre frères, devient marin, volontaire d'abord, aux côtés du grand Surcouf, sur *Le Revenant*, puis comme enseigne à bord d'un corsaire commandé par Pellot, lieutenant

ensuite, avant d'être fait prisonnier par les Anglais, à Batavia. Sa bravoure le fait remarquer de tous. Échangé, libéré, vaincu et victorieux, corsaire intrépide qu'on trouve à l'île de France, dans l'océan Indien, puis un peu partout lors d'un tour du monde qu'il fait comme capitaine au long cours et qui le mène dans l'océan Pacifique, sur les côtes californiennes. Ses récits, vivants, ont, lorsqu'il revient à Paris, un réel succès, mais la maladie le contraint à cesser de fréquenter la mer et l'amène à se fixer à Saint-Servan.

7 janvier 1846. À l'hôtel des Invalides décède Louis Marie Joseph O'Hier de Grandpré, né à Saint-Malo le 7 mai 1761. Le comte O'Hier de Grandpré meurt dans une misère noire, après avoir passé près de vingt années de dénuement aux Invalides. Le fils d'un capitaine négrier, jeune embarqué sur des navires de commerce, s'est marié à l'île de France, voyage le long des côtes africaines, indiennes, près de la péninsule Arabique, tout en se livrant à la traite négrière pour des négociants rochelais. En 1792, il commet une erreur fatale en livrant à Port-Louis une cargaison de Noirs atteints de la petite vérole. L'épidémie est immédiate, quinze mille esclaves meurent, les autorités de l'île le recherchent. Dès lors, il ne cesse de fuir, file au Bengale, se livre aux Anglais en leur proposant de prendre Port-Louis, puis va en Égypte, en Russie, avant de passer quelque temps en France, où il est arrêté et détenu dans la prison de Sainte-Pélagie. S'en étant échappé, remarié, il tente de revenir à Saint-Malo, où on lui fait savoir que son titre de comte et de chevalier de Grandpré est usurpé et qu'il n'est pas le bienvenu. Dès lors, malgré plusieurs ouvrages talentueux qu'il

publie, dont l'un sur l'emplacement de l'Atlantide, malgré des traductions d'ouvrages de l'anglais et sa participation à la Société de géographie de Paris, sa vie n'est plus qu'une longue et douloureuse dérive, qui le conduit, indigent, à l'hôtel des Invalides.

31 décembre 1839. Dans sa maison de Saint-Pierre-lès-Calais, Tom Souville se meurt. Fils d'un officier de santé, né à Calais le 24 février 1777, Tom reçoit une éducation anglaise, à Douvres précisément. De retour en France, il devient mousse, novice, aspirant, prisonnier très tôt, puis est échangé. Dans la traversée de Portsmouth à Brest, la mer est déchaînée. Huit journées d'enfer, pas d'air, pas de vivres, la cale humide, plusieurs de ses camarades se suicident. Tom n'oubliera jamais. De retour à Brest, il sauve un équipage entier, comme il a sauvé, quelques années plus tôt, cinq femmes et quatre enfants dans un canot qui chavire et comme il passera sa vie à sauver des vies humaines dans les circonstances les plus diverses. Enseigne, interprète, il finit par obtenir une lettre de marque, fait des miracles à la manœuvre et à l'abordage, d'excellentes prises et de bonnes affaires, devient riche à vingt ans, entretient sa famille et séduit des femmes en grand nombre. Reparti en course, il est pris, conduit à Portsmouth, passe des semaines terribles sur les pontons, finit par s'en échapper, gagne son brevet de capitaine au long cours, mais continue la course. Jusqu'à retourner à Portsmouth sur les pontons, tentant de s'évader, jeté dans un cachot. Après la prise remarquée de *La Pomone*, chargée de piment, de coton, de poivre et de sucre, il finit sa carrière maritime en commandant le paquebot *Calais-*

Douvres, puis comme conseiller municipal et administrateur de l'hospice.

10 janvier 1830. Rose-Jeanne Bréjeon meurt. Née près de Dinard, à Pleurtuit. Mère infirme, père mort au service du roi. Rose-Jeanne fait, travestie en homme, sa carrière sur mer jusqu'à ce que, blessée par un cabestan à la poitrine, la supercherie soit découverte.

5 juillet 1830. Alger se rend. C'en est fini des razzias barbaresques, des chébecs et des galiotes, des régences de Tunis, de Tripoli, de Salé ou d'Alger. Cervantès, qui y passe cinq années, combattant pauvre et manchot à l'issue de la bataille de Lépante, saint Vincent de Paul, tant d'illustres et anciens prisonniers sont vengés. Les Français débarquent à Sidi-Ferruch, à l'ouest d'Alger, mais la guerre de course est déjà morte. Les Régences barbaresques sont ravagées par la peste, la guérilla, la concurrence. Le raïs Hamidou, le plus brave d'entre eux, qui a pris plus de cinquante bateaux, meurt en 1815, lors d'une attaque contre un navire américain. Les plus grands se sont retrouvés là, quatre siècles durant. Tourville, Duquesne, d'Estrées, de Pointis. Aujourd'hui, c'est avec la flotte du vice-amiral Duperré et le corps expéditionnaire du maréchal de Bourmont que l'histoire s'achève. Pour un coup de chasse-mouches reçu par Deval, le consul français, de la part du dey d'Alger... De Toulon, trente-sept mille hommes sont acheminés, quatre-vingt-quatre bâtiments de guerre, trois cent quarante-sept transports. Il est loin, le temps où Pierre Porcon de La Barbinais, malouin d'origine, surnommé le Regulus breton, jouait

les négociateurs entre Louis XIV et le bey d'Alger. Capturé par les Barbaresques, Porcon de la Barbinais est libéré sur parole pour troquer en France quelque six cents prisonniers français retenus à Alger. Les conditions sont inacceptables pour la couronne. Le Malouin, pour ne pas compromettre la vie des otages, rentre à Alger et y sera décapité en 1681. Duquesne, l'année suivante, puis Tourville, celle d'après, bombardent la ville et l'anéantissent presque. Cinquante ans plus tard, la seule apparition de Duguay-Trouin, dans la rade d'Alger, amadoue le bey, qui rend plus de six cents prisonniers français. Malgré ces batailles souvent perdues, les Barbaresques continuent de croire en leur impunité, s'adressant aux dieux du Vent et de la Mer pour les soutenir dans leur combat contre les chrétiens, embarquant régulièrement des moutons sur leurs bâtiments pour, en cas de tempête, les couper en deux, vivants, en jeter une moitié à bâbord, l'autre à tribord, et conjurer ainsi les éléments mauvais. Deux jarres d'huile d'olive, pareillement distribuées, peuvent servir à contenter la mer si le mouton ne fait l'affaire.

1833. Guillaume-Marie Angenard meurt dans son lit, chez lui, à Saint-Malo. Né le 22 décembre 1776 dans cette même ville, il file comme mousse, à quatorze ans, sur un trois-mâts, dans l'océan Indien, déserte à l'île de France et pratique la traite négrière sur la côte africaine. De retour à l'île de France, imprégné des récits sur la vie de son compatriote René Duguay-Trouin, il s'engage comme corsaire, fait de bonnes prises, est arrêté et passe dix-huit mois en prison, retourne à l'île de France, embarque sur l'*Amphitrite*, capitaine François-Thomas Lemême, de

Saint-Malo. Lemême est un grand marin, émule de Surcouf. Le navire, après quelques faits d'armes, coule étrangement devant le port malgache de Majunga. Les Français y demeurent quelque temps, puis Angenard, ayant acheté une chaloupe à des Arabes, gagne les Comores. Une frégate le reconduit en France, mais alors que la terre est en vue, elle est attaquée : un terrible carnage et un bain de sang sur le pont de *La Seine*... Angenard, après des heures de résistance, saute à l'eau, nage plus d'une heure et demie et regagne le rivage. Dans ses *Mémoires*, passionnants, il témoigne : « Tel est le sort de la guerre. À peine âgé de vingt et un ans, je perdais en un jour trente mille francs, le fruit de mes premières années de travail, et qui m'avaient coûté des dangers sans nombre Je sacrifiai cette petite fortune si chèrement acquise à l'espoir d'échapper à la capture, et de combien de périls cet espoir était-il entouré ! La plus grande partie de ceux qui, comme moi, essayèrent de se sauver à la nage, périrent dans les flots [...]. » Angenard repart sur un brick, essuie une tempête et est repris par une corvette anglaise où il est fait prisonnier et qu'il convoite, avec d'autres malheureux en fond de cale, d'enlever... Jeté sur un ponton, il s'échappe habilement, vit sa vie, est reconduit par les mêmes Anglais sur le même ponton, le *Saint Isodore*... Son existence semble se résumer à un aller-retour invraisemblable entre des agonies, des captivités, des embarquements et des fuites permanentes.

Meurent également, sans sépulture, sans date avérée ni de naissance ni de décès, sans cause, sans rien, sans plaisir, sans le mériter, sans avoir fait fortune, sans avoir marqué le monde, sans bonheur, sans considération, sans précaution, sans cercueil, sans argent pour s'en offrir un, sans linceul, sans soins, sans tendresse, sans quiconque à prévenir, sans femme, sans enfants, sans parents, sans famille, ni accompagnateurs, meurent ainsi des dizaines, des centaines d'entre eux, tandis que l'Europe, en signant le traité de Paris, a déjà décidé d'effacer leur mémoire. Ils meurent sans laisser de trace, ni, pour beaucoup, de tombes. Ils meurent loin, loin de toute mémoire, pourrissent en Orient, se décomposent au fond des océans, explosés par une bordée de canons, brûlés en pleine mer, rongés par les maladies sur des pontons humides, du côté de Portsmouth. Ils meurent dans leurs sacs de marins, lestés de pierres, jetés à la mer comme le fait l'amiral génois Andrea Doria, qui veut venger son neveu. Ils meurent parce que les putains, autorisées à monter à bord jusqu'à ce que Colbert l'interdise, leur ont filé d'épouvantables saloperies. Ils meurent de dysenterie, bacillaire ou amibienne, qu'importe la variété car on meurt dans le sang, la glaire et l'odeur abominable de pourriture à l'intérieur de soi. On meurt bouffé par la vermine, poux, punaises et puces qui vous sucent le sang, comme les helminthes, les ascaris, les oxyures, le trichocéphale et le ver solitaire vous bouffent le ventre, les intestins, le cul. Poux dans la tête, dans le pubis, des œufs partout, qui éclosent, se baladent sur les rats, font la peste. Punaise des lits qui pue terriblement, odeur fétide et repoussante. On meurt de stupeur, dans les frissons, les bourdonnements d'oreilles, les saignements de nez, les vertiges. Viennent les hématomes cutanés, les délires, la perte des sens ordinaire, la prostration absolue. Et l'on sait, alors, que c'est du typhus que l'on va mourir. On a beau boire, faire saignée sur saignée, se bourrer de vomitifs ou de mille médications, on va bien mourir. Atrocement. Typhus. Scorbut bien sûr, également ! Gencives qui saignent, dents qui se déchaussent, tombent, muscles qui se durcissent, peau qui noircit, se nécrose, sang qui jaillit du nez, de la bouche : des escadres entières périssent, que le jus de quelques citrons aurait sauvées d'une mort atroce.

On meurt mangé, parfois, plus souvent qu'on ne le dit. L'histoire de la course est pleine de cénotaphes, de tombes introuvables ou violées, de corps absents, comme celui du grand Duquesne, à qui la France n'épargnera aucune honte parce qu'il veut mourir huguenot : exclu de la vice-amirauté de France qui lui revient de droit, du maréchalat, dont il est plus que digne, on l'enterre, en cachette, la nuit, sans cérémonie, quelque part dans les douves de son château, près d'Étampes, à Bouchet-Valgrand. Et on le cache si bien qu'on ne le retrouvera jamais.

Les pirates, également, tombent les uns après les autres. Domingo Munoz, ancien prêtre colombien, et sa maîtresse russe, la belle Wanda, qui s'adonnent, sur l'*Emmanuel*, à de terribles exercices : tortures, massacres... Jetant leurs victimes à la mer, les battant, les brûlant, les achevant à coups de pique. Benito de Soto, portugais, natif de La Corogne, sur le *Black Joke*, « la blague noire », réputé pour sa brutalité, son goût du pillage, de l'incendie – équipage enfermé dans les cales – sur les bateaux qu'il arraisonne. Ainsi, le *Morning Star*, un navire avec une cargaison de café et d'épices, chargé d'officiers et de fonctionnaires britanniques : femmes violées, passagers torturés, massacrés pour une bonne part... Arrêté, de Soto sera condamné à mort et exécuté. Sa mort, rapportée par un témoin, reste légendaire : « Quand la procession atteignit la potence au bord de l'eau, le pirate monta sur la charrette, mais, trouvant la corde trop courte, il sauta sur son cercueil et mit sa tête dans le nœud coulant. Puis, quand il sentit la charrette s'ébranler, il s'écria : "Adios, todos ! Adieu, tout le monde", et il s'affala en avant. » Mort également, Charles Gibbs, pendu pour avoir coupé bras et jambes d'un capitaine et brûlé vif tout son équipage... Mort du capitaine Robertson, dans le Pacifique, devant l'île de Grigan, l'une des Mariannes, où il a caché le trésor – deux millions de piastres – d'un navire anglais : ayant tué une bonne trentaine de ses compagnons pirates et compagnes polynésiennes, arrêté, ramené enchaîné devant l'île au trésor, il préfère se jeter dans le Pacifique et se noyer que d'avouer la cache de son butin. Mort de Bully Hayes, commerçant de chair humaine dans les Samoa, le crâne fracassé. Mort de l'armateur James F. Murray et de son capitaine Joseph Amstrong, pendus à Melbourne pour trafic d'esclaves. Mort, à New York, par pendaison également, de Nathanaël Gordon, négrier sur les côtes africaines.

En France, comme en Europe, plus généralement, après le traité de Paris, la course est bel et bien morte. Les grands ports corsaires français ne seront plus jamais comme avant. Dunkerque, Calais, Boulogne, Dieppe, Fécamp, Le Havre, Honfleur, Rouen, Cherbourg, Saint-Malo, Morlaix, Brest, Concarneau, Lorient, Nantes, La Rochelle, Rochefort, Bordeaux, Bayonne, Saint-Jean-de-Luz, Sète, Marseille, Toulon, Nice, Bastia,

Ajaccio, Bonifacio... Face à l'Angleterre, Calais pleure Souville, ses corsaires qui manient aussi bien la plume que la hache, dont les abordages, sabres aux dents, pistolets aux poings, cartouchières et fusils en bandoulière, sont si réputés. Devenu, au XVIIe siècle, le troisième port des trafiquants britanniques, contrebandiers de thé et d'alcool, Calais prend le dessus sur Dunkerque pour la qualité et l'efficacité de ses corsaires et vivra longtemps de la contrebande des « filés de coton ». Boulogne, longtemps premier port corsaire du pas de Calais, se consacre maintenant à sa vocation de grand port de pêche, le premier du pays. Rouen, patrie de grands armateurs, ville d'adoption du grand Duquesne, souffre du développement du Havre et s'ensable. La Normandie, patrie de Duquesne, mais aussi de Tourville, d'Ango, de Belain d'Esnambuc et de Cavalier de La Salle, se tourne vers d'autres activités, plus légales, plus lucratives également. La Manche, qui voit en outre la destruction de l'Invincible Armada en 1588, est une grande mer de corsaires : s'attaquant aux Anglais, aux Espagnols, aux Hollandais, ses marins sont redoutés très tôt mais gagnent toute leur réputation sous le règne de Louis XIV. La guerre de course entre Français et Anglais y devient féroce : Duguay-Trouin, de Pointis, Forbin règnent en maîtres... Jamais Saint-Malo, par ailleurs patrie du grand Broussais, condisciple, au collège de Dinan, de Chateaubriand et chirurgien, à ses débuts, sur plusieurs navires corsaires, ne retrouvera sa gloire. Nantes, interdite de traite négrière, décline lentement, jusqu'à devenir un port régional. Tout comme La Rochelle, grand port d'explorateurs, Genève française, fief du protestantisme, connu pour la qualité de sa flotte huguenote, puis pour la constance de ses corsaires et leur domination de la mer, port d'où partit Duguay-Trouin pour s'attaquer à Rio de Janeiro. Rochefort, devenu port de guerre grâce à Louis XIV, grand port à destination de l'Amérique, maintient un bon niveau d'activités. Saint-Tropez, dont les armateurs étaient célèbres, redevient un petit port de pêche et de cabotage.

Ils sont des centaines d'anonymes, qu'on ne fera que citer, mais qui constituent le magnifique tombeau de la course : Prader-Niquet, Leroux, Marion-Dufresne, Grassin, Guinée, Bonamy, Benayer, Lacroix, Dufranc-Legué, Garnier, Hénon, Legonidec, Lenouvel, Herbert, Mallerousse, Rosse, Valton, Boishamon, Quemper, Cochet, De Bon, Pegelet, Pottier, Fromy, Durruble, Pinon, Legé, Capel, Dufranc-Legué, Brianchon, Guillemin, Boishamon, Dupont, Leroy, Potier, Verron, Pradère, Sauveur, Gauthier, Pelletier, Dubois, Aregnaudeau, Blavet, Besson, Hue, Dutertre, Delplanque, Leguen, Gallais, Cousin, Branzon, Leclerc, Néel, Barbier-Binaud, Boulet, Reboul, Peyrusset, Koehler, Douillard, Duhaille, Bourleton, Foucher, Le Huédé, Tuilier, Chaumont, Dimanche, Long, Desageneaux, Desbrosses, François, Gautreau, Chassin, Gautherin, Pillet, Berneval, Quirouart, Bellier, Pradelan, Levalley, Caron, Lafont, Faber, Sauvestre, Mourahib, Viaud, Thibeaud, Candeau, Clément Roux, Pesneau, Alloneau, Arnoux, Allanious...

Naufrage sur la course. Perte corps et biens. Course échouée, démantelée.

Cent années durant, çà et là, la piraterie se maintient, malgré les interdictions et la Convention de

Genève sur la haute mer qui définit l'acte de piraterie, le 29 avril 1958, comme « un acte illégitime de violence, de détention, ou de déprédation commise pour des buts personnels par l'équipage ou les passagers d'un navire privé ». Une recrudescence des actes de piraterie est observée nettement dans la zone caraïbe, la mer de Chine et la côte équatoriale de l'Afrique. Des forbans continuent leurs activités en Méditerranée, dans le Pacifique Sud. Des actes de mutinerie civile – sur les voiliers *Régina-Coélé* et *Foederis-Arca* – font évoluer le concept. Pendant la Première Guerre mondiale, Félix von Lückner, sur le *Pass of Balmaha* transformé en *Seeadler*, s'installe devant Gibraltar et accumule les prises : douze navires arraisonnés, onze coulés.

Les armateurs et les assureurs en savent quelque chose, encore aujourd'hui... Les actes dits dérivés pullulent : naufrageurs, terroristes, bateaux pièges, contrebandiers, délinquants, passeurs de drogue, trafiquants, pilleurs d'épaves, négriers, boat people, fausses immatriculations, déroutements, baraterie, non-assistance à bateau en détresse. L'*Achille Lauro*, en 1985, et le *City of Poros*, en 1988, sont deux exemples de terrorisme politique et maritime, comme ce fut le cas, en 1961, avec le détournement de la *Santa Maria*, un paquebot portugais, par des opposants au régime de Salazar.

Piraterie, pas morte... Les dernières années font état d'une recrudescence du phénomène sur mer. De 370 attaques en 2002, on est passé, si l'on en croit les chiffres du BMI, le Bureau international maritime, à 445 en 2003. L'année 2000 a battu tous les records, avec 460 attaques. Près d'un quart de ces actes de piraterie s'est tenu sur les côtes indonésiennes. Le

Bengladesh (58 actes), le Nigeria (29), le détroit de Malacca (28), l'Inde (27), la mer Rouge et le golfe d'Aden (18), le Vietnam (15), le Venezuela (13) et les Philippines (12) se disputent une bonne part des attaques restantes. Un peu moins de cent morts, autant de blessés, plus de trois cent cinquante prisonniers ou otages. De Panamá à Belém, de Dakar à Douala, de Dar es-Salaam à Chittagong, il est des itinéraires à éviter. Les réfugiés du Vietnam s'en souvinrent, en 1975, lorsque des bateaux thaïs équipés de radars les prirent en chasse.

Un millier de détournements d'avions depuis 1970 dans le monde, soit deux à trois chaque année. La piraterie aérienne se porte bien, épaulée en cela par le terrorisme, dont la manifestation la plus sanglante touche les tours jumelles du World Trade Center, le 11 septembre 2001. Mais la piraterie industrielle et commerciale ne cesse de se développer, elle aussi. Elle constitue une menace terrible pour l'industrie musicale. Piratage collectif, organisé, certes, mais plus difficile, voire impossible à traquer, piratage domestique, individuel. Piratage intellectuel et économique. Piraterie informatique. En 1967 est mise sur pied l'OMPI, l'Organisation mondiale pour la protection intellectuelle, placée sous l'égide des Nations unies. Les pirates agissent sur la route, sur le rail. La piraterie contemporaine coûte cher ou rapporte gros, selon les points de vue : tous secteurs confondus, tous pays, plus de quinze milliards d'euros, même s'il est quasiment impossible de calculer le déficit lié à la copie de la musique. Mais la piraterie, si elle fait toujours autant de dégâts et menace les économies, ne produit aujourd'hui plus aucun héros, fussent-ils politiques et non de seul gain. L'anarchie des pirates n'attire plus la sympathie, dès lors qu'elle passe par la prise d'otages, le crime ou l'affirmation d'une idéologie, politique ou religieuse, radicale et désespérée. Adieu, pirates de nos enfances...

Table

Des mêmes auteurs :

Olivier et Patrick Poivre d'Arvor

Le Roman de Virginie, Balland, 1985, roman.
La Fin du monde, Albin Michel, 1998, roman.
Courriers de nuit, le roman de l'Aéropostale, Mengès, 2002, livre illustré.
Coureurs des mers, les découvreurs, Mengès, 2003, livre illustré.
Frères et sœur, Balland, 2004, roman (édition enrichie de *Le Roman de Virginie*, Balland, 1985).
Pirates et Corsaires, Mengès, 2004, livre illustré.
Courriers de nuit, la légende de Mermoz et de Saint-Exupéry, Mengès, 2004.
Rêveurs des mers, Mengès, 2005.
Le Monde selon Jules Verne, Mengès, collection « Destins », 2005, essai.
Chasseurs de trésors et autres flibustiers, Place des Victoires, collection « Grain de poivre », 2005, livre illustré.
Les Aventuriers du ciel, Albin Michel jeunesse, 2005, livre illustré.

Olivier Poivre d'Arvor

Apologie du mariage, La Table Ronde, 1981, essai.
Flèches, le martyre de saint Sébastien, La Table Ronde, 1982 et 2003, récit.
Fiasco, Balland, 1984, roman.

Les Dieux du jour, essai sur quelques mythologies contemporaines, Denoël, 1985, essai.
Côté cour, côté cœur, Balland, 1986, roman.
Victor ou l'Amérique, Lattès, 1989, roman.
Les Petites Antilles de Prague, Lattès, 1994, roman.
Le Club des momies, Grasset, 1998, roman.

Patrick Poivre d'Arvor

Mai 68, Mai 78, Seghers, 1978, essai.
Les Enfants de l'aube, Lattès, 1982, roman.
Deux amants, Lattès, 1984, roman.
La Traversée du miroir, Balland, 1985 et 2002, roman.
Les Derniers Trains de rêve, Le Chêne, 1986, essai.
Rencontres, Lattès, 1987, essai.
L'Homme d'image, Flammarion, 1992, essai.
Lettres à l'absente, Albin Michel, 1993, récit.
Les Loups et la bergerie, Albin Michel, 1994, roman.
Elle n'était pas d'ici, Albin Michel, 1995, récit.
Anthologie des plus beaux poèmes d'amour, Albin Michel, 1995, essai.
Un héros de passage, Albin Michel, 1996, roman.
Lettre ouverte aux violeurs de vie privée, Albin Michel, 1997, essai.
Une trahison amoureuse, Albin Michel, 1997, roman.
Les Femmes de ma vie, Grasset, 1998, récit.
Petit Homme, Albin Michel, 1999, roman.
L'Irrésolu, Albin Michel, 2000, roman, Prix Interallié.
Les Rats de garde, avec Éric Zemmour, Stock, 2000, essai.
Un enfant, Albin Michel, 2001, roman.
J'ai aimé une reine, Fayard, 2003, roman.
La Mort de Don Juan, Albin Michel, 2004, roman.
Confessions, Fayard, 2005, essai.

Composition réalisée par PCA

Achevé d'imprimer en octobre 2007 en Espagne par
LIBERDUPLEX
Sant Llorenç d'Hortons (08791)
Dépôt légal 1re publication : octobre 2007
N° d'éditeur : 90778
Librairie Générale Française – 31, rue de Fleurus – 75278 Paris Cedex 06

31/1582/1